[英] 埃洛伊丝·米勒
(Eloise Millar)

[英] 萨姆·乔迪森
(Sam Jordison)
——著

杨献军 ——译

Literary London

优雅的
发现

中国友谊出版公司

图书在版编目（CIP）数据

优雅的发现 /（英）埃洛伊丝·米勒，（英）萨姆·乔迪森著；杨献军译 . — 北京：中国友谊出版公司，2021.1（2022.2 重印）

书名原文：Literary London

ISBN 978-7-5057-5083-8

Ⅰ . ①优… Ⅱ . ①埃… ②萨… ③杨… Ⅲ . ①英国文学 - 文学研究 Ⅳ . ① I561.06

中国版本图书馆 CIP 数据核字 (2020) 第 237686 号

书名	优雅的发现
作者	[英]埃洛伊丝·米勒　[英]萨姆·乔迪森
译者	杨献军
出版	中国友谊出版公司
发行	中国友谊出版公司
经销	新华书店
印刷	大厂回族自治县德诚印务有限公司
规格	787×1092 毫米　32 开
	10 印张　189 千字
版次	2021 年 1 月第 1 版
印次	2022 年 2 月第 2 次印刷
书号	ISBN 978-7-5057-5083-8
定价	49.00 元
地址	北京市朝阳区西坝河南里 17 号楼
邮编	100028
电话	(010) 64678009

前　言

伦敦是世界上最伟大的文学城市之一。伦敦的许多街道都发生过丰富多彩的文坛故事，许多建筑都包含着深厚的历史底蕴。那里的酒吧和俱乐部出现过许多作家的身影，同时又再现于他们的作品当中。

威廉·莎士比亚（William Shakespeare）、约翰·弥尔顿（John Milton）、拜伦勋爵（Lord Byron）、查尔斯·狄更斯（Charles Dickens）、弗吉尼亚·伍尔芙（Virginia Woolf）、多丽丝·莱辛（Doris Lessing）……夏洛克·福尔摩斯（Sherlock Holmes）、乔治·斯迈利（George Smiley）、约翰·福斯塔夫爵士（Sir John Falstaff）、帕丁顿熊（Paddington Bear）——这些英国文学史上最负盛名、最受爱戴的作家和作品中的人物、角色全都在这里出现过。如今仍然可以看到许多他们当年经常出没的场所。从这本书中你会知道如何漫步在伦敦街头，寻找这些地点。

除了讲解在何处寻找到伦敦的一流文学地标以外，我们还要讲述故事背后的故事，讲述创作灵感突现的时刻，作家之间友谊的建立；也讲述与伦敦、与写作一直相伴的争斗、怨仇、争吵，以及纵情声色等不良行为风气。我们将从奥斯卡·王尔德（Oscar Wilde）在伦敦上流社会沙龙里的春风得意时期，一直追寻到他在克拉彭枢纽站（Clapham Junction）的站台上"身穿囚服，戴着手铐"，备受屈辱的时刻；我们将同朱利安·麦克拉伦 - 罗斯（Julian MacLaren-Ross）一同漫步穿行在伦敦的菲茨罗维亚区（Fitzrovia）；同狄兰·托马斯（Dylan Thomas）一起走进泥瓦匠酒吧，痛痛快快喝上几杯；同埃德蒙·斯宾塞（Edmund Spenser）、艾略特（T.S.Eliot）、约瑟夫·康拉德（Joseph Conrad）等文坛名家伫立在夜色中的泰晤士（Thames）河畔沉思默想……还会看到拜伦在恐吓他的出版商。随后我们会更加惊恐地看到那位出版商，在接到拜伦的死讯后，亲手焚烧了这位诗人的罪恶日记……

要讲的故事真是数不胜数。伦敦是我们许多优秀文学作品的发轫之地、创作灵感来源以及文学表现主题，其重要意义难以估量。更加难以想象的是，如果没有伦敦这座都城，英国文坛将会呈现出怎样的面貌。毕竟人们倾向于认为，全部英国文学直接肇始于 14 世纪末乔叟（Chaucer）在伦敦的奥尔盖特（Aldgate）那一带提笔创作《坎特伯雷故事集》（*The Canterbury Tales*）的那一时刻。

我们无法将那之后的伦敦文学史上所有重要时刻都在书中一一加以描述。本书主要选择了部分内容，是具有个人主观色彩的文学史指南之作，甚至还可能显得比较怪异另类。我们倒希望这一特点能够增强本书的可读性。

我们不想面面俱到，但是会尽量让本书读来饶有趣味。我们的写作目标一直是强调趣味性，而不是百科全书般的介绍讲解。我们没有列出每条街道、每个道路枢纽的名称，没有列出每部作品、每首诗的名称以及每个人的姓名。我们只是在书中收录讲述了那些在我们看来最具启迪性和娱乐性的文坛逸事。

我们还收录了许多有用的地址。利用书中的注释和地图，可以愉快地寻幽览胜，就像许多著名作家和书中人物那样走过一条条相同的街道，自得其乐，陶醉忘返。我们希望你能够喜欢书中的各章内容，欣赏书中讲述的伦敦这座城市五光十色的生活故事，以及这座城市启人心智、赋予灵感的逸事。也希望你能够出入自如地阅读书中内容，利用本书开启几次你自己的愉快探寻之旅。

《伦敦文学小史》从埃德蒙·斯宾塞、莎士比亚讲到尼尔·盖曼（Neil Gaiman）和威尔·塞尔夫（Will Self），从浪漫派作家、讽刺作家讲到现代派作家和科幻未来派作家，跨越不同历史时期，涉及各种体裁风格。如果你从头到尾读完本书，就会清楚地了解到伦敦在遥远的过去只是一片偏僻的沼泽地……经过后来的发展，在将来——如果你相信伦敦许多年后启示录作家的预言的话——大体上依然如故。不过，各章内容的先后安排并没有严格按照时间顺序。因为按照主题内容而不是年份日期来讲述文坛逸事常能收获更加有趣的阅读效果。我们只想告诉读者，凡是对伦敦感到厌倦的人——正如一位作家的名言所说的那样——也对生活感到厌倦。

埃洛伊丝·米勒与萨姆·乔迪森

目 录

CONTENTS

第一章

文坛开拓者与不朽名著

可爱美丽的伦敦，那是我出生成长的故乡；我深情地热爱伦敦，胜过世界上任何地方。

杰弗里·乔叟《爱的誓约》

伦敦肇始于一片空旷的沼泽地平原，那里靠近一条蜿蜒流淌的大河，四周环绕着低矮的山丘，此外并无其他突出特点。我们不清楚是何时在那里修建起最早的住宅，我们只知道那是很久以前的事情。2010 年在沃克斯豪尔桥（Vauxhall Bridge）附近发现了可追溯到公元前 4500 年的一幢大型木结构建筑遗址。据此我们可以推断，伦敦有人居住的历史至少有 6000 年之久。不过直至公元 100 年，伦敦成为罗马不列颠首都时，那里的情况依然不明朗。即使在那之后又经过很多年，情况依旧不明朗。关于罗马占领时期的伦敦，目前我们所知甚少。对罗马统治垮台后（人们认为伦敦城也被罗马人放弃了）的了解就更少了。后来出现的比较清晰的历史线索是 9 世纪编写的《盎格鲁 - 撒克逊编年史》（*Anglo-Saxon Chronicle*）。据此书记载，阿尔弗雷德大帝（Alfred the Great）于公元 886 年"重建"伦敦城。

阿尔弗雷德不仅仅忙着烤饼充饥，也忙着修建、加固城墙，绘制新的街道地图；他还扮演早期文学赞助人的角色，召集一些宗教学者，让他们将一些拉丁文名著翻译成古英语。

中世纪时期情况比较明朗一些。不过即便在那个时期，大多数早期记载的史实也只是一带而过，语焉不详。来自温切斯特（Winchester）的僧侣德维斯的理查德（Richard of Devizes）的文字记述就属于这种情况。在 12 世纪末期，他有时独自一人在伦敦城中穿行。他并没有建议别人也这样做。"将来有一天你会去伦敦。"他写道，"但要小心点！我在此提醒你，无论什么样的罪恶或反常变态行为，无论世界各地有什么，你都可以在那个城市中看到。"接下来他又列出一个很长的清单，上面写明了在伦敦可以找到的各种乐趣，其中还提到了"娘儿们样的鸡奸者"和"淫荡的乐舞女郎"。另外还有一点就不那么有趣了。在谈到伦敦市里屠杀犹太人的情况时，他也是使用"holocaust"（"大屠杀"）这个词的第一人。

在 14 世纪，威廉·朗格兰（William Langland，约 1332—1386）长大成人，在伦敦的康希尔（Cornhill）一带成了一个"游手好闲、懒惰的人"。关于他的生平情况不明，因为我们了解到的全部情况均来自于他创作的《农夫皮尔斯》（*Piers Plowman*）。在这首诗作中，当时的社会现实无从确认，生活的真实面貌也湮没在梦幻、讽喻和神秘的基督教追求之中。这首充满幻想的诗作一般被认为创作于 1370 年至 1390 年间，与中古英语另一伟大作品《坎特伯雷故事集》是同时代作品。《坎特伯雷故事集》被公认为是一部长久影响并改变了英语面貌的文学杰作。

14 世纪末期，杰弗里·乔叟（Geoffrey Chaucer，约 1343—1400）在伦敦写出了自己的长篇系列故事集。书中的故事均由前往坎特伯雷的朝圣者们轮流讲述。具有重要意义的是，这部作品不是用当时的主要文学语言法语或拉丁语写成。乔叟采用以伦敦方言为基础的中古英语方言创作出了《坎特伯雷故事集》，为后来的所有英语文学创作奠定了基础。

乔叟将作品的故事发生起点设定在一家旅店里，从而开启了伦敦文学创作的另一先河。《坎特伯雷故事集》中的故事，一开始发生在伯罗大街（Borough High Street）的泰巴客旅店（Tabard）里。这家旅店在现实生活中的确存在过，到19世纪才被拆除。如今在旅店原址上坐落着一家复制印刷公司。这种结果对于《坎特伯雷故事集》一书的精神家园来说可谓恰到好处。1478年，依靠威廉·卡克斯顿（William Caxton，1422—1491）的技术引进，《坎特伯雷故事集》成为在商业印刷机上印出的第一部英语作品。

乔叟笔下的那些健谈的朝圣者很快离开了泰巴客旅店，前往肯特郡（Kent）。不过伦敦后来在整部故事集中被反复提起。书中人物提到了喝几口"伦敦啤酒"，提到了在"圣保罗教堂"里听一听"灵魂的圣歌"（指欣赏牧师吟唱弥撒曲的才能）；书中还提到了伦敦齐普赛街（Cheapside）和南沃克区（Southwark）一些旅店酒馆的名字。乔叟笔下的女修道院院长埃格朗蒂纳夫人（Madame Eglantine），还讲着一口带有伦敦口音的法语。

乔叟本人也是伦敦当地人。他于1343年左右出生在伦敦，父亲和祖父都是伦敦有名的葡萄酒商。他的祖父于1313年在奥尔盖特住宅附近遇刺身亡。当时那一带天黑后经常发生盗窃、强奸和谋杀案件，臭名远扬。幸运的是，乔叟活了下来。他一生中大部分时间里都居住在奥尔盖特大街2号。那是一座带有双塔楼的门房，乔叟住在那里不用交房租，条件是一旦发生外敌进犯情况，他必须同意军队征用塔楼。［这意味着军方在1381年有可能征用过这座门房，因为当时瓦特·泰勒（Wat Tyler）和他手下那帮愤怒的追随者在农民暴动期间从农村攻入了首都，直接从乔叟的窗下经过。］

乔叟是个大忙人，他既是侍臣、外交官、公务员，又担任王室建筑工程主事。他还在伦敦内殿法学协会（Inner Temple）学习过法律。没人知道乔叟如何能够挤出时间创作《坎特伯雷故事集》（尤其在1374年以后，国王爱德华三世每天都赐给他"一加仑葡萄酒"，一直到他去世为止）。然而他还是做到了，写出大量的通俗笑话和数千行优美诗歌。他不停顿地勤奋创作《坎特伯雷故事集》，几乎直到他去世那天为止。

乔叟生命的最后几年是在萨默塞特郡（Somerset）度过的，但在1399年，他回到首都伦敦，在威斯敏斯特大教堂（Westminster Abbey）附近租下了一座住宅。1400年末，乔叟去世，成为安葬在诗人角（Poets. Corner）的第一人。乔叟时代的地标性建筑所剩无几，距乔叟时代最近的建筑是圣保罗大教堂（St.Paul's Cathedral）（乔叟当年熟悉的那座建筑在伦敦大火中被烧毁）以及圣博托尔夫－奥尔盖特教堂（St.

Botolph Aldgate，尽管经过重建，这座教堂在同一地址矗立了1000多年）。如果你想要游览一下宗教色彩不太明显的地方，不妨前往南沃克区伯罗大街，在77号可以看到伦敦仅存的驿车旅馆——乔治旅馆（George），而且这里距乔叟笔下的泰巴客店原址很近，的确令人欣喜。

> 可爱美丽的伦敦，那是我出生成长的故乡；我深情地热爱伦敦，胜过世界上任何地方。
>
> 杰弗里·乔叟《爱的誓约》
> (*The Testament of Love*)

有一位对饮酒并不感兴趣的人，那就是玛格丽·坎普（Margery Kempe，约1373—约1438）。她是来自金斯林（King's Lynn）的一位宗教神秘主义者。在那部自传式幻想小说《玛格丽·坎普自传》（*The Book of Margery Kempe*）中，她记述了自己的多次朝圣经历，同上帝的交谈以及与下里巴人的争执。她还去过几次伦敦。有一次去伦敦时，她生活穷困，穿的是粗布衣服。在伦敦，她受到虔诚寡妇们的热情接待，满心欢喜。没过多久，她就挺身而出，"大胆痛斥"首都的许多"出言不善者和骗子"，以及那些"邪恶的人"。这些激烈的言辞据说使"许多人受益匪浅"。后来有一次去伦敦时，她逗留了"很长时间"，"受到许多体面人士的热情接待"。这同她在中世纪的英格兰云游时经常遭受的耻辱和责备相比无疑大有改观。

继坎普的自传性名著之后，又出现了一部散文杰作，这就是托马斯·马洛礼（Thomas Malory）创作的"亚瑟王之死"（*Le Morte D'Arthur*）。至少我们认为是马洛礼本人创作的（有关事实扑朔迷离）。马洛礼并非一直居住在伦敦，他早年在华威郡（Warwickshire）一带生活，抢劫牲畜，还干过强奸、杀人等重罪勾当。15 世纪 60 年代，他在伦敦的纽盖特监狱（Newgate Prison）里被关押了好几年。学者们认为，马洛礼于 1471 年死去之前，在监狱里写出了以描写刀光剑影和骑士精神为主要内容的传世名著。

也许马洛礼创作的"亚瑟王传奇"很受欢迎，但是当时诗歌仍然被视为最高级的文学体裁。因此，埃德蒙·斯宾塞（约1552—1599）采用诗歌形式创作出了献给伊丽莎白女王的史诗般颂歌《仙后》（*The Faerie Queene*）。

斯宾塞的成人生活大部分在伦敦城外度过。对于一个因满心希望"美丽的泰晤士河""轻轻流淌"而名噪天下的人来说，这不足为奇。斯宾塞很可能在爱尔兰写出了传世名作《仙后》，时间是 1590 年至 1596 年间。但是斯宾塞出生在伦敦的东史密斯菲尔德，曾就读于麦钱特泰勒斯学校（Merchant Taylors' School，当时位于伦敦城内）。他经常去伦敦出版、推销自己的作品。

斯宾塞也在伦敦去世，而且去世时一贫如洗（用本·琼森的话来说"没有面包果腹"）。不过在斯宾塞生前，伊丽莎白一世为奖励《仙后》诗作,准予每年给斯宾塞发放50英镑年金。这在16世纪可算是一大笔收入。这笔年金是否从未发放,还是斯宾塞得到年金后全部挥霍一空,目前尚不清楚。斯宾塞47岁时去世,与乔叟一样安葬在诗人角。

另一位麦钱特泰勒斯学校的毕业生(与斯宾塞是同时代人)是托马斯·基德(Thomas Kyd,1558—1594)。他曾创作出第一部复仇悲剧《西班牙悲剧》(*The Spanish Tragedy*)。该剧于1592年首次被搬上舞台。1593年基德与英国同胞、剧作家克里斯托弗·马洛(Christopher Marlowe,1564—1593)住在一个出租的房间里,具体地点可能是诺顿福尔盖特(Norton Folgate),或者是居住着所有时髦演员的肖尔迪奇(Shoreditch)。他和马洛共住的房间遭到搜查,发现了一些使地方当局感到不快的文件。随后基德被捕,并遭到残酷折磨。

当时伦敦流传着各种诽谤性的宣传册。这些宣传册上面的署名是"帖木耳"(Tamburlaine),那是马洛作品中一个著名帝王的名字。由于宣传册的内容及其署名两方面的原因,戏剧界人士遭到当局的严密监视。马洛的逮捕证也已发出。12天后马洛遇害(据说死于斗殴)。基德被释放出来时身心俱损,第二年即撒手人寰。他的母亲将他安葬在伦敦城内的圣玛丽科尔教堂 [St. Mary Colechurch,这座教堂位于齐普赛街82号,后毁于伦敦大火。原址如今坐落着联合莱斯特银行(Alliance & Leicest)办事处]。

至于克里斯托弗·马洛，借用他的一位同时代名人的比喻说法，他的生命之烛燃烧的时间短暂，但却发出了明亮的光芒。他在创作剧本的 6 年时间里（自 1587 年至 1593 年）写出了《帖木耳大帝》（*Tamburlaine the Great*）和《浮士德博士》（*Doctor Faustus*）等不朽巨作，在大胆创新的文学时代里具有重要意义。马洛也是运用无韵诗的形式从事创作的作家之一。他仅仅凭借自己的文学才华便受到身边朋友们的崇拜（其中包括莎士比亚，他至少在自己的剧作中引用了 100 行马洛的诗文）。

马洛是一位备受争议的作家，经常在有关王室或宗教问题上发表一些过激的言论（他也许是一位无神论者）。他创作的剧本《爱德华二世》（*Edward II*）描写了发生在国王爱德华二世同皮尔斯·加韦斯顿（Piers Gaveston）之间的不幸浪漫史。因此可以说，他写出了英国文学史上第一个同性恋故事。许多人认为，正是这种惹是生非的做派使他眼部被人扎了一刀。

马洛死后被安葬在德特福德市（Deptford）圣尼古拉斯教堂（St. Nicholas Church）里的一个无名坟墓内。教堂墓地墙上有一块马洛的纪念牌匾提示着他的葬身之处。虽然马洛在安葬时没有明示姓名，但是他的文学遗产却流传了下来。他的生平事迹也为新的文学作品带来了创作灵感。安东尼·伯吉斯（Anthony Burgess，1917—1993）创作的《德特福德的死者》（*Dead Man in Deptford*）以及其他文学作品表明，围绕着马洛的神话创造活动已经达到了何种程度。

如果你有兴趣的话，可通过阅读伯吉斯的长篇小说充分了解马洛时代的伦敦。你应该有兴趣，因为在16世纪80、90年代，伦敦颇不一般，值得一看。1400年，伦敦人口大约为5万，到16世纪末猛增到20多万，并且仍在继续快速增长。当时有一位抵达伦敦的瑞士游客声称："到处都是人，简直迈不开腿。"剧作家托马斯·戴克（Thomas Dekker，1572—1632）在一本名为《伦敦七宗不可饶恕之罪》（*The Seven Deadly Sins of London*）的小册子当中，生动描写了伦敦当时的热闹场景：

> 客车与公共马车发出震耳欲聋的噪声，仿佛整个世界都在车轮上移动。每个角落里，男女老幼成群结队，拥挤不堪。无奈只好竖起立柱来加固房屋，以避免他们前拥后挤将房屋拱倒。有一处响起了重锤击打的声音，另一处传来了呼呼的木桶响声（那是制桶工匠们干活时发出的噪声）。锅、盆的叮当作响之声从第三个地方传来。在第四个地方，大水杯倾斜着发出哗哗的声响……众多的生意人仿佛在跳着轻快活泼的双人舞，步法矫健，一刻也停不下来。

戴克是一位多产作家。在描写烟雾弥漫、老鼠害虫遍地，却又活力四射的首都伦敦这方面，戴克有时被视为狄更斯的前辈。即使因负债在南沃克的国王法院（King's Bench）被关押整整 7 年，也未能让他止步不前。他为我们了解莎士比亚时代的伦敦生活提供了极有价值的文学作品和记述文字。《鞋匠的假日》（*The Shoemaker's Holiday*）等剧作描写了普通伦敦人的生活；他写的小册子《好年景》（*The Wonderful Yeare*）以新闻报道笔法生动记述了伦敦在暴发瘟疫期间的情景（另外还记述了伊丽莎白一世逝世、詹姆士一世登基两件大事）；《地狱新闻》（*Newes from Hell*）和《伦敦七宗不可饶恕之罪》对伦敦这座城市进行了审判，同时满怀深情地描绘了伦敦街头沸腾热烈的日常生活。

在早期的现代伦敦，街道并不是唯一重要的城市要素。泰晤士河从发展势头强劲、充满活力的伦敦市内流过，并不像斯宾塞宣称的那样美丽。实际上，垃圾废物经常堵塞河道。不过这条河流也肯定有其值得观赏之处。当时的河面比现在宽阔，河两岸修有阶梯和过渡平台。河面上驳船和渡船往来穿梭，蔚为壮观（莎士比亚很有可能经常搭乘其中的一艘渡船前往南沃克的一家剧院）。有时泰晤士河会结冰，在冰面上举行当时赫赫有名的冰冻博览会 [frost fairs，弗吉尼亚·伍尔芙（1882—1941）在《奥兰多》（*Orlando*）一书中记述过冰冻博览会]。人们起舞欢庆，各处摊位上出售着丰富的食品和饮料。1564 年的一天，伊丽莎白一世亲自大驾光临，轰动一时。当时泰晤士河上只有一座桥——伦敦桥。有时伦敦桥上展示着钉在大铁钉上的叛国者人头，警示世人。

伦敦桥通向南沃克和素有动乱恶名的泰晤士河畔岸边区

（Bankside）。那里不仅仅是作家和知识分子非常熟悉并喜欢光顾的地方，也是纵狗斗熊者、扒手、妓女和拦路抢劫的强盗经常出没的地方；更不用说还是监狱的所在地（比如以手段残忍而臭名昭著的柯林克监狱）。另外那里也是蓬勃发展的商业区，市场繁荣，游客商人云集。多年来有钱人都在那里居住。15世纪50年代，有一位名叫约翰·福斯塔夫的富翁在那里修建了一座大厦。100多年后莎士比亚就在剧作中借用了他的大名。

南沃克还是剧院发源兴盛之地。当时憎恶娱乐活动的清教徒们不允许在伦敦城内建造剧院。为了绕过这个障碍，最初只好在城内的旅馆院内表演戏剧（南沃克的乔治旅馆那个带有眺台的大院，充分说明旅馆院内的空间足可用作表演戏剧的场所）。不过满足对正式剧院的需要只是个时间问题。1574年，剧团经理詹姆斯·伯比奇（James Burbage，1530—1597）拿到了演出戏剧的执照。但是表示强烈反对的神职人员对伯比奇施加了很大压力，迫使他逃离了伦敦（有一封来信写道："仔细想一想便可知道，瘟疫是由罪孽造成的，而罪孽则是戏剧造成的。因此瘟疫就是由戏剧造成的。"）。伯比奇躲到了肖尔迪奇自由区（Liberty of Shoreditch，当时位于伦敦城外，如今是伦敦一区），并于1576年凭借他兄弟的帮助，在牧师管理权限干预不到的情况下，修建了英格兰第一个永久性剧院，取名为剧场剧院（The Theatre），可谓非常恰当。如今在库尔泰恩路（Curtain Road）86-88号上看到的一块棕色牌匾正是这家剧院的纪念牌匾。

　　这家剧院可容纳观众 1000 人左右，演出盛况空前。于是一年后在它旁边又开设了一家剧院，取名为大幕戏院（Curtain）。菲利普·亨斯洛（Philip Henslowe）于 1587 年在南沃克修建了玫瑰剧院，此后戏剧演出重地移到了泰晤士河南岸。伯比奇的剧院最终也搬迁到南沃克——这是真正不折不扣的搬迁。1598 年，随着肖尔迪奇场地租用期限已到，伯比奇的儿子们将剧院的搭建木料运到了泰晤士对岸的岸边区帕克大街（Park Street），距玫瑰剧院不远。剧场剧院改名为莎士比亚环球剧院（莎士比亚亲切地将其称为"木环"）。在接下来的几年里，莎士比亚环球剧院陆续上演了一些不朽经典剧作，比如《哈姆雷特》（Hamlet）、《奥赛罗》（Othello）和《麦克白》（Macbeth）。

　　约翰·泰勒（John Taylor, 1578—1653）是泰晤士河上的一名船工，喜欢自称"水上诗人"，写过一些大麻题材的诗歌。在《大麻籽颂》（The Rraise of Hemp-seed）中，泰勒表露出的对大麻这种药草的喜爱超过了任何一位现代激进主义分子："大麻籽让我们受益颇多，使我们有衣穿，有饭吃，能捕鱼行船，游乐开心，还使我们有钱可赚。更使我们正义伸张，惩恶扬善。"也许正是因为欣赏大麻带来的其他益处，才使得他某些行为显得更加古怪。比如，他曾经想着划纸船，从伦敦前往女王镇（Queensborough）。

1613 年 6 月，在上演莎士比亚创作的最后一部戏剧《亨利八世》（*Henry VIII*）时燃起了炮火，飞溅的火星落在了剧院的茅草屋顶上，一场大火把环球剧院完全烧毁。使人吃惊的是，3000 多名观众无人伤亡（只有一人的裤子被烧着，随即用几大杯啤酒把裤子上的火彻底浇灭了）。环球剧院重建时安上了瓦顶，一直经营到 1642 年。直到当年清教徒得势，关闭了伦敦市内所有剧院。

后来环球剧院被改建为出租公寓，最终彻底消失。残留的地基也被掩埋了起来。如今在帕克大街用彩色石头标出的地方就是环球剧院残留的地基。绕过罗斯小巷（Rose Alley，在莎士比亚时代曾是一条露天下水道）附近的一个拐角，可以看到玫瑰剧院的遗址。1989 年，在清理原址修建办公楼时发现了这些地基。在现场进行挖掘时，古老的橡木房梁一遇到空气便开始腐烂。因此，目前将原址浸泡在水里（橡木遇水膨胀，便于保存）。玫瑰剧院的墙壁轮廓用红灯凸显出来，使其成为一处具有特定氛围的怪异观光景点（还可以去欣赏在那里经常举行的作品朗诵会）。

莎士比亚时期的剧院有一个特色，那就是难闻的气味。由于购买最便宜剧票的观众们在剧场里没有厕所可用，只好就地解决。当时有一个很流行的俚语专门用来指那些购买最便宜剧票的观众——stinkards（意为"散发恶臭的人，放臭气的动物"）。著名评论家哈罗德·布鲁姆认为这一称谓表露了势利眼的心态，但是在英国历史上那很可能是绝无仅有的一个能在剧院里真正体现出民主特点的时代。票价分不同档次，每一个人都能买得起，既有正厅后排位置站票，也有顶层楼座的廉价坐票；观众既有上层社会人士，也有底层民众。后来的剧院从未出现相同的格局，也从未像当年那样富有活力。斯蒂芬·戈森（Stephen Gosson, 1554—1624）在《戏剧的五大罪状》（*Playes Confuted in Five Actions*）当中生动地描绘了当时看戏的时尚活动：

> 在伦敦各处剧院，时髦的年轻人首先来到剧场的正厅后排，放眼搜寻每一个顶层楼座，然后他们就像乌鸦发现了腐肉猛扑过去一样，尽量凑近最漂亮的女人……给她们递上苹果，摆弄她们的衣装消磨时间。他们偶尔也会聊聊天，然后就把刚刚认识的女人带回家里，或者等戏一演完，就溜进旅馆里。

在戈森生前与去世以后的一段时间内，南汉克一直是娱乐中心，规模不断地发展壮大。在詹姆斯一世统治时的伦敦，剧院发展如日中天，大约有 20 家剧院可供选择。不过剧院并非是唯一的娱乐消闲的地方。伦敦市内一些著名的旅馆和酒馆同样是戏剧演出场所（演员们也住在那里）：公牛酒馆 [The Bull, 距主教门（Bishopsgate）不远]，克劳斯吉茨旅馆 [Cross Keys Inn, 在怀恩堂街（Gracechurch Street）上]，贝尔萨维奇旅馆 [Bel Savage, 位于路德盖特山（Ludgate Hill）附近]，还有贝尔旅馆（Bell Inn Yarde，离怀恩堂街道不远）。

剧作家们也喜欢在酒馆里喝酒，这一点也许不会使你感到意外。位于岸边区的铁锚酒馆（The Anchor，帕克大街34号）可以称得上是莎士比亚经常光顾的一家酒馆。它在伦敦大火中幸存下来（佩皮斯曾亲眼看见大火从那里向外蔓延的情景），1676年重建。因此，即便这家酒馆仍然采用木梁结构，能够触发人们的思古幽情，亲临现场也无法获得完全真实的原初体验。

遗憾的是，剧作家和演员们经常光顾的另一家酒馆美人鱼酒馆（Mermaid Tavern）早已不见踪影。与其他数十家（也许有数百家）酒馆命运一样，美人鱼酒馆也在伦敦大火中完全烧毁。这家酒馆位于圣保罗大教堂以东，星期五街与面包街的拐角处，是"迷人绅士兄弟会"饮酒俱乐部的总部所在地。该俱乐部每月的第一个星期五举行聚会，成员包括约翰·邓恩（John Donne，1572—1631）、本·琼森（Ben Jonson，1572—1637）和约翰·弗莱彻（John Fletcher，1579—1625）等文学界名人（有些学者把莎士比亚也包括进去，不过这有些牵强）。琼森创作的剧本《巴索罗缪集市》（*Bartholomew Fair*）中提到了迈特（Mitre）小酒馆。这家酒吧里保留着一棵树，据说当年伊丽莎白一世在五朔节曾经围绕着这棵树翩翩起舞。

《巴索罗缪集市》是琼森创作的一部反映伦敦现实生活的著名剧作，以伦敦作为每年在史密斯菲尔德（Smithfield）举行的夏季集市的背景环境，展现出一幅现代伦敦生活的全景画卷。剧中包括扒手、地痞、出色的警官、清教徒和皮条客等各色人物。这部剧作于 1614 年首次搬上舞台，在 17 世纪以后的大部分时间里依然很受欢迎。塞缪尔·佩皮斯（Samuel Pepys）非常喜欢这部戏剧，在 1661 年观看了四遍。

> 1855 年，伦敦市当局以放纵堕落、影响治安为由，宣布现实生活中的巴索罗缪集市违法，并将其拍卖。据《新门监狱记事》（Newgate Calendar）称，该集市是"一所犯罪学校，在教唆更多年轻人堕落犯罪方面胜过新门监狱"。

　　琼森是那个时代的另一位文坛名家，有关他的生平和创作我们了解不少。他最初就读的学校位于考文特花园（Covent Garden）市场的圣马丁巷（St. Martin's Lane）（说来也巧，距当今伦敦的剧院区不远），后来又去威斯敏斯特学校（Westminster School）求学。再后来，跟随他的继父——一位砌砖大师傅做学徒。在学徒实践训练过程中，他为林肯律师学院（Lincoln's Inn）砌成了一面花园围墙。不过砌墙这样的工作太限制发展了，于是琼森便前往欧洲大陆去当兵，随后又回到伦敦做起了演员和编剧。最初，他参与演出的戏剧就有托马斯·基德创作的《西班牙悲剧》。

　　同琼森有关的伦敦最著名地标建筑是圣马格努斯殉道士教堂（Church of St. Magnus the Martyr，位于伦敦金融城内），1594 年琼森与安·刘易斯举行了婚礼。他还在那里记下了两个孩子不幸夭折的痛苦：马丽·琼森 6 个月，本雅明·琼森 7 岁，分别于 1593 年和 1603 年死于黑死病。"永别了，孩子，我的右手和欢乐"，琼森写下了足以让任何一位父亲撕心裂肺的诗行，"静静地安息吧，若是有人问起，你就这样说：本·琼森把他最优秀的诗作珍藏在了这里"。

到 1597 年夏季，琼森已被菲利普·亨斯洛手下的海军上将剧团长期雇用。该剧团的演出场地是岸边区的玫瑰剧院。同年琼森还与托马斯·纳什（Thomas Nashe，1567—1601）合写了一部戏剧，名为《狗岛》（*The Isle of Dogs*）。但是剧本没有流传下来，所以我们只能对其内容进行猜测。不过这部戏剧当时却使童贞女王伊丽莎白一世大为光火，随后琼森被关进了南沃克的马歇尔希监狱（Marshalsea Prison），罪名是"行为下流，有谋反倾向"。[纳什设法逃到了大雅茅斯(Great Yarmouth)。]

这种挫折未能阻止琼森继续取笑戏剧同行，创作一些揭露上层社会腐败现象的戏剧。1605 年 10 月，在首次演出另一部煽动性戏剧（剧本已失传）后，他再次锒铛入狱。几个星期后，他又出现在由火药阴谋案大多数涉案人员出席的一次伦敦宴会上。

然而这次入狱经历肯定使琼森突然收敛了锋芒，因为从那时起，他变得小心谨慎了。他开始为宫廷创作假面剧剧本(融文辞、壮观场景和舞蹈于一体）。1611 年 1 月 1 日，琼森与著名建筑师兼舞台布景设计师依尼戈·琼斯（Inigo Jones）进行合作，把戏剧《仙王奥伯龙》（*Oberon, the Faerie Prince*）搬到了伦敦怀特霍尔（Whitehall）街[1]去演出。詹姆斯一世的儿子在剧中出演主角仙王奥伯龙。即便受到如此奉承抬爱，琼森依然不改本色，保持自己的幽默感，难能可贵。例如，后来由他创作的《炼金士》（*The Alchemist*）刻画了伦敦三个不法奸商的舞台形象，他们分别是萨托尔（Subtle）、多尔·考门（Doll Common）和菲斯上尉（Captain Face）。

喜欢抨击剧作家同行的人并非只有本·琼森。他所抨击的许多对象也都进行有力反击。于是在16世纪50年代的伦敦爆发了一场"戏剧界之战"（后来被托马斯·德克尔称为"诗人之战"），一时难解难分，局面失控。《在粗鲁的接待》中，剧作家约翰·马斯顿把本·琼森讥讽为戴绿帽子的男人。本·琼森予以回击，在《辛西娅的狂欢》中把马斯顿和德克尔两人描绘成"骄傲自大的同性恋者"和"性感的狂欢者"。随后不久，本·琼森发现自己在《你的心愿》（*What You Will*）和《香艳的讽刺》（*Satiromatix*）中被刻画成傲慢蛮横的伪君子……这场争斗到了1604年似乎平平息下来，当时马斯顿将剧作《满腹牢骚》献给本·琼森，两个人又言归于好。

---

1. 英国许多政府机关所在地。——译者注，后同。

说到文坛巨匠，没人能比得上威廉·莎士比亚。他是现代伦敦早期，或其他任何一个时代最耀眼的明星。斯特拉福德（Stratford-upon-Avon）可以自豪地将他称为自己的儿子，但是他成年后的大部分时期（20多年高产创作的黄金岁月）却是在伦敦度过的。

　　1589年至1613年，莎士比亚创作出大约38部剧本（确切数字有争议），154首十四行诗，至少两首叙事长诗。在这个过程中，他改变了人道（或不人道）的内在含义。无法想象一个没有莎士比亚诗歌的世界；也无法想象离开了莎士比亚对于英语国家文明或其他地域的文明意味着什么。

　　同样无法想象没有莎士比亚的伦敦（尽管对他在伦敦的大部分生活情形只能进行猜测）。例如，莎士比亚当年在伦敦何处居住，我们所知不详。不过我们有一个大致的了解，可以把莎士比亚在伦敦市内的往来范围确定在伦敦东部和岸边区一带。16世纪90年代，莎士比亚居住在主教门一带，具体位于伦敦肉类市场与圣玛丽大街附近的圣海伦（St. Helen's）教区。后来到1604年，他居住在圣保罗大教堂附近的银街（Silver Street），胡格诺派教徒芒乔伊（Mountjoys）一家二楼的一个房间里。我们知道他在那里居住了很长时间，因为他卷入了房东和女婿之间的一场官司。

　　那座住宅后来在伦敦大火中被烧毁，周围的大部分建筑在伦敦大轰炸中被夷为平地（整个区域在第二次世界大战后重建，如今银街已不复存在。若是前往圣保罗教堂北面的伦敦墙与诺布尔街的交会处，就很有可能重走莎士比亚当年走过的道路）。1613年莎士比亚已经成为富翁，完全买得起住宅。他也的确买了一座住宅，花了140英镑。那座住宅名为门房（Gatehouse），位于黑修士修道院（Blackfriars Priory）东北角的爱尔兰场（Ireland Yard）。他从未在那里居住过，去世后把住宅留给了女儿苏珊娜［如今原址上坐落着面积不大的温馨酒馆，考科皮特酒馆（Cockpit Pub）］。

我们还知道，到1591年莎士比亚已经创作出他的第一个剧本《错误的喜剧》（*The Comedy of Errors*）。不久他便开始创作十四行诗，原因是瘟疫暴发，迫使伦敦在1592年至1594年这两年间关闭了所有剧院。由于空闲时间比平时多了，他便开始创作不朽的爱情诗，在诗中把自己的一位恋人比作美好的夏天。

后来剧院重新开张，莎士比亚加盟伯比奇领导的钱伯伦勋爵剧团（Lord Chamberlain's Men）。由于莎士比亚加盟的原因，这家剧团很快成为伦敦市内最有名气的剧团。伯比奇的儿子理查德是剧团中的名角儿，也是第一位出演莎士比亚戏剧中著名人物的演员。然而莎士比亚的生活并非一直是光明美好的。1596年，他11岁的儿子哈姆内特不幸夭折。许多人认为，丧子之痛激励莎士比亚创作出了最著名的悲剧《哈姆雷特》（写于1599年至1602年之间）。

其他一些剧本的创作灵感来源也有据可查。1600年，也就是在《奥赛罗》（*Othello, the Moor of Venice*）首演4年前，来自摩洛哥的一个代表团抵达伦敦。还有一种有意思的说法是，莎士比亚十四行诗中的那位"黑肤女郎"（他将她称为"我的女魔头""我的坏天使"），实际上是以一位妓院女子为原型。这位妓院女子居住在克勒肯维尔（Clerkenwell），被称为"黑肤露茜"（Lucy Negro or Black Luce）。我们确定无疑的是，菲利普·亨斯洛（玫瑰剧院老板）同露茜在生意上的密切伙伴吉尔伯特·伊斯特（Gilbert East）是朋友，他们经常在一起共进晚餐（伊斯特已被亨斯洛聘为管家）。因此这些朋友圈中的人物肯定互有来往。莎士比亚的其他几位熟人也提起过露茜。1594年，《错误的喜剧》在克勒肯维尔律师学院上演（这里以圣诞节期间表演有些放荡的娱乐节目而臭名昭著），据有关资料记载，黑肤露茜也是现场的一名观众。

相比之下，目前掌握的更为确切的情况是，莎士比亚当年常在南沃克大教堂做礼拜。1912年，这座大教堂里落成了一座莎士比亚雕像，另外还安装了一扇绘有莎士比亚戏剧场景的彩色玻璃。莎士比亚的弟弟埃德蒙于1607年，菲利普·亨斯洛于1616年，分别被安葬在这座大教堂里。

1613年前后，早已功成名就、腰缠万贯的莎士比亚退休，荣归故里斯特拉福德。与亨斯洛同年（1616年）去世后安葬在斯特拉福德。在莎士比亚的晚年，有一台经常上演的莎士比亚戏剧一年之内在白厅宫（Whitehall Palace）为詹姆斯一世演出了十几次。遗憾的是，如今已无法去白厅宫参观游览，因为这座建筑在1698年的伦敦大火中大部分被焚毁。如果想要亲眼看见当年莎士比亚和他的演员们登台演出过的地方，可以预约参观一下律师学院中殿大厅内部。这是伦敦面积最大的都铎时期建筑室内空间（建于 1572 年），《李尔王》（King Lear）曾在这里上演数次。1602 年 2 月 2 日，在这里举行了《第十二夜》（Twelfth Night）有记录以来的第一次演出。

同样值得参观游览的是重建的莎士比亚环球剧院。如果你在 4 月 23 日（据说是莎士比亚的生日）前后抵达那里，会赶上剧院举行的两次有导游陪伴的步行活动，主题为"甜蜜的爱情回忆"。参观景点包括泰晤士河南岸和莎士比亚当年经常光顾的一些地方。别忘了参观镇公所（Guildhall）。莎士比亚时代镇公所就已存在，如今里面保存着珍贵的莎士比亚戏剧第一对开本剧本。

环球剧院（莎士比亚环球剧院）如今坐落在泰晤士河南岸，于 1997 年首次对外开放，上演剧目。这座环球剧院严格依据演员兼导演萨姆·沃纳梅克（Sam Wanamaker，1919—1993）提议的保持原有剧院风格设计而建造，同时还参考了学术界提出的有关原有建筑样式的意见。

说来也怪，如果你想搜寻莎士比亚同伦敦的直接相关线索，你不会从他创作的剧本中得到许多帮助。那些剧本间接地向我们展示了他那个时代的特色及风俗习惯，但是没有很多直接提及伦敦的语句。尽管本•琼森等莎士比亚同时代的作家创作出了各种现代城市喜剧，莎士比亚却有意避免把当时的伦敦写进他的剧本中。他主要在历史剧中直接提到了伦敦。例如在上下两部《亨利四世》（*Henry IV*）剧本中就有福斯塔夫在伦敦伊斯特奇普（Eastcheap）街的野猪头（the Boar's Head）客栈里痛饮狂欢的场景；查理三世谋划在伦敦塔里杀掉他的弟弟克拉伦斯及其孩子们；《亨利八世》中，对阿拉贡的凯瑟琳的审判在黑修士修道院里举行；在《温莎的风流娘儿们》（*The Merry Wives of Windsor*）中，莎士比亚拉近了同伦敦的距离，不过把时代背景设置在亨利四世时代（因此福斯塔夫可以在剧中客串一个颇受欢迎的明星）。除历史剧以外，莎士比亚在作品中描绘的距伦敦最近的地方就是李尔王脚下那片遭到破坏的荒原，还有《麦克白》剧情中有几处移向苏格兰边境以南的场景。

　　虽然莎士比亚在其剧作中对伦敦着墨描绘不多，但毫无疑问他的事业在伦敦获得了蓬勃发展。伦敦是他的家园、他的人生舞台，也是他的创作灵感来源。因此我们应该永远感激伦敦。

莎士比亚时代的
泰晤士河岸边区

Bankside

1. 南沃克大教堂
2. 锚泊处
3. 环球剧院
4. 希望剧院
5. 斗熊剧院
6. 玫瑰剧院
7. 斗牛场
8. 天鹅剧院

现代时期的岸边区

1. 南沃克大教堂
2. 锚泊处
3. 环球剧院
4. 玫瑰剧院地基遗址
5. 岸边区美术馆

重要地址

诗人角　SW1P　教长院　威斯敏斯特教堂（地铁站：威斯敏斯特）

乔治旅馆　SE1　伯罗大街 77 号乔治旅馆院（地铁站：伦敦桥）

船锚酒馆　SE1　帕克大街 34 号（地铁站：伦敦桥）

柯林克监狱 SE1　柯林克街 1 号（地铁站：伦敦桥）

玫瑰剧院托管机构　SE1　帕克大街 56 号（地铁站：伦敦桥）

莎士比亚环球剧院　SE1　新环球路 21 号（地铁站：伦敦桥）

伦敦塔　EC3N　塔山（地铁站：塔山）

老迈特酒馆　EC1N　伊利街 1 号（地铁站：法灵登）

宴会大楼　SW1A　白厅（地铁站：威斯敏斯特）

中殿大厅　EC4Y　中殿路（地铁站：坦普尔）

镇公所　WC2P　格雷舍姆街（地铁站：穆尔盖特）

推荐阅读书目

安东尼·伯吉斯《无与伦比的太阳》《德特福德的死者》

杰弗里·乔叟《坎特伯雷故事集》

本·琼森《巴索罗缪集市》

克里斯托弗·马洛《帖木耳大帝》

《莎士比亚全集》

詹姆斯·夏皮罗《1599：莎士比亚生活中的一年》

第二章

激进人士与颠覆分子

马克思去世后安葬于伦敦北部的海格特公墓。他的墓碑上写着："哲学家们只是以各种不同的方式解释世界。然而重要的是改造世界。"

1381 年，在布莱克希思（Blackheath），游方教士约翰·保尔（John Ball，1338—1381，称为"游方教士"是因为他在大路上布道，不在平时的教堂里布道）吟诵出如下传世韵文佳句：

亚当夏娃男耕女织时
又有何人是绅士？

约翰·保尔对伦敦悠久的激进煽动传统做出了最早的贡献。他宣称："上帝把所有的人造得彼此相同，我们被束缚、被奴役是由恶人不公正的压迫造成的。"鼓动听众们闹革命。王室当然不能赞同他的这些思想，最终砍了他的头，悬挂在伦敦桥上示众。

没过多久，传统当局又砍掉了许多人头示众。一大群失望愤怒的农民在布莱克希思聚集起来，在屋顶铺瓦工瓦特·泰勒的率领下冲过伦敦桥，直捣奥尔盖特（途中可能经过乔叟的住宅）。这些起义者向全国各地散发檄文，进一步酝酿更大规模起义。许多檄文上都署名耕夫皮尔斯。这是郎格兰诗歌中描写的一位"圣徒般"勤奋的农夫的名字。他们还捣毁萨沃伊宫（Savoy Palace），在伦敦塔处决了大法官。最后他们遭到残酷镇压，1500多名起义者被杀害。

有关这次农民起义流传下来的唯一一部目击者记述文献名为《佚名编年史》，作者是伦敦的一位佚名王室成员。这部编年史强调说，反抗税制和农奴制的起义者都是一些邪恶卑劣的乡下人，肯定不是来自伦敦。

尽管这次农民起义遭到了残酷镇压，但随后仍激励了一些著名的起义运动。最为引人注目的是，大约300年后，保尔又对平等派成员产生了很大影响。平等派成员是17世纪出生在伦敦，在英国内战动荡的岁月里成长起来的革命团体成员。他们要求法律面前人人平等，提倡人民主权，要求扩大选举权，实行宗教宽容政策。平等派成员文笔功夫了得，发表了大量宣传手册。在他们引以为自豪的作品中有《英格兰悲惨的奴隶制》（*England's Lamentable Slaverie*）、《万民控诉书》（*A Remonstrance of Many Thousand Citizens*）等篇目。他们在伊斯灵顿（Islington）的酒馆里会面议事。其中有一家酒馆名叫迷迭香枝（Rosemary Branch）酒馆，其名称源自平等派成员们插在帽子上表明身份的一种香草小枝（如今在伊斯灵顿仍然有一家迷迭香枝酒馆，只是不在同一个地点）。最为有名的是，他们于1647年10月和11月在帕特尼（Putney）的贞女圣玛丽教堂举行了一系列辩论活动，最后推出了政治风潮中的经典之作《人民公约》（*The Agreement of the People*)。他们还向议会提交了一份有 1/3 伦敦公民签名的请愿书。也许是因为声势如此浩大，到 1649 年，平等派大多数领导人有的被害，有的坐牢。他们所写的宣传手册只有一部分流传下来。

在同一个历史时期，约翰·弥尔顿居住在伦敦城外的奥尔德斯盖特街（Aldersgate Street），也写出了著名檄文《论出版自由》（*Areopagitica*）。其讽刺笔触不难想象，由于开罪了审查人员，它只能在暗地里传播。

弥尔顿又活了很长时间，即使在完全失明后还写出了长诗《失乐园》（*Paradise Lost*）。伦敦许多其他革命者的处境就没有这样好。其中最悲惨的一位是玛丽·沃尔斯通克拉夫特（Mary Wollstonecraft，1759—1797）。1792 年她写出了《为女权辩护》（*A Vindication of the Rights of Woman*）一书［此书在一定程度上是针对一年前她的朋友托马斯·潘恩（Thomas Paine，1737—1809）在伊斯灵顿天使旅馆（Angel Inn）里所写的小册子《人权论》（*The Rights of Man*）所做的绝妙大胆的回应］。她在书中以过人的胆识提出的观点现在看来虽然平淡无奇，但在当时却使许多同时代人感到大为震惊：女人同男人一样聪明，唯一阻碍她们发展的原因就是缺乏适当的教育。沃尔斯通克拉夫特还患有抑郁症，不可靠的伙伴更使她吃尽了苦头。1795 年美国外交官，同时也是她幼小孩子亲生父亲的吉尔伯特·伊姆利（Gilbert Imlay，1754—1828）抛弃了她。由于一时想不开，她从帕特尼大桥

（Putney Bridge）上跳了下去。"当你收到这张便条时，"
她在自杀遗言中写道，"我那火辣辣疼痛的头将变得冰凉……
我要跳进泰晤士河去寻死，根本不会有被救生还的机会。"

即使在这种事情上，她也是不走运。最终一位过路人把
她救了上来。

到 1796 年，沃尔斯通克拉夫特同威廉•戈德温（William
Godwin，1756—1836）共筑爱巢，居住在（起初是未婚同居，
不太光彩）令人赏心悦目的新月形住宅区波利贡（Polygon）
街 29 号 [位于大英图书馆后面的国王十字路（King's
Cross）附近。这条街道早已被拆除，但当时那里居住着许
多躲避法国大革命的难民，所以使那一带同法国建立了一
定的联系]。遗憾的是，一年后她女儿玛丽的出生 [即玛
丽•雪莱（Mary Shelley），后来以科幻小说《弗兰肯斯坦》
（*Frankenstein*）扬名天下] 使她血液中毒。她一直没有恢复
过来，10 天后不幸去世。

60 年后，卡尔•马克思（Karl Marx，1818 —1883）坐在
了位于大罗素街（Great Russell Street）上的古老大英图书馆里
（座位号为 L13），撰写《资本论》。[50 年后，弗拉基米
尔•列宁（Vladimir Lenin，1870—1924）参观了马克思坐过的
L13 号座位。列宁登记的姓名为"雅各布•里希特"（Jacob
Richter）。当时诗人约翰•梅斯菲尔德（John Masefield，
1878—1967）看到了列宁，心想那位不寻常的人物究竟是谁呢。]

马克思在勤奋写书之余，喜欢到索霍区迪恩街（Soho's

Dean Street）——他的朋友弗里德里希·恩格斯（Friedrich Engels，1820—1895）家里——尽情享受一番美酒佳肴。马克思在勤奋写作一天后回家的路上，常常去附近的黑马（Black Horse）酒馆里喝上几杯。马克思在那家酒馆里最有名的举动就是爬上桌子发表演讲。

实际上马克思对酒吧间哲学情有独钟，酒瘾也大。德国共和派革命者威廉·李卜克内西（Wilhelm Liebknecht，1826—1900）19世纪50年代在伦敦居住时，是马克思的朋友。他在1901年撰写了一部讲述马克思生平事迹的《传记回忆录》（*Biographical Memoirs*）。在这部书中，李卜克内西回忆起他和马克思、德国政治哲学家埃德加·鲍尔（Edgar Bauer，1820—1886）在伦敦市中心外出狂欢时的情景。

"麻烦的是，"李卜克内西写道，"要从位于牛津街和汉普斯特德路（Hampstead Road）之间的每个酒馆顺手拿点什么。"这绝非易事，因为伦敦的这一片区域酒馆林立，"但是我们仍然知难而进，"他写道，"频频得手，一直干到托特纳姆宫路（Tottenham Court Road）尽头，无一闪失。"

他们在这里又进入一家酒馆，加入了嘈杂喧闹的人群。3人兴高采烈地说个不停。后来马克思又对众人大讲英格兰没有能同贝多芬相媲美的艺术家。"我们的主人开始眉头紧锁"，李卜克内西说道。于是这3个哲学家离开了酒馆。他们已经受够了酒馆，开始往家走，直奔海格特（Highgate）而去。

在回家的途中，这位著名的黑格尔派哲学家鲍尔看到了一堆铺路石，立刻喊叫起来："好啦，有主意了！"随后他便开始用石头击灭一盏又一盏煤气灯。马克思和李卜克内西也跟着干了起来。他们的举止引起了几名警察的注意，并向他们追来。这三个德国人飞快地跑进了一条街后窄巷。"马克思的表现出乎我的意料"，李卜克内西这样写道。他们三人回到了家里，"没有再去冒险"。

索霍的红狮（Red Lion）酒馆是马克思经常光顾的另一去处，位于大温德米尔街（Great Windmill Street）20号。1847年他曾在那里举办过讲座，并同恩格斯一起为共产主义者同盟制定了"行动纲领"。除此之外，不妨去参观一下位于克勒肯维尔的马克思纪念图书馆和工人学校。后者所在地是一座漂亮的18世纪建筑，由社会民主联盟建立的20世纪出版社也曾设在那里。列宁在流亡期间在那里工作过一年。

伊里奇（列宁）研究过伦敦的现实生活。他喜欢坐在公共汽车上长时间在市内穿行。他喜欢这座巨大商业城市中的繁忙交通。也有其他不同的地方——伦敦劳动人民租居的狭窄简陋的街道，晾衣绳从道路中间横过，饥瘦的儿童在家门口玩耍……伊里奇经常紧咬牙关用英语说道："两个国家！"

列宁妻子克鲁普斯卡娅回忆录

> 马克思去世后安葬于伦敦北部的海格特公墓。他的墓碑上写着:"哲学家们只是以各种不同的方式解释世界。然而重要的是改造世界。"

> 弗里德里希·恩格斯在伦敦租居的第一个公寓位于迪恩街28号,有时也成为卡尔·马克思的住处。如今那里是高档餐厅"君往何处"所在地,里面特设一个马克思单间,可以对外出租给"饮酒聚会的企业员工"。

在19世纪的伦敦街头,激进人士不仅仅只有马克思和恩格斯这两个人。1826年,作家威廉·科贝特(William Cobbett,1763—1835)在克勒肯维尔 - 格林(Clerkenwell Green)发表著名演讲,反对《谷物法》(*Corn Laws*)。1887年,乔治·萧伯纳(George Bernard Shaw,1856—1950)和前拉斐尔派画家兼作家威廉·莫里斯(William Morris,1834—1896)前往特拉法尔加广场(Trafalgar Square),参加声势浩大的示威活动,反对在爱尔兰采取强制手段,对那里的失业现状表示抗议。在广场上他们亲眼看见了血腥星期日所发生的事件——警察与示威者发生冲突,75人受伤,400人被捕。

20世纪20年代,也是在特拉法尔加广场,乔治·奥威尔(George Orwell,1903—1950)曾在那里露宿度日。后来他为表感激,在长篇小说《一九八四》(*Nineteen Eighty Four*)中将特拉法尔加广场重新命名为"胜利广场"(Victory

Square，那是书中一个主要的压迫之地）。在他讲述的有关极端错误的革命行动故事中，伦敦的许多地方得到了影射。书中"真理部食堂"的原型有一部分是英国广播公司（位于牛津街200号）那个没有窗户的食堂，其余则是伦敦大学的理事会大楼。当年在伦敦时，奥威尔自己的革命活动主要在纸上开展。20世纪40年代，他经常被人从珀西街（Percy Street）24号的阿克罗波利斯餐厅（Acropolis Restaurant）轰出去。他有什么罪过？因为没有穿短上衣。[有一回在那里和马尔科姆·马格里奇（Malcolm Muggeridge）用餐时，他要求换座位，为的是不必看《新政治家》（*New Statesman*）主编金斯利·马丁（Kingsley Martin）那张"腐败的脸"。此人在西班牙内战中站到斯大林主义者一边。]

我来到伦敦，过了几个月就成为一位托洛茨基主义者。

C.L.R. 詹姆斯

克勒肯维尔·格林（Clerkenwell Green）作为左翼基地的历史由来已久。早在20世纪初期它成为社会党人出版商大本营所在地之前，马克思纪念图书馆就已经成为威尔士穷人们的慈善学校。18世纪90年代，许多反战及政治运动办事处就坐落在格林街。乔治·吉辛（George Gissing）在其长篇小说《民众：英国社会主义的故事》（*Demos：A Story of English Socialism*）中突出描写了这片区域所发挥的作用。19世纪初期，那里有一家名为伦特（Lunt's）的理发店兼作咖啡屋和阅读室。宪章运动者们经常在那里聚会。你还可以在那里一边理发，一边喝咖啡，同时还能听那位理发师富有激情地发表反对奴隶制的演讲。其左翼倾向就是这么源远流长。

然而伦敦这座文学城市对于各种观点均能够兼容并蓄，等量齐观。在20世纪30、40年代的黑衫党[1]时代，戴安娜·米特福德（Diana Mitford，1910—2003）有可能是居住在伦敦的一位最为臭名昭著的法西斯作家。与此同时，也不乏思想信仰令人不快的其他人士。在诺丁山切普斯托路（Chepstow Road in Notting Hill）25号，有一个极为奇特的小团体，其核心人物分别是柯林·威尔逊 [Colin Wilson，1931—2013，他居然是哲学畅销书《局外人》（*The Outsider*, *1956*）的作者，出乎众人意料]，他的作家同行比尔·霍普金斯（Bill Hopkins，1928—2011）和约翰·布莱恩（John Braine，1922—1986）。威尔逊信奉独具特色的英国存在主义哲学。他认为只有5%的人具备运用政治权力的能力，应该允许这些超人统治其他大多数人。就在《局外人》一书出版发行不久，有位女士在当代艺术研究院举行的一次活动中对他的上述信

---

1. 黑衫党是第二次世界大战前意大利和英国的法西斯组织。

念和势利眼行为提出了质疑。

"威尔逊先生，我并不认为自己是位知识分子，"这位女士说道，"我有一个漂亮的住宅，一个精心打理的花园。丈夫很爱我，两个儿子待人热情，很有礼貌。请你严肃地告诉我，究竟我错在哪里。"

威尔逊回答说："你……你是最差劲的人！简直无法形容！一个主流罪犯！你只喜欢简单的东西，其他方面你一无所能。你的房子是垃圾，你的花园是垃圾堆，是沼泽地。你丈夫是混蛋白痴，你儿子是臭大粪。你是个社会渣滓，穷凶极恶。你居然还能怀孕，这太让人吃惊了。"没有人说过辩论从来都是斯文有礼的。

重要地址

贞女圣玛丽教堂　SW15　高街（地铁站：帕特尼桥）

天使中心区　N1　伊斯灵顿大街3-5号（地铁站：天使站）

特拉法尔加广场　WC2N　（地铁站：查令十字路）

理事会大楼　WC1E　马莱特街伦敦大学（地铁站：罗素广场）

推荐阅读书目

卡尔·马克思《资本论》

乔治·奥威尔《一九八四》

托马斯·潘恩《人权论》

玛丽·沃尔斯通克拉夫特《为女权辩护》

第三章

传教士与皈依宗教者

你啊，伦敦，特洛伊移民建造的城市，高高的塔顶方圆数英里清晰可见；你是多么幸运，你的四面城墙之内囊括了世界各地所有的美。

约翰·弥尔顿

许多作家都可能是叛逆者。不过虔诚的宗教信仰却也贯穿着整部伦敦文学史。在玛格丽·坎普巡游伦敦，乔叟所写的《坎特伯雷故事集》中的女修道院院长和僧侣讲完各自的故事之后很久，虔诚信教的男女信众们在小说和现实生活中均占有非常重要的地位。他们在长篇小说和诗歌里操办督管过无数次婚礼和葬礼；他们身穿黑袍，神色肃穆地游走在几十部维多利亚女王时期创作的长篇小说里，培育了一代又一代虚构作品中的学童。

　　然而对于文学作家而言，宗教人士并非一直是贵人善类。教会在伦敦文学史上的所作所为大多明显地表现为极力打压戏剧、长篇小说和艺术创作。例如，如果当年没有来自清教徒的压力，1576年伯比奇很有可能不会把剧院建在肖尔迪奇一带。

　　另一方面，许多作家也从宗教中吸取了巨大灵感。约翰·邓恩一开始只写一些粗俗（而且常常是露骨下流的）诗作，赞美他的恋人。不过他最终还是要为"三位一体的上帝""撞击"他的那颗心。后来邓恩甚至还成为圣保罗大教堂的教长，在1624年至1631年间担任过舰队街圣邓斯坦（St.Dunstan）教堂的圣职。1620年，邓恩曾经为林肯律师学院小教堂奠基铺石。正是从这座小教堂里传出的钟声,激发了他的创作灵感,使他写出"要求我们不要问丧钟为谁而鸣"的著名诗句。每当林肯律师学院有人离世时,中午便鸣起丧钟。(如今依然如此。因此当你从旁边走过并听到"当当"的钟声时,你心里会明白又有一位律师与世长辞了。)

你啊,伦敦,特洛伊移民建造的城市,高高的塔顶方圆数英里清晰可见;你是多么幸运,你的四面城墙之内囊括了世界各地所有的美。

约翰·弥尔顿

约翰·弥尔顿(1608—1674)将许多最为著名的诗作献给了上帝,尽管魔鬼也充斥于大多数诗句当中。弥尔顿在叶文街(Jewin Street)居住期间创作出了恢宏史诗《失乐园》(他当时居住的房屋毁于第二次世界大战,如今已掩埋于巴比肯城堡原址下面)。弥尔顿在其漫长的一生中居住过伦敦的许多地方。不过你若想在克勒肯维尔一带的弥尔顿街上找同诗人弥尔顿的关联之处,你肯定会大失所望。那条街道不是以诗人的名字命名,而是以19世纪30年代在那一带拥有最多房地产的一位富翁的名字命名。不过那仍然是个很有故事的地方,在改名之前曾叫格拉布街(Grub Street),当时许多作家在那里居住工作,是个非常有名的地方。亚历山大·蒲柏(Alexander Pope,1688—1744)在其创作的《愚人记》中以纪念的笔触将那里描绘为一条大道，"诗人忧心忡忡，痛苦地守夜，自己虽彻夜不眠，却要将读者送入梦乡"。在不远处的班希尔路（Bunhill Row）125号，你可以找到弥尔顿的一处故居原址。

"班希尔"有其宗教上的缘分。约翰·班扬（John Bunyan，1628—1688）去世后安葬在伊斯灵顿区的班希尔菲尔德（Bunhill Fields，诗人布莱克和作家笛福长眠在附近）。1688年8月，这位浸礼会传教士兼宗教诗人在前往伦敦途中不幸去世，最后安葬在班希尔菲尔德。

另一位前往伦敦的传教士是劳伦斯·斯泰恩（Laurence Sterne，1713—1768），他就是那部蔑视礼法、胆大妄为的长篇小说《项狄传》的作者。斯泰恩在约克郡的考科斯沃尔德（Coxwold）担任圣公会牧师，经常前往伦敦。1759年在其长篇小说第一卷出版前后，斯泰恩在索霍区莱赛斯特广场（Leicester Square）47号乔舒亚·雷诺兹（Joshua Reynolds）的工作室里遇到了塞缪尔·约翰逊。他把《项狄传》的第一行献词读给塞缪尔·约翰逊这位词典编写专家听，但是没有给约翰逊留下深刻印象。"我当时对他说，这不是英语，先生。"约翰逊后来回忆道。同班扬一样，斯泰恩也在伦敦度过余生。1768年，他在老邦德街（Old Bond Street）41号居住了一年多的房屋里去世时，一贫如洗。就在他咽下最后一口气时，查封官们正在他仅剩的那点遗物中翻找值钱的东西。最终他被安葬在圣乔治菲尔德［距贝斯沃特（Bayswater）路不远，靠近现在的大理石拱门]。但是没过几天，斯泰恩的遗体就被一位解剖学教授盗走了。据研究莎士比亚的学者埃德蒙·马隆（Edmond Malone，1741—1812）披露，"有一位在解剖现场的绅士一看到那具尸体，就立刻认出了斯泰恩的那张脸"。后来斯泰恩的遗体又再次被小心地掩埋起来，只是在 1968 年才得到永久的安息——斯泰恩的遗体再次被挖出来送回考科斯沃尔德的项狄厅（Shandy Hall）。

伦敦另一位著名的诗人牧师是杰勒德·曼利·霍普金斯（Gerard Manley Hopkins，1844—1889），他出生在伦敦东北部的斯特拉福德。1854 年，他 10 岁时就被打发到海格特北路的海格特学校去读书。在那里，他对早期基督教苦修禁欲者产生很大兴趣，并同一个朋友打赌，说自己不喝水能比他挺过更长时间。几天后霍普金斯赢了，但是他的舌头已经发黑，身体也垮下来了。他还凭借自己创作的《埃斯克里亚尔建筑群》（*The Escorial*）在学校举行的诗歌大赛中摘取大奖。这首诗歌的创作灵感有一部分来自早期在附近居住过的大诗人济慈（诗中还对僧侣和历史遗迹颇有感怀，表露了忧思）。后来他成为一名耶稣会士，在伦敦南部鲁汉普顿（Roehampton）的马雷萨学校教书，最终成为梅费尔（Mayfair）农场街教堂的一名助理牧师。

在极为顽强地维护宗教信仰，坚定地追随霍普金斯的人物当中就有希莱尔·贝洛克（Hilaire Belloc，1870—1953）。他居住在切恩街 104 号的房间里，曾经撰文猛烈抨击像 H.G. 威尔斯（H. G. Wells，1866—1946）那样具有科学头脑的理性主义者，使威尔斯不由得抱怨说："他那种人讲起话来嗓门高，语速快，生怕听到对方说什么。"

> 在丹尼尔·笛福所写的《瘟疫年纪事》（1722）中，有位名叫所罗门·伊戈尔斯的宗教狂热者喜欢在舰队街附近的街道上招摇地走来走去，谴责伦敦的各种罪孽（"有时近乎一丝不挂，头上顶个燃烧着的炭火盘"）。

贝洛克在舰队街的《晨报》报社工作时，也写过一些抨击性的文章，但后来由于不服管束，工作不守时被解雇。这是因为他像喜欢宗教一样，也很喜欢喝酒。20 世纪 30 年代，他做过一次最著名的发言。当时在泰晤士街酒商大厅（Vintners' Hall）举行森茨伯里俱乐部（Saintsbury Club）文学晚宴，贝洛克喝了一瓶 1878 年酿造的拉图葡萄酒。他站起身来发言，大声叫道："这是葡萄酒，我喝醉了！"然后他又坐了下来。

贝洛克虽然性情有些古怪，却也结下了一些深厚的友谊。他同 G.K. 切斯特顿（G.K.Chesterton，1874—1936）的关系非常亲密。他们两人被合称为切斯特贝洛克。切斯特顿作品中最著名的人物是天主教牧师布朗神父，他后来找到了真正适合自己的职业，离开埃塞克斯郡的考伯霍尔，前往伦敦开始了破案生涯。切斯特顿本人居住在肯辛顿（Kensington）

华威花园（Warwick Gardens）11 号，但是经常有人看到他出现在舰队街艾尔维诺（El Vino）酒馆里，躬身坐在酒桌旁边。那里是他爱去的地方，便于他"一边痛快豪饮，一边冥思苦想"。（在艾尔维诺酒馆使他出名的并不是他的宗教，而是他看谁不顺眼，就拿着一根内藏刀剑的棍杖把谁轰出去。）

还有一事却没那么有趣。贝洛克和切斯特顿经常被指责拥有反犹太主义立场。他们这种人正在慢慢地消失，令人感到欣慰，而不是悲伤。

不过仍然有许多优秀作家坚持自己的宗教信仰，特别是继续坚持由伦敦小说家伊夫林•沃（Evelyn Waugh，1903—1966）和格雷厄姆•格林（Graham Greene，1904—1991）提倡的浪漫天主教宗教信仰。伊夫林•沃在杰勒德•曼利•霍普金斯曾经工作过的梅费尔农场街那座教堂里皈依了天主教。对此舰队街各家报纸深感震惊。《每日快报》宣称，"梅费尔年轻的讽刺作家归顺罗马"。另一家报纸写道："超级现代派人物变成了教皇至上论者。"

此时，格林也已皈依天主教（1926 年，他经人介绍，在诺丁汉被正式接纳为教会成员。他形容自己的那位介绍人看上去好像是从"皮卡迪利大街不合适的一边"冒出来的人物）。虽然格林真诚皈依了天主教，但他与教会的关系并不融洽。有时他自称为"天主教的无神论者"，甚至在创作宗教信仰题材的作品时，他的思想倾向也是模棱两可。长篇小说《权力与荣耀》（*The Power and the Glory*）几乎被列入天主教禁书书单（凡是被教会列入这一书单的图书均被视为具有异端邪说、反教权、内容淫荡等特点，结果会遭到查禁）。格林本人曾收到一封由威斯敏斯特大主教写来的书信，信中斥责《权力与荣耀》这部长篇小说"似是而非""描写了一些超乎寻常的内容"。远在梵蒂冈受托对这部长篇小说进行评价的那位读者称，它"扰乱了基督教徒内心中应该拥有的那种宁静精神"。他还声称，格林作为一名作家，"对于不道德的性行为有着一种变态的欣赏"。

他们也会对缪丽尔·斯帕克（Muriel Spark，1918—2006）给予同样的评价。《纽约客》（New Yorker）将她称为"记述令人毛骨悚然的修女和学校女生阴谋的文人"，然而她还是一位皈依天主教的虔诚教徒。20 世纪 50 年代，她住在伦敦坎伯威尔区（Camberwell）的一个卧室兼起居室的房间里，居住期间皈依了天主教。作家沃和格林曾一起劝说麦克米伦出版社出版她创作的有关这段情感经历的第一部长篇小说《安慰者》（The Comforters）。格林在一封书信中对斯帕克说，那家出版社也许不是出版如此"怪异"作品的最佳选择。

T.S. 艾略特（T.S.Eliot，1888—1965）在 1927 年皈依天主教以后，开始在肯辛顿圣斯蒂芬教堂（St.Stephen's Church）担任教会委员。这一举动使得布鲁姆斯伯里文化团体中的那些朋友深感震惊。从这一天起，"汤姆·艾略特对我们所有人而言可以说已经死去了，"弗吉尼亚·伍尔芙对一个朋友这样说道，"他已经成为国教高教会派教徒，信仰上帝与永世不朽。"艾略特坚持自己的立场，毫不动摇。尽管伍尔芙和其他人不停地挖苦刺激他，艾略特一直在同一个教堂里做礼拜，时间长达30多年。

1938年8月13日，《卫报》报道说："伦敦东区的一些印度伊斯兰教徒举行隆重仪式，焚烧H.G.威尔斯编写的《世界简史》一书。"

另据《卫报》报道，书一烧完，来自伊斯兰圣战组织的1000多名代表就要向印度事务部进发，"要求采取一定措施查禁那本书"。

愤怒的暴民还扬言要向位于摄政公园附近的威尔斯住宅进发。不过这种情况似乎并没有发生。8月19日，这些示威者仅仅在位于奥德维奇（Aldwych）街上的菲罗茨·可汗·怒恩（Firoz Khan Noon，印度事务高级专员）的办公室前举行了一场喧闹的集会，除此之外别无其他举动。

示威者们在那里齐声高喊"打倒无知的威尔斯""真主安拉伟大"。他们的领导人提交了一份"书面申诉"。印度事务高级专员表示他会将这份书面申诉转交给政府。随后他们的一位发言人对记者说，"现在我们感到满意了"。事情至此似乎已告结束，直到20世纪80年代，萨尔曼·拉什迪（Salman Rushdie）又写出了《撒旦诗篇》（*The Satanic Verses*）。

自斯帕克以来，作家们公开承认自己信仰的情况减少了。值得注意的是，由于作家生来具有反叛倾向，极爱挑剔，因此自珀西·雪莱（Percy Shelley，1792—1822）起，一直都有作家公开放弃宗教的情况。然而在伦敦文学史上的大部分时期里，教会组织最终还是设法接纳了作家。能够看到许多作家的最佳场所（至少是他们的遗骨）就是威斯敏斯特教堂里的诗人角。在那里，除了可以看到为安葬在别处的作家竖起的大量纪念碑外，也可以看到下述作家的遗骨，他们是约翰·盖伊（John Gay，1685—1732）、亨利·詹姆斯（Henry James，1843—1916）、鲁德亚德·吉卜林（Rudyard Kipling，1865—1936）、杰弗里·乔叟、查尔斯·狄更斯（Charles Dickens，1812—1878，他本人想安葬于罗切斯特市）、埃德蒙·斯宾塞（1552—1599）、约翰·德莱顿（John Dryden，1631—1700）、阿尔弗雷德·丁尼生勋爵（Alfred Lord Tennyson，1809—1892）、托马斯·哈代［Thomas Hardy，1840—1928，他的遗体安葬在诗人角，但是他的心脏却用饼干盒送到了多塞特郡的圣迈尔斯廷茨福特教堂（church of St.Michael's Stinsford in Dorset）］、塞缪尔·约翰逊（1709—1784）和本·琼森（1572—1637，他生前曾对教长说："先生，6英尺长、2英尺宽的地方对我来说太大了。2英尺长、2英尺宽足够了。"因此他的遗体是竖直安葬的）。

重要地址

圣保罗大教堂　EC4M　圣保罗大教堂院内（地铁站：圣保罗大教堂）

西区圣邓斯坦教堂　EC4A　舰队街（地铁站：大法院路，坦普尔站）

林肯律师学院小教堂　WC2A　财政部（地铁站：大法院路）

班希尔菲尔德公墓　EC1Y　城市路38号（地铁站：老街）

威斯敏斯特大教堂　SW1P　伦敦教长院20号（地铁站：圣詹姆斯公园，威斯敏斯特）

推荐阅读书目

约翰·邓恩《邓恩诗集》

格雷厄姆·格林《爱到尽头》

约翰·弥尔顿《失乐园》

伊夫林·沃《一抔尘土》《旧地重游》

第四章

神秘主义者与巫师术士

我徘徊在每一条特许的街道上，
附近特许的泰晤士滚滚流淌。
我遇到的每一张脸上都写着
写着病弱，写着哀伤。

威廉·布莱克《伦敦》

作家们描绘新的生活，回顾过去，展望未来，努力树立自己的不朽名望，为自己的读者创造出一个又一个神奇魔幻世界。许多作家都曾显露出神秘主义、宗教倾向与迷恋情愫，这不足为奇。而且居住在伦敦的不少作家在这方面更胜一筹。他们遨游苍穹，目击万物，其气势风采如同在纸上笔走龙蛇一样。

当时最奇特的一个人物就是约翰·迪伊（John Dee，1527—1608）。他是伊丽莎白一世王宫里的一位神秘巫师，担任女王的占星顾问，甚至还为女王加冕选择了良辰吉日：1559年1月15日。

在那之前，迪伊过了几年流亡生活。1553年，玛丽一世指控迪伊企图用"巫术"谋害她（她曾将迪伊短期关押在汉普顿法院监狱），于是迪伊被迫离开了首都。回来后，他在伦敦西南部里士满区附近的莫特雷克区（Mortlake）扎下了根，积累起据说是欧洲最丰富的一大批藏书。他还写出了49本著作，这些著作大多内容奇特而复杂。例如，他于1564年所写的《象形符集》（*Monas Hieroglyphica*）专门研究一种他画的象形符号，用以解释天地万物的神秘统一关系（自出版以来，读者极少，不解其意）。他写的《完美航海术探究》

（*General and Rare Memorials Pertayning to the Perfect Arte of Navigation*）比较易于理解。他在这部书中提出了对海洋帝国的展望宏图，认为英国对美洲新世界拥有领土主权。这种思想在历史上风行一时，但是迪伊本人并没有亲眼看到有关成果。在他去世的 1609 年，伊丽莎白女王驾崩后他也失宠于王廷。他回到了莫特雷克，默默无闻地过着贫困生活，依靠出卖珍贵藏书度日。

迪伊去世后安葬在当地的贞女圣玛丽教堂墓地，但是没有竖起墓碑标明他安葬的具体位置。他的住宅很久以前就消失了，只留下一道花园围墙，将教堂墓地同一座公寓大楼分隔开来（这座公寓大楼被命名为"约翰·迪伊公寓"）。

迪伊去世后同生前一样引人注目，倒也符合他那种严肃神秘主义者的身份。有证据表明，他就是莎士比亚戏剧《暴风雨》（*The Tempest*）中普洛斯彼罗（Prospero）的原型人物；他还使詹姆斯·邦德拥有了 007 代码［当年弗莱明（Fleming）在创作《皇家夜总会》（*Casino Royale*）的过程中读了一本有关迪伊的回忆录，了解到伊丽莎白一世在同迪伊的书信往来中将迪伊称为"007"］。从那时起，迪伊便出现在多部长篇小说里，包括迈克尔·斯科特（Michael Scott）的《永生的尼古拉斯·费拉梅米的秘密》（*The Secrets of the Immortal Nicholas Flamel*），约翰·克劳利（John Crowley）的《埃及》（*Egypt*），彼得·阿克罗埃德（Peter Ackroyd）的《迪伊博士故居》（*The House of Doctor Dee*）。这本书把位于伦敦斗篷（Cloak）路那幢名义上的住宅移到了克勒肯维尔。

在生命中的最后几年里，迪伊最着迷的一件事情是同天使和魔鬼进行沟通交流，为的是学会天地通用的创世语言。他虽然没有成功掌握这种语言，但是痴心不改。1743 年的一天，伊曼纽尔·斯威登堡（Emmanuel Swedenborg, 1688—1772）在位于舰队街索尔茨伯里法院（Salisbury Court）附近的一个酒店单间里用餐。在这个过程中，他发现房间里爬满了青蛙和蛇，而且还出现了另外一位用餐者——一位同胞绅士。此人劝他不要吃得太多。斯威登堡急匆匆赶回家里，那位绅士又出现了，宣称自己就是耶稣。从那时起，斯威登堡放弃了科学事业（在故乡瑞典，他是一位著名的工程师），开始撰写大量的多卷本著作，专门讲述他同有翼天神的对话内容。

伦敦幽灵俱乐部的前身是剑桥讨论会，主持人为 M. R. 詹姆斯（M. R. James，此人曾写出超自然主题经典作品《啊，打一声呼哨，我就会来到你的身边，少年》）。后来他们移到了伦敦。在梅费尔区杰明街（Jermyn Street）梅森儒勒餐厅（Maison Jules Restaurant）组织的晚餐聚会上，幽灵俱乐部成员亚瑟·柯南·道尔（Arthur Conan Doyle）、查尔斯·狄更斯、W. B. 叶芝（W. B. Yeats）、阿尔杰农·布莱克伍德（Algernon Blackwood）和西格弗雷德·萨松（Siegfried Sassoon）等人经常热烈探讨超自然现象。目前这家俱乐部仍存在，每月在大理石拱门附近的胜利服务俱乐部（Victory Services Club）举行聚会活动（每年 11 月 2 日，要念诵幽灵俱乐部全体成员"无论在世的还是离世的"名字。已经离世成员标记为"未参加"）。

斯威登堡的作品激发了一位年轻人的创作灵感。他的名字叫威廉·布莱克（William Blake，1757—1827）。他于 1757 年 11 月 28 日出生在索霍区布罗德街 [现为布罗德威克街（Broadwick Street）] 28 号，从小就深受那一带非正统宗教的影响。他显然是位天生的叛逆者，在家里很不守规矩，父母只好把他打发出门。先是把他送到斯特兰德（Strand）大街的帕尔绘画学校学习绘画，后来又送他到大王后街跟雕刻师詹姆斯·巴西尔（James Basire）做学徒 7 年。布莱克离开师傅巴西尔后，在皇家艺术学院学习期间也养成了斯威登堡的那些习惯。他不仅看见幻象，更是积极地同幻象打起了交道。他开始同天使们对话，而且与妻子一道赤身裸体坐在朗伯斯区（Lambeth）赫拉克勒斯路自家花园里背诵《失乐园》中的片段。每当有人来访时，布莱克就请他们"来见一见亚当和夏娃"。

我徘徊在每一条特许的街道上，
附近特许的泰晤士滚滚流淌。

我遇到的每一张脸上都写着

写着病弱，写着哀伤。

威廉·布莱克《伦敦》

布莱克在南莫尔顿街 17 号短暂地居住了一段时间。在那里，他从自己看到的幻象以及同天使对话中获得灵感创作了一些诗歌，并亲自绘制插图。其中有些诗歌呈现给乔治二世过目，但是这位国王没有什么好感，吩咐人立刻把那些诗歌拿走。1809 年，布莱克在索霍区布罗德街他兄弟开设的针织品商店上面举办了唯一一次画展。评论家罗伯特·亨特在《检查者》上对布莱克的这次画展发表了评论，看法同国王一样。他评论道："那些绘画只是疯子的癫狂作品，画家本人是一位不幸的疯子……极端虚荣，受害不浅。"结果一幅作品也没卖出去。后世观众比较友善一些。如果你想同布莱克本人进行无言的交流，可在威斯敏斯特教堂看他的半身雕塑，参观位于赫拉克勒斯路的威廉·布莱克庄园，或者去南莫尔顿街看一看布莱克在伦敦仅存的一处故居（原来共有 8 处）。在位于国王十字路的大英图书馆里可以看到布莱克诗作《伦敦》的原稿。

彼得·阿克罗埃德将他在《迪伊博士故居》中运用得完全娴熟的叙述技巧，又运用在探索伦敦建筑的神秘作品《霍克斯摩尔》当中。他将虚构手法、神秘主义同砖瓦灰浆水乳交融般地结合在一起，取得了令人惊叹的表现效果。

在作品中他紧随着尼克拉斯·戴尔的足迹，展开情节，叙述故事（此人的原型是现实生活中的建筑师尼古拉斯·霍克斯摩尔）。尼古拉斯·戴尔是地下教派"热诚教友派"会员，每当在伦敦一带修建教堂时都要举行献祭活动。戴尔把教堂看成是一个巨大护身符的组成部分，将它们按着昴星团的形式加以布局建造。不妨看一看 60 页图上斯皮塔尔菲尔兹（Spitalfields）的基督教堂，布鲁姆斯伯里的圣乔治教堂，圣玛丽伍尔诺斯教堂，圣安妮教堂所在地莱姆豪斯以东的圣乔治教堂，以及位于格林尼治的圣阿腓基教堂。

这些教堂全都非常美观漂亮，值得前去游览。不过在那里挖土三尺寻找死尸的事情却会令众人不悦。要记住，阿克罗埃德笔下的第七座教堂孟休小教堂只是小说的虚构美饰之笔。因此，最为忠诚的读者也无法在现实世界中找到它。

后来到 19 世纪，约翰·迪伊还直接影响了黄金之晓[1]的魔法教团。这个教团除组织其他活动外，还试图在其 1888 年

---

1. 又译"金色黎明"。

建立于圣詹姆斯街 86 号马克梅森大厅（Mark Masons' Hall）里的神殿中同赫尔墨斯神进行沟通联系。别看如今它只是一个无足轻重的地方，马克梅森大厅当年却是伦敦地下魔法活动的中心。诗人 W.B. 叶芝（1865—1939）就是出席在伦敦旅馆（London Lodge）举行的黄金之晓神秘仪式的最著名常客。他一直居住在附近布鲁姆斯伯里区尤斯顿广场 5 号，经常疯狂地甩动手臂在周边街道上走来走去，使左邻右舍甚为惊恐。这是他同缪斯女神进行无言沟通时喜欢做出的一个动作。据说他在同缪斯女神沟通时梦到了后来写出的最著名诗作，包括诗集《绿色头盔》（*The Green Helmet*）和《芦苇中的风》（*The Wind among the Reeds*）。［尤斯顿广场 5 号对于叶芝崇拜者来说具有重要意义，因为叶芝在 1917 年离开后，他的恋人莫德·冈（Maud Gonne）又搬了进来。］

经人引荐，在马克梅森大厅加入黄金之晓魔法教团的成员中有一位叫阿莱斯特·克劳利（Aleister Crowley，1875—1947）。克劳利是《谎言书》（*Book of Lies*）和《吸毒恶魔的日记》（*Diary of a Drug Fiend*）等魔幻作品的作者。黄金之晓魔法教团声称，凡泄露秘密者一律处死。但是克劳利不仅把教团仪式的秘密开心地告诉了他所认识的每一个人，而且还擅自盗用这些仪式，在位于大法院路（Chancery Lane）67-69 号的豪华公寓里建立了自己的异教组织。他将公寓装饰成了神殿。有个房间里摆满了镜子，另一个房间里摆着一副克劳利用血和死麻雀喂食的人骨架。在这个藏身之处，克劳利吸食毒品，试图把魔鬼招来，直到1889年有一天心血来潮，从伦敦迁到了苏格兰的博尔斯金（Boleskine）。

科学与理性的持续发展使人们很少再相信天使现身、天降祸福这类事情。但是在19世纪末和20世纪初期几十年间，特别是在第一次世界大战之后，降灵说仍然风行一时，很有影响。其中最具悲剧色彩的一段传奇故事同亚瑟·柯南·道尔有关。在第一次世界大战临近尾声时，他在儿子金斯利死后对来世越来越感兴趣。他加入了降灵师全国联盟，开始参加在伦敦一带举行的降神会，包括在布鲁姆斯伯里的巫师P.T.塞尔比特（P.T.Selbit）家里举行的降神会。尽管许多降灵师后来被斥为骗子，有时他们自己甚至也承认是在蒙人，柯南·道尔仍然拒不相信对他们的任何斥责揭露。他当时太需要来世了，对于降灵论也抱着非常严肃的态度，并以此为主题创作了一部中篇小说《迷雾之国》（*The Land of Mist*）。他还要求在他死后举行降神会。他表示在降神会上他会回来的，并将以颇为疯狂的形式证明那些持怀疑态度的人全都错了。1930年7月，在他去世后不久，巫师们与皇家艾伯特音乐厅（Royal Albert Hall）安排举行了一次降神会。会上为他专门摆放了一把椅子，椅子顶端有张卡片，上面写着"亚瑟·柯南·道尔爵士"。遗憾的是，谁也没有看见他坐在椅子上。

1900年，黄金之晓教团从圣詹姆斯街比较靠近市中心的地方搬迁到肯辛顿区布莱斯街36号。4月9日在那里阿莱斯特·克劳利同W.B.叶芝之间展开了一场"斗法"。当时兴高采烈的克劳利戴着黑色面罩冲进了教团办事处，高声叫道他要接管教团。于是"斗法"开始了。紧接着，克劳利对在场人员反复念咒，施以魔法。要不是叶芝出手相助，那些教众无疑会全部败下阵来。叶芝当时恰好也在大楼里，以自己的魔法招数给予有力回击，镇住了克劳利，直到市警察部队赶到解围。叶芝虽然取胜，但好景不长。克劳利很快得到黄金之晓教团头目的原谅，而叶芝本人却被驱逐出教团。叶芝在随后的几年里一直惧怕克劳利，因为此人不停地忙着雕制叶芝蜡像，并在上面插上了钢针。此外，克劳利还（叶芝相信是这样）雇用兰贝斯当地的犯罪集团，每天付给他们8先令劳务费，指使他们"严重伤害，最好灭掉"叶芝这位诗人。

彼得·阿克罗埃德的建筑星阵图

圣乔治教堂（位于布鲁姆斯伯里区）
布鲁姆斯伯里路
圣乔治教堂
新牛津街
霍尔本路
齐普赛路
圣玛丽勒波尔诺斯教堂
主教门
基督教堂（位于斯皮塔菲尔兹市场一带）
白教堂路
东区圣乔治教堂
莱姆豪斯区圣安妮教堂
黑衣修士桥
伦敦桥
格雷斯路
加拿大码头
萨里码头
老肯特路
新十字路
圣阿腓基教堂（位于格林威治区）
格林威治皇家天文台

重要地址

皇家艺术学院 W1J 皮卡迪利大街伯灵顿大楼（地铁站：皮卡迪利大街）

伦敦南莫尔顿街 17 号 W1 （地铁站：邦德街）

大英博物馆 NW1 尤斯顿路 96 号（地铁站：国王十字路）

马克梅森大厅 SW1A 圣詹姆斯街 86 号（地铁站：皮卡迪利大街）

皇家艾伯特音乐厅 SW7 肯辛顿格尔（地铁站：南肯辛顿）

推荐阅读书目

彼得·阿克罗埃德《迪伊博士故居》《霍克斯摩尔》

威廉·布莱克《插图版布莱克全集》《经验之歌》

威廉·巴特勒·叶芝《叶芝自传》

第五章

碎语闲言与文坛敌手

> 别再发表济慈诗作了，拜托了：把他活剥了吧；
> 如果你们有人不干，我必须亲自扒了他的皮。
>
> 拜伦勋爵论约翰·济慈

伦敦孕育过许多美好的文坛友谊，它曾经吸引了数百名作家来此定居。这些作家聚集在小餐馆里，一边喝着廉价葡萄酒，一边构思作品情节，或者空想出新的文学运动，撰写各种宣言……伦敦曾经汇集了无数文学流派、对立流派以及各种新典范。它见证了不断涌现出的诸多理论学说，几乎是各个时期、各种形式不同版本理论学说的集中汇聚之地。伦敦甚至还为表演型的诗人提供了实践其恐怖艺术的安全场所。

如此和谐融洽氛围与思想自由交流的状况值得大书特书之处确实不少。相反的事例亦有所闻，不一而足。文人之间的敌对倾轧同样不容小觑，数百年来一直激励着伦敦的作家们在笔墨之中添加毒言恶语，加剧奋笔疾书的紧迫性，写出不少精彩可陈的诅咒鞭挞之作。

在伦敦这座都城里，有关作家钩心斗角的最精彩故事自然是以爱好决斗和争辩的伊丽莎白女王时代的人物为主角。下次再听到有人热情奔放地评说莎士比亚时，不妨想一想罗伯特·格林（Robert Greene，1558—1592）。他对于邻居、剧作家同行早早取得的成就深感嫉妒，颇为恼火。他在1592年所写的一本小册子里将莎士比亚称为"乌鸦暴发户，用我们的羽毛美化自己"。这还不够，他还说道：

（他）自以为能像你们当中最有才华的人物一样可以胡诌出一首无韵诗。他只是一个杂而不精的人，却自负地认为在国内舞台上只有他才能呼风唤雨，名震八方。

遗憾的是，这场对抗提前结束了，莎士比亚甚至都没有机会进行回击，因为格林在其所写的小册子发表之前就一命呜呼了。据学者加布里埃尔·哈维（Gabriel Harvey, 1552—1631）透露，格林因"过度食用腌制鲱鱼，又喝了大量莱茵白葡萄酒"而丧命，死后葬在布罗姆利（Bromley）的贝德拉姆（Bedlam）教堂墓地。因此可以说，莎士比亚没有必要进行反击。

1598 年，本·琼森（他总是爱好打架斗殴，我们在本书第一章里见识过这一点）对演员加布里埃尔·斯宾塞（Gabriel Spencer, 1578—1598）感到忍无可忍，于是便同他在霍克斯顿 [Hoxton，当时叫作霍格斯登（Hogsden）] 菲尔兹（Fields）展开了一场决斗。结果加布里埃尔丧命。本·琼森只是靠着声称具有神职人员的权力才免除一死。（为了逃避死刑，他施展欺骗手法，吟诵了一段《圣经》韵文。）结果他必须放弃拥有的一切，右手大拇指上还被打上了烙印。

过了不到 100 年，罗切斯特伯爵约翰·威尔莫特（John Wilmot, Earl of Rochester, 1647—1680）也开始兴风作浪。没有几位作家像他那样处心积虑地专找同行的麻烦，给人添堵，而且还干得有声有色，从未失手。他在自己所写的《论霍拉斯》（*Allusion to Horace*）中蓄意侮辱伦敦的其他诗人和剧作家，斥责他们"下流""轻率""迟钝"，表现出的东西"根本算不上艺术"。他特意将当时的桂冠诗人约翰·德莱顿单独列出来进行攻击：

> 对的，先生，我曾直言德莱顿的押韵诗文
> 窃自他人，参差不齐，多是无聊腻人
> 又有哪位愚蠢恩主出头为他护短
> 盲目偏袒，不许我吐露真言？

后来他又在这首诗里将德莱顿称为"雏鸟诗人"，暗示他性无能，而且还开了一些非常下流的玩笑，即使在将近400年后的今天，我们也不敢公然在此将其刊印出来。

那些肆意侮辱的言辞肯定伤人，尤其是那些原本就是朋友的。别看德莱顿好写一些赞颂美德的长篇剧作，而罗切斯特伯爵生猛的性癖好就像他的剧作一样有名，可他们两个人还是交上了朋友。罗切斯特伯爵甚至帮助过德莱顿在其剧作《时髦的婚姻》（*Marriage-à-la-mode*）中写过一些对话（据说增写了一些有关早泄的笑话）。但是两个人的交情很快就开始恶化。当罗切斯特伯爵听说德莱顿在三周内写出了一个新剧本时，他不屑一顾地说道："三周？这家伙怎么用了这么长时间？"接下来他就开始写诗侮辱德莱顿，逢人便说德莱顿也在败坏他的名声。1678 年，他认为德莱顿在一篇匿名

发表的"讽刺文"当中诋毁他，称他"行为残忍，四肢淫猥"。

在有关罗切斯特伯爵的传闻中（数量很多），也许最有趣的传闻就是关于1676年在街头斗殴之后的那段经历。由于他害怕国王对他采取惩罚措施，便逃到塔山一带躲避起来。他在那里假借"本多医生"（Doctor Bendo）的名号开了一家诊所，大力宣传他的妇科医疗服务。他对于不孕不育症的治疗（自己亲自献身捐精）获得巨大成功。他非常喜欢这项工作，隐姓埋名干了一段时间。

如今大多数人认为那篇文章的实际作者是马尔格雷夫伯爵（Earl of Mulgrave，1648—1721）。可是罗切斯特伯爵坚信作者就是他以前的朋友德莱顿。他火冒三丈，找来三个人殴打那位倒霉的桂冠诗人。1679年12月里一个漆黑的夜晚，他们在羊羔与旗帜（Lamb and Flag）酒馆外面把德莱顿逼进了一个角落（在考文特花园附近的罗斯街仍然可以看到这家酒馆；它曾经被称为"血桶"，真够贴切）。然后他们就开始用短粗的棍棒毒打德莱顿，直到把他打得失去知觉。罗切斯特一直否认这事同他有关。不管怎么说，他都在暗中偷着乐，即使没有毁掉对手的文学创作生涯。

但是德莱顿还是笑到了最后。罗切斯特伯爵在一年之内死于梅毒。德莱顿又从事了20年文学创作，颇有收获。在此期间 [美国当代摇滚乐队邦乔维（Bon Jovi）的粉丝们会欣喜地了解到] 德莱顿造出了 "blaze of glory"（荣誉的光芒）这个词语[1]。德莱顿虽然取得了一些成绩，但是最后几十年里也并非一帆风顺。1688 年光荣革命过后，德莱顿失宠，失去了桂冠诗人的称号。后来他搬到了杰勒德街（Gerrard Street）43 号狭小拥挤的房间里。在那里居住期间，德莱顿有时连买面包的钱都没有，但仍然坚持写作。他和妻子经常吵个不停，让左邻右舍非常反感。他的妻子把书视为自己的大敌，并抱怨说，如果自己是一本书的话，她和德莱顿的关系就会好一些。对此德莱顿反唇相讥道："如果你要变成一本书，就让它是本年鉴吧，我也好每年都把你更换一次。"[数百年后，那处住宅变成了很有文人特点的 43 号俱乐部。第一次世界大战爆发前，那里成了切斯特顿（Chesterton）和康拉德（Conrad）等文坛名家经常光顾的地方。房东声称，德莱顿生性嫉妒的鬼魂守护着这个地方。]

其他作家之间的敌对怨仇虽然不像德莱顿和罗切斯特伯爵之间表现的那样具有很强的暴力色彩，却也非常狠毒。19 世纪初，拜伦勋爵（1788—1824）居住在奢华的"阿尔巴尼"（Albany，那是位于皮卡迪利大街的一群单人公寓），不喜欢出身低微的约翰·济慈（1795—1821）。拜伦在写给出版商约翰·默里（John Murray）的一封书信中，不怀好意地说

1.Blaze of Glory 也是邦乔维乐队一张音乐专辑的名称。

济慈写的是"尿床诗",有些诗作就像"描写肉欲……好比一个意大利小提琴手每天同德鲁瑞巷的妓女厮混时得到的那种快感……"济慈在写给他兄弟的信中以不动声色的笔触进行了毫不客气的回击:"我们之间存在着巨大差异。拜伦描写的是他看到的内容,而我描写的是我想象中的内容——我的任务最为艰巨。"

谢里丹(Sheridan)创作的名剧《情敌》(The Rivals)描写的不是文坛恩怨,而是情场上的年轻敌手。《情敌》之所以在本章里值得一提,是因为该剧于1775年1月17日夜晚首次在考文特花园剧院上演时发生了颇不寻常的一幕。当时观众不喜欢这部戏剧,纷纷把水果抛在了舞台上。有位被苹果击中的演员被迫从角色中走了出来,向观众问道:"天哪,这是对我不满,还是对这部戏不满?"观众回应说都不满。于是谢里丹撤回了这部戏,对它进行修改,砍掉了那位演员扮演的角色。11天后《情敌》重返舞台,大获成功,从此成为伦敦各大剧院的主要上演剧目。此外,这部戏剧甚至还对英语本身有所贡献,例同malapropism这个词(意为"荒唐的用词错误",或"被荒唐误用的词语")之所以被造出来,完全同剧中经常误用词语的马拉普洛普太太(Mistress Malaprop)有关。

拜伦甚至在听到济慈去世的消息后，也禁不住抨击济慈所写的诗歌"夹杂着伦敦东区土话和郊野方言"。他还表示，济慈在受到恶评后曾经血管迸裂过。（拜伦说他自己受到恶评后的反应是连喝"三瓶红葡萄酒"。）

> 别再发表济慈诗作了，拜托了：把他活剥了吧；如果你们有人不干，我必须亲自扒了他的皮。

> 　　　　　　　　　　　　拜伦勋爵论约翰·济慈

19 世纪又过了几十年后，查尔斯·狄更斯同威廉·麦克皮斯·萨克雷（William Makepeace Thackeray，1811—1863）在 1858 年因狄更斯婚姻破裂一事发生过一场为时不长的不愉快争吵。萨克雷批评狄更斯对待妻子不公，随后狄更斯让他的朋友埃德蒙·耶茨（Edmund Yates，1831—1894）在他主编的杂志《家常话》（*Household Words*）上刊印一篇抨击长篇小说《名利场》（*Vanity Fair*）作者的文章。文章内容都是一些从莱斯特广场（Leicester Square）附近的加里克俱乐部（Garrick Club）里听来的诋毁性闲言碎语。由于那篇文章是根据俱乐部成员平时谈话的内容写成的，萨克雷大为光火，要求俱乐部委员会主持公正，解决纠纷。结果耶茨被俱乐部除名。萨克雷进而撰写了多篇文章进行辩白，甚至还写了一本书专门讲述这次纠纷的原委，书名为《加里克俱乐部：书信与事实》（*The Garrick Club, the correspondence and facts*）。同时，狄更斯主动退出了这家俱乐部。

"我以自己的方式成了名人——几乎站到了树冠上；如果能揭示出真相，我愿同狄更斯在树顶上大战一场"，萨克雷写道。尽管他这样开玩笑，他同老朋友发生的争吵仍然使他很伤心。幸运的是，1863 年萨克雷在去世前几个月和狄更斯在加里克俱乐部门前的台阶上偶然相遇，终于冰释前嫌。

钩心斗角的事情不仅是男士能干得出来。伊丽莎白·罗宾斯（Elizabeth Robins，1862—1952）1894 年前往伦敦后不久，便开始潜心创作长篇小说《乔治·曼德维尔的丈夫》（*George Mandeville's Husband*）。这部作品讽刺了女作家乔治·艾略特（1819—1880），称罗宾斯的这位著名前辈为"变态"，更多的是值得"同情"，而不是值得宣扬的榜样和典范。

数年后，在布鲁姆斯伯里区的戈登广场那一带，弗吉尼亚·伍尔芙对自己的朋友兼邻居凯瑟琳·曼斯菲尔德（Katherine Mansfield，1881—1923）颇为嫉妒，并始在谈话和文章中贬低她。"她的内心世界只有一寸厚的土壤，"伍尔芙这样评价曼斯菲尔德，"却要在非常光秃的岩石上铺上一两寸厚的土壤。"伍尔芙同曼斯菲尔德第一次见面后，把她形容为像"一只喜欢在街头游走卖淫的灵猫"。曼斯菲尔德则反唇相讥，把伍尔芙和她的丈夫伦纳德（Leonard，1880—1969）称为"两只狼"，而且还是浑身发臭的狼。1920 年 10 月，曼斯菲尔德对伍尔芙发表在伦敦杂志《雅典娜神殿》（*The Athenaeum*）上的第二部长篇小说《夜与日》（*Night and Day*）不再像以前那样给予热烈赞扬。那时曼斯菲尔德居住在汉普斯特德的东希斯街（East Heath Street）上，距布鲁姆斯伯里区一二英里。她还以讥笑的口吻给她们在伦敦共同的朋友布姆斯伯里·奥托莱恩·莫莱尔（Bloomsberry Ottoline Morrell，1873—1938）写了一封信。她在信中写道：

> 今天我在《泰晤士报文学副刊》（*Times Literary Supplement*）上看到了伍尔芙的作品介绍。我想它将被视为一部杰作，受到广泛好评。伍尔芙也将在享用完由克莱夫准备的晚餐后，乘坐罗杰设计的双轮马车在戈登广场兜风游逛。

然而曼斯菲尔德去世时，伍尔芙倍感凄凉。她表示无论再写什么都没有意义了："曼斯菲尔德不会读它了，她已不再是我的对手。"

虽然伍尔芙和曼斯菲尔德出语伤人功夫了得，但是20世纪初最能跟人结仇骂仗的人物当属 H.G. 威尔斯（1866—1946）。他把自己的朋友、作家同行乔治·萧伯纳（1856—1950）说成是"在医院里尖叫的白痴儿童"。在谈到亨利·詹姆斯（Henry James，1843—1916）在作品中所写的语句时，威尔斯评论说"娇弱地包裹在一个又一个从句中，好像披着大围巾的病人"。

亨利·詹姆斯一受到抨击便立刻进行反击，毫不逊色。

1914年他在《泰晤士报文学副刊》上发表一篇文章，把威尔斯同"乌七八糟、毫无节制地大量著书"的那一代作家归类在一起。威尔斯不甘沉默，奋起反击，在其实验小说《恩赐》中运用大量篇幅取笑詹姆斯，并把"表示赞扬"的一本小说派人送往位于蓓尔梅尔（Pall Mall）街的改革俱乐部，交到詹姆斯手里。詹姆斯感到极为难堪。他给威尔斯写了一封语气生硬的书信，指责他的无礼行为。此后不久，詹姆斯便在切尔西住宅区21号卡莱尔大厦的家中去世。

但这并未阻止威尔斯同他朋友闹翻。他在晚年同作家乔治·奥威尔的关系搞得特别紧张。他曾经让这位晚辈作家住在他们家（位于汉诺威）车库上方的套房里，后来又把奥威尔赶了出去。因为他猜测奥威尔在背后说他的坏话。奥威尔在圣约翰林的艾比路那里找到了新的住处后，主动邀请威尔斯共进晚餐，以释前嫌。威尔斯在回信中问奥威尔为何突然说走就走了。威尔斯到来后，津津有味地吃了两份咖喱李子糕点。事后更使奥威尔吃惊的是，威尔斯却在寄来的另一封书信中写道："你当时知道我身体不好，正在节食，你却故意不停地让我又吃又喝。我再也不想见到你了。"那是奥威尔最后一次收到威尔斯写来的书信。

威尔斯也同D.H.劳伦斯（D.H.Lawrence，1885—1930）闹翻了，因为他的这位从前的门生写了一篇措辞严厉的评论，专门对他的作品《威廉·克里索尔德的世界》（*The World of William Clissold*）进行点评。"这部作品，"劳伦斯写道，"完全是破烂报纸，破烂科学报告，就像老鼠窝一样。"劳伦斯在撰文对威尔斯进行绞杀两年后，又送给他一本亲自签名的《查特莱夫人的情人》（*Lady Chatterley's Lover*）。此举绝非主动和解的表示。劳伦斯对一位朋友说，不知老派保守的威尔斯如何看待他这部带有描写性和马厩场面的作品。他表示："我很有兴趣了解一下。"

劳伦斯从未了解后续实情，而我们其余的人却了解到了。2002 年 5 月，那本书被送到古旧书籍市场上出售。威尔斯在书名页写道："我的天哪，什么玩意儿。"他还画了两幅漫画。其中一幅画的是生殖器勃起老大的劳伦斯，他在冲它喊着："詹金斯雄起！"标题是"劳伦斯自勉"。另一幅画的是劳伦斯站在方尖碑脚下，闷闷不乐地看着很小的阴茎在问："还有谁能和这个相比吗？"标题是"真正的劳伦斯"。

伊迪丝·西特维尔（Edith Sitwell，1887—1964）和他的弟弟奥斯伯特（Osbert，1892—1969）表现得比较宽容大度。诺尔·科沃德（Noel Coward，1899—1973）在一出西区演出的戏剧《伦敦在召唤！》中讽刺了西特维尔姐弟二人，从此他们和科沃德结仇长达 40 年之久。在剧中，西特维尔姐弟二人成了"瑞士维特尔博特家族"成员。科沃德嘲笑伊迪丝创作的诗歌，在剧中把她变成了"赫尔尼亚·维特尔博特"，让她早餐吃洋葱，喝维希矿泉水，还说她正在创作一部诗集，名为《镀金的荡妇》（*Gilded Sluts*）。

西特维尔姐弟性情古怪，名声不佳，自我意识很强［奥斯伯特在他编写的《名人录》中把自己的爱好描述为"爱替波旁家族感到惋惜，爱好机敏的应答，爱好一句拉丁文 Tu Quoque（你也一样）"］。但是最终他们结束了长达 40 年的争斗，由伊迪丝出面，邀请科沃德前往位于汉普斯特德上流社会的住处喝下午茶。见面后，她觉得科沃德"非常可爱"。

重要地址

羊羔与旗帜酒馆　WC2E　罗斯街（地铁站：考文特花园）

加里克俱乐部　WC2E　加里克街 15 号（地铁站：莱斯特广场）

凯瑟琳·曼斯菲尔德故居　NW3　东希斯街 17 号（地铁站：汉普斯特德）

推荐阅读书目

罗切斯特伯爵《诗集》

理查德·布林斯利·谢里丹《情敌》

H.G. 威尔斯《恩赐》

第六章

浪漫派诗人与死尸

你此时此刻，

来到了伦敦，那浩瀚的大海，潮落又潮起。

忽而一片死寂，忽而涛声大作；朝向那岸边。

大海抛甩着沉船的残骸，怒吼着要将更多的船只掀翻。

可在这大海的深处，却又蕴藏着何等宝贵的财富！

"地狱就是很像伦敦的城市"，雪莱曾经写道：

一座人口稠密、烟雾弥漫的城市；

芸芸众生，潦倒失意，

平日几无半点乐趣。

拜伦写得更不客气。在长诗《唐璜》（*Don Juan*）中他将伦敦描绘为：

一个由砖石、烟雾和船只造成的巨堆，

又肮脏又昏暗，但是辽阔得

眼睛望不到边际，到处都有一只蓬帆

疾驰到眼前，却又消失于林立的

墙桅之中；一片荒原，上面无数的尖塔

踮起了脚尖从那煤黑的天穹向外窥探；

一座巨大、褐色的圆顶，就像小丑头上

戴的一顶圆锥帽——那就是伦敦城！

（朱维基译文）

换句话说就是笨蛋高帽。所有人都认为拜伦不喜欢这个地方。

值得注意的是，许多浪漫派诗人一生中大多赞美壮丽的大自然，赞美悠游安逸的坎布里亚郡湖区生活，或者讴歌（对于那些不太向往乡村生活的浪漫诗人而言）西班牙徒登子的冒险经历。雪莱在意大利北部海岸的斯佩齐亚海湾（Gulf of Spezia）客死他乡。济慈在西班牙大台阶（Spanish Steps）附近的罗马咽下坎坷人生的最后一口气。拜伦逝世于希腊科林斯湾的勒班陀（Lepanto）。华兹华斯在格拉斯米尔（Grasmere）湖畔的云彩下面与世长辞。

同样值得注意的是，即使浪漫派诗人对待伦敦的态度有些矛盾，伦敦仍然一直是浪漫派文学世界的中心。雪莱曾经写道：

> 你此时此刻，
>
> 来到了伦敦，那浩瀚的大海，潮落又潮起。
>
> 忽而一片死寂，忽而涛声大作；朝向那岸边。
>
> 大海抛甩着沉船的残骸，怒吼着要将更多的船只掀翻。
>
> 可在这大海的深处，却又蕴藏着何等宝贵的财富！

其中一笔财富就是诗人托马斯·查特顿（Thomas Chatterton，1752—1770）。他一生短暂，富有悲剧色彩，留下的诗歌遗作数量不多，然而他却在孕育催生浪漫派情怀方面做出了无与伦比的重大贡献。托马斯是一位来自布里斯托尔（Bristol）的早慧青年，从 12 岁时便开始写诗。他在 17 岁那年取消了律师签订的学徒合同，搭车前往伦敦（路费是朋友和熟人凑成的）。他原本希望能在伦敦成为著名诗人和政治评论人。但是他只在伦敦住了 4 个月，便于 1770 年 8 月 24 日在现今大英博物馆附近布鲁克街（Brook Street）的一个阁楼上离世。他是服毒（坤化物）自杀的。有人说因为无人愿意出版他的诗歌，使他感到忧郁。他的死更加令人悲伤，因为他的诗歌最终于 1777 年重见天日时被誉为杰作 [那些诗歌的作者真实身份当时颇有争议。一些人认为作者是查特顿，另一些人认为作者是 15 世纪的一位僧侣，名叫托马斯•罗利（Thomas Rowley，其实也是查特顿自己冒充的）]。

这种神秘性，这种对往昔的祈求以及对已逝青春的追怀，终于成为浪漫主义文学运动的奠基神话，启迪造就了威廉•华兹华斯（William Wordsworth，1770—1850）、塞缪尔•泰勒•柯勒律治（Samuel Taylor Coleridge，1772—1834），以及后来的乔治•戈登•拜伦勋爵、珀西•比希•雪莱（Percy Bysshe Shelley）和约翰•济慈等著名浪漫派诗人。他们全都"几乎爱上了静谧的死亡"[1]，全都怀着与查特顿同样的理想追求，游览过伦敦这座大都市的文学地标建筑。他们全都在某一个时期写过纪念查特顿的诗歌，比如柯勒律治的《悼诗：

---

1. 济慈诗句，出自《夜莺颂》。

为查特顿逝世而作》（*Monody on the Death of Chatterton*），以及济慈的十四行诗《致查特顿》（*To Chatterton*）。

以上所述实属悲凉。不过这些年轻诗人却也喜欢呼朋唤友，欢聚一堂。特别是拜伦，在伦敦是有名的花花公子，作为贵客参加过在荷兰大厦（Holland House）等豪华地方举行的无数次大型化装舞会。在一次化装舞会上，拜伦遇到了贵族出身的小说家卡罗琳·兰姆（Caroline Lamb，1785—1828），后者很快成为他的情人。他们这对情侣于 1812 春夏两季因高调公开的风流韵事震惊了整个上流社会。当拜伦在感情上开始变得不如从前热情缠绵时，卡罗琳则以日益令人难以琢磨的行为替梅费尔上流区域的闲言碎语火上浇油。比如当年 7 月 8 日那天，她装扮成佣人，闯入圣詹姆斯街 18 号那位捣蛋诗人的公寓（"门口围了一群人"，拜伦的朋友约翰·霍布豪斯这样写道）。当拜伦不再给她回信，拒不与她私奔时，她就让自己的男仆都穿上新装，纽扣上刻着一句话"Ne crede Byron"（"别相信拜伦"——矛头直指拜伦家族的座右铭"请相信拜伦"而发）。

贝里兄弟与拉德酒铺（Berry Bros & Rudd Wine Merchants，位于圣詹姆斯街 3 号）自 1698 年就使用一个倾斜的地面（便于滚动酒桶）。拜伦爱到那里为自己的酒窖购买美酒。他还喜欢在这家商行的大型咖啡天平上称量自己的体重。

其他浪漫派诗人也常出席在索霍区举行的私人晚宴，在那里能见到一些著名人物。比如，批评家、画家威廉·赫兹里特（William Hazlitt，1778—1830），富有激情的浪漫派支持者、画家本杰明·海顿（Benjamin Haydon，1786—1846）。

海顿于1817年12月28日在帕丁顿区北里森街（Lisson Grove North）22号举行了一次晚宴，出席晚宴的个人包括威廉·华兹华斯，散文家查尔斯·兰姆（Charles Lamb，1775—1834，同卡罗琳没有任何亲属关系），还有年轻的约翰·济慈。

查尔斯与玛丽·兰姆兄妹（Charles and Mary Lamb，1775—1834，1764—1847）之所以青史留名，受世人敬崇，是因为他们编写了儿童经典作品《莎士比亚故事集》（*Tales from Shakespeare*）。兄妹二人潜心写作，配合默契，是当时浪漫派文学圈中非常重要的作家。查尔斯·兰姆被其传记作者E.V. 卢卡斯赞为"英国文坛最可爱的人物"。不过他们兄妹二人的个人生活也有比较不幸的一面。玛丽时常精神错乱，苦苦挣扎。1796年（查尔斯21岁）的一个夜晚，当查尔斯回到上霍尔本区小女王街上的家里时，发现玛丽已经用刀将他们的母亲刺死。随后玛丽被关进了位于伊斯灵顿的费舍尔收容所。查尔斯向有关当局承诺对玛丽负责到底，表示一定在家里好好照顾她，这才使玛丽免遭终身监禁。查尔斯没有食言。除了玛丽在精神病院犯病期间外，每当查尔斯和玛丽本人感到她

> 又要"精神错乱"时，他们便住在一起，处于"一种双人单身未婚"状态。他们居住的地方遍布伦敦各个地段，并在寓所里举行文学沙龙，来客包括华兹华斯、柯勒律治和其他浪漫派作家。

到了舰队街还会感到无聊的人肯定是患有罕见的抑郁症。我天生就有臆想病倾向，可是一到伦敦，这毛病就像其他疾病一样完全消失了。

查尔斯·兰姆

海顿在自传（去世后出版于 1853 年）中描述了文学名流聚会时的情景：

12 月 28 日，在我的画室里举行了那场不朽的聚餐，耶路撒冷在我们身后作为背景巍然矗立着。华兹华斯表现得兴致勃勃。我们围绕着荷马、莎士比亚、弥尔顿和维吉尔展开了精彩纷呈的短暂争论。兰姆表现得极为开心，诙谐机智。在华兹华斯庄严的演讲语调衬托下，兰姆的嬉闹打趣就好像在李尔王激情迸发的间隙中当傻瓜表现出的挖苦嘲笑和诙谐机智之举。兰姆当众发话："把我投出局，让他们为我的健康干杯。""喂，"兰姆说道，"你这位老湖畔派诗人，无赖诗人，你为什么说伏尔泰乏味无趣？"

幸好华兹华斯听出了其中逗趣调侃的意思，一同开怀大笑起来。当晚的聚餐也使济慈感到非常开心，在写给兄弟的一封书信中谈到了当晚的情景："兰姆喝醉了，口无遮拦，甚至还把对面的蜡烛拿过来照着自己，让我们看看他是怎样一个人。"

大地再没有比这儿更美的风貌：
若有谁，对如此壮丽动人的景物
竟无动于衷，那才是灵魂麻木；
瞧这座城市，像披上一领新袍，
披上了明艳晨光；环顾周遭：
船舶，尖塔，剧院，教堂，华屋，
都寂然坦然，向郊野、向天穹赤露，
在烟尘未染的大气里粲然闪耀。
旭日金辉洒布于峡谷山陵，
也不比这片晨光更为绮丽；
我何尝见过，感受过这深沉宁静！
河水徐流，由着自己的心意；
上帝啊！千门万户都沉睡未醒，
这整个宏大心脏仍然在歇息！

（杨德豫译文）

威廉·华兹华斯《威斯敏斯特桥上》

除了乐趣以外，伦敦也使浪漫派诗人吃了不少苦头。例如，有人看到雪莱在一次梦游中走过莱斯特广场，那里距他在波兰街的住处有半英里。

出版商威廉·杰丹（William Jerdan，1782—1869）在自传中讲过一个奇怪的故事，说的是 1813 年在海德公园发现有人自缢身亡。死者的衬衣兜里带有首字母缩略姓名 S.T. 科勒律治，引得一家报纸刊发了一篇有关这位诗人自杀身亡的报道。他的剧作《忏悔》不久前被成功搬上舞台，使得伦敦一家酒店咖啡厅的一位客人感叹道："科勒律治这位诗人居然在他的剧作成功上演后上吊自杀，真是奇怪。不过他一直是奇怪又疯狂的人。"坐在对面的一个人搭话道："说的没错，先生。最奇怪的是，他居然上吊自杀，成了众人谈论的话题，此刻他又在对你说话。"

据说这位诗人在外出时经常把衬衣丢失。

同是在海德公园，雪莱喜欢来到瑟彭泰恩（Serpentine）湖边，捡起石块扔过湖面，或者在水面上漂纸船。这是他从小就有的爱好。但是后来到了 1816 年，他的这些兴致乐趣遭到了破坏。当年 12 月 10 日一个灰蒙蒙的黎明，切尔西医院的一位领取养老金的退休人员看到有什么东西漂浮在冷冷的湖水里。这位老人走近一看，不禁大惊失色，原来竟是一位年轻女人。更糟糕的是，她还是位临产女子。

随后很快发现，这位女子是诗人雪莱的妻子哈里特·雪莱（Harriet Shelley，1795—1816）——不过她的怀孕情况至今仍是一个谜。她约有两年没有见过她那大名鼎鼎的丈夫，而且孩子的父亲是谁，没人知道。使事情变得更加扑朔迷离的是，自当年 11 月 9 日后哈里特再也没露面。从她遗体的状况来看，她似乎已经死去数日。

至少有一点很清楚：哈里特极为不幸。她在自杀前给雪莱留了一封遗书，上面写着：

当你看到这封信的时候，我已经离开了这个苦难的世界。你完全属于我，可我却只会惹你生气，让你难过。失去我以后，请你不要有什么遗憾……亲爱的雪莱……如果你从未离开我，我也许还会活下去，但是你离开了。我自愿原谅你，愿你享受那份你从我那里剥夺的幸福……这样我的灵魂就会安息，得到宽慰。上帝保佑你，这是不幸的哈里特最后的祈祷。

在哈里特遗体被发现不到两周后，雪莱就娶了玛丽·沃尔斯通克拉夫特·戈德温为妻。

李·亨特（Leigh Hunt，1784—1859）也遇到过麻烦。1813 年，这位诗人、散文作家因在自己编辑出版的杂志《检查者》上称摄政王"肥胖，说话不算数，是个浪荡子"，被关进南沃克区马商巷监狱（Horsemonger Lane Jail）两年。不过亨特很快又能接受拜访者们的看望，比如拜伦，他也不喜欢那位身体超重的皇室成员。

出狱后，亨特搬到了位于汉普斯特德的希斯河谷（Vale

of Health，这是资本主义社会欺人之谈的一个早期绝佳范例。原来那一带是一片滋生疟疾的沼泽地，后来汉普斯特德水务公司将那里的积水排干了）。1816 年，亨特在那里把济慈介绍给了雪莱。那次见面并不十分顺利。雪莱建议济慈发表早期创作的一些诗歌，这使济慈觉得受到了轻视。而且济慈同雪莱这位既有钱又有名的诗人在一起心里愤愤不平。即便如此，这两位年轻的诗人从那时起开始了书信往来，直到济慈英年早逝。他们之间的友谊与相互尊重逐年加深。

这两位年轻诗人各有各自的烦恼。也许雪莱家境富有，但是他的生活之路并非一直平坦顺利。除爱情、生活动荡不安以外，他还因为在文章中宣扬无神论观点被牛津大学开除，引发流言蜚语。此前他在伊顿公学读书期间的生活也苦不堪言。他因为拒绝给高年级同学跑腿办事，蔑视体育活动而受到过欺凌虐待。后来通过刁难老师的方式为自己报仇。他既朗诵荷马诗作，又参加了拳击比赛。他曾经炸毁了校园里的一棵树，把一只斗牛犬藏在了校长的办公室里。他还在门把手上接通电流，使老师受到了电击。后来他因为用银叉捅同学被学校勒令退学。

济慈出生在几近贫困的家庭，父亲是位马夫，居住在穆尔盖特（Moorgate）火车站附近。尽管父母均在他 14 岁之前就已去世，但济慈还是幸运地接受了教育。1815 年，他甚至还进入盖伊医院的医学院学习（你可以充分想象一下他可能或者实际上的确工作过的地方——那里的陈旧手术室）。

1816 年济慈见到雪莱时他还是一位医学专业的学生，但是正逐渐转向文学创作。不久，他的好运气便接二连三地来临了。1818 年，济慈在温特沃斯寓所（Wentworth Place）一座不大的住宅花园里听到了婉转的鸟鸣声，从中获得灵感，写出了传世名作《夜莺颂》（*Ode to a Nightingale*）。地址在现今的济慈林（Keats Grove，如今已开辟成一家非常出色的济慈博物馆）。根据当地的一个传说，济慈在汉普斯特德荒原（Hampstead Heath）的一家西班牙人酒馆里喝酒时写成了那些诗句。

济慈在温特沃斯还坠入了爱河。他爱上的女人名叫范妮·布朗（Fanny Brawne，1800—1865），后来成了他的邻居。他们的浪漫爱情只有薄薄的一墙之隔，虽然没有使他们终成眷属，却给济慈带来灵感，使他写出了不少精彩的书信和诗歌。但是就在济慈在温特沃斯寓所居住期间，这位年轻天才诗人的生活蒙上了阴影。1820 年他第一次咳血，意识到自己患上了肺结核。"我熟悉的颜色，那是动脉血。那种颜色骗不了我。那滴血就是我的死刑执行令，我必死无疑。"他对自己的室友查尔斯·布朗（Charles Brown，1787—1842）这样说。

不久，济慈便乘船前往意大利；雪莱与拜伦也去了欧洲。1821 年，济慈在罗马去世，雪莱写下了挽诗《阿多尼斯》（*Adonais*），哀悼去世的朋友。1822 年，雪莱在斯佩齐亚溺水身亡。当时他正乘着为纪念拜伦而命名的"唐璜"号小船在海上游弋，衣兜里还装着一本济慈诗集。

还有几位浪漫派作家在伦敦坚守的时间更长一些。容易动怒的评论家赫兹里特在伦敦一直居住到 1830 年去世。他政治观点激进，不断赞助像雪莱和拜伦那样的堕落人物，而且说话直来直去，毫无遮掩，道德标准高尚，同保守社会势不两立。赫兹里特宣称："地位极为无足轻重的人最容易嘲笑别人。他们除了贬低邻居以外，根本无望提振他们的自尊。"他还指出："当一件事情不再成为人们争论的话题时，也就不会再引起人们的兴趣。"

他奉劝别人，身体力行，竭力使自己不成为一个无聊乏味的人。也许他引起最大争议的一件事就是同索霍区一位女房东的女儿（年龄比他小一半）有过一段风流韵事。他还把此事写进了《直言集》中，从而为自己的死敌提供了诋毁他名誉所需的"军火弹药"。赫兹里特居住在霍索区弗里斯街6 号一幢提供膳宿的私人住房里，最终因患胃癌在孤独中去世。临终前神志不清，离不开鸦片。当时那位女房东因急于把住房再次出租，居然把他的遗体藏在了床底下，领着前来看房的新房客四处转悠。出租房的原址上现已矗立着赫兹里特旅馆，室内保留着赫兹里特所熟悉的一些特色。

柯勒律治也坚守伦敦，一直居住到 1834 年。1821 年，他同朋友詹姆斯·吉尔曼（James Gillman）一起搬进了位于海格特区格鲁夫路的住宅，原打算在那里只住上几周时间，戒掉自己服用鸦片酊的习惯。后来他在那里一住就是 13 年，直到死前仍然对服用鸦片酊上瘾。赫兹里特有一次去格鲁夫路看望柯勒律治。赫兹里特后来在回忆这段往事时非常清楚地描述了柯勒律治当时的精神状态。他回忆说，在他们交谈的过程中，柯勒律治漫不经心地抓住了他外套的一颗纽扣。当他对柯勒律治说他要走时，诗人仍然抓着他衣服上的纽扣……赫兹里特只好拿出袖珍折刀，割下纽扣才脱身。

> 1806 年 8 月 24 日，玛丽·雪莱 9 岁时，塞缪尔·泰勒·柯勒律治前往波利贡街区（位于圣潘克拉斯火车站附近），在她家的住处拜访她的父亲威廉·戈德温。那天晚上，他背诵起了《古舟子咏》（*The Rime of the Ancient Mariner*）。没想到本已被打发去上床睡觉的玛丽和妹妹都藏在了客厅沙发后面。玛丽从未忘记过那次背诗表演。10 年后，那首诗对她创作的科幻小说《弗兰肯斯坦》开篇段落的写作产生了影响。

李·亨特在伦敦一直居住到 1859 年，后来在帕特尼去世。他活了较长时间，有幸同狄更斯交上了朋友，亲眼见证了伦敦文坛人才辈出、大放光彩的又一个辉煌时期。

重要地址

贝里兄弟与拉德酒铺　SW1A　圣詹姆斯街 3 号（地铁站：皮卡迪利大街）

济慈故居　NW3　济慈林 10 号（地铁站：汉普斯特德）

西班牙酒馆　NW3　西班牙路（地铁站：戈尔德斯格林）

盖伊医院老手术室　SE1　圣托马斯街 9a（地铁站：伦敦桥）

赫兹里特旅馆　W1D　弗里斯街 6 号（地铁站：托特纳姆宫路）

瑟彭泰恩湖　海德公园（地铁站：海德公园角）

推荐阅读书目

彼得·阿克罗埃德《查特顿传记》

拜伦勋爵《恰尔德·哈罗尔德游记》《唐璜》

《李·亨特自传》

《济慈诗集》《济慈书信集》

《雪莱作品全集》

第七章

维多利亚时代文坛名家
与不为人知的放浪形骸之士

35 岁是个非常有魅力的年龄。

伦敦到处都是出身极为高贵的女人,她们出于自愿,使自己多年来一直保持着 35 岁的芳龄。

奥斯卡·王尔德

到 1800 年，伦敦已经成为世界大都市，居民人口接近 100 万。一个世纪后，670 万人口拥挤在这片笼罩着烟雾，时常都有危险的地狱里。但见小巷错综复杂，院落阴暗，出租房拥挤不堪，宫殿被煤烟熏黑，工厂冒着浓烟，码头上熙熙攘攘。幸好公园还是郁郁葱葱，照料得不错。伦敦这座城市变得日益繁忙，规模越来越大，胜过世界上任何地方。伦敦文坛也是一片生机勃勃的景象。各位文学大家就行走在一条条肮脏却又迷人的伦敦街道上。

　　其中出类拔萃的一位便是查尔斯·狄更斯。无论白天黑夜，他常常外出散步，一走就是好多英里，寻找创作灵感；有时要对抗失眠，有时由他的宠物渡鸦"格里普"[1]陪伴在身边。1857 年的一个夜晚，他从位于布鲁姆斯伯里区的塔维斯托克寓所一直走到位于肯特郡的住宅，借着煤气灯光和月光走完了这中间 30 英里路程。大约在这个时期，狄更斯经常在夜晚外出散步，甚至为此还专门写了一篇文章《夜行记》畅谈感受。此文写于 1860 年（《远大前程》出版那年）。狄更斯在文章

1.Grip，意为"紧抓、抓牢"。

中详细描写了夜色中伦敦的景观和气味，从"最后一批吵闹的醉汉在酒馆关门时被撵到大街上"写到"卖水果的小商小贩大清早挤在考文特花园里一起喝咖啡"。他还描写了一些晚归的馅饼土豆商贩和几十位其他人物。这些人同他一样，也都要"在夜色中穿行"，同时"荒凉的月亮与乌云有如凌乱床铺上的邪念一样焦躁不安，伦敦的巨大阴影令人压抑地笼罩在泰晤士河上"。

狄更斯唯一不想去散步的地方就是老亨格福德浮动平台（Old Hungerford Stairs，位于当今的查令十字街火车站附近）。1824 年，12 岁的狄更斯在这附近一家华伦黑鞋油工厂当过童工，生活非常艰苦。他当年每周苦干 6 天，每天 10 小时（每周工钱只有 6 先令），牌子就贴在鞋油罐上。工作环境"肮脏破败"，旁边就是臭气熏天的泰晤士河。那段时间是狄更斯一生中最为凄惨的阶段。他的父母因为欠债曾被关进马歇尔西监狱，全家的生活一时陷入极度贫困。后来他写道，他常感到"完全被人看不起，生活无望"，囚自己地位卑微，心中自惭形秽。"我从来没有勇气回到过去给别人当牛做马的地方"，他曾对一位朋友这样吐露心声。他很少提起这段往事。不过当年的血汗童工经历在他创作的大部分小说中打下了烙印。马歇尔西监狱再现于长篇小说《小杜丽》（*Little Dorrit*）中，同名女主人的父亲因欠债也被关进那座监狱。小杜丽的童年大部分时间在监狱中度过。那家鞋油工厂也出现在长篇小说《大卫·科波菲尔》中，变成了大卫继父摩德斯通和格林比合伙经营的公司仓库，一个肮脏可怕，"简直成了老鼠窝"的地方。少年大卫在那里要干的活儿就是往酒瓶上贴标签。

大卫·科波菲尔和狄更斯有着相似的童年生活经历，包括在伦敦市外出生。1812 年，狄更斯出生在朴次茅斯（Portsmouth），后来在 3 岁那年随家人搬到了伦敦〔最初搬到诺福克街（Norfolk Street），位于圣潘克拉斯（St Pancras）附近〕。他小时候在肯特郡的查萨姆（Chatham）还生活过一段时间，最终在 1870 年逝世于肯特郡的罗切斯特（尽管有些巧合）。狄更斯的小说杰作《荒凉山庄》开篇第一句只有一个词——伦敦。对于狄更斯而言，伦敦自始至终就意味着一切。

与普遍的看法相反，狄更斯第一部大受欢迎的作品并不是《匹克威克外传》（*The Pickwick Papers*）。狄更斯当年逃离鞋油厂后，在卡姆登镇（Camden Town）惠灵顿寄宿学校读了几年书，在格雷律师学院一个律师事务所里当过一年职员，后来又成为一名记者。1836 年，他将自己的新闻报道作品结集出版，取名《博兹札记》（*Sketches by Boz*），内容大多是他发表在《纪事晨报》（*Morning Chronicle*）上的一系列大受读者欢迎的文章。他在这本出版的第一部作品中宣称："伦敦街道上引人深思的事情真是无穷无尽！"

狄更斯在以后的生活中一直抱有上述看法。他将伦敦称为自己的"神灯"，一旦远离伦敦就难以进行创作。他经常采用的创作方式是，开始构思一个故事时首先要走出户外来到大街上，"寻找我想扩展发挥的一些场景画面"。例如在创作长篇小说《巴纳比·拉奇》（*Barnaby Rudge*）的时候，狄更斯来到伦敦市"最为破烂、凄惨的街道"上，以期寻找一些能给他带来创作灵感的场景，便于他以动人的笔触描写乞丐和极度贫困的生活状态，描写夜间行路令人兴奋的情景感觉。

这种情况一直持续了下去。狄更斯在英国首都度过了创作生涯的大部分时期，在作品中描写展现着伦敦的各色人物，伦敦的壮丽奢华，以及伦敦的恐怖和苦难。狄更斯处在文学创作的巅峰状态期间，伦敦居民平均寿命为27岁（工人阶级为22岁）。伦敦超过一半的葬礼是为不到10岁的儿童举行的，他们主要死于疾病和营养不良。伦敦市很大一部分六七岁的儿童都在整日干着苦工。空气污染严重（狄更斯很早就开始对此进行抵制），弥漫着从工厂和居民住宅里排出的烟气烟尘。生活条件不卫生，犯罪现象也非常普遍。狄更斯亲眼看见了这一切，并以其杰出的体察共鸣才能，让数百万读者从作品中间接体验到相同的生活境遇。

狄更斯还以实际行动帮助过他所描写的下层社会民众。正是他们才使得他名声大噪。1847年，狄更斯在一个叫作牧羊人丛林（Shepherd's Bush）的地方为无家可归的妇女建立了避难所（取名"乌拉尼亚妇女之家"，Urania House），并亲自成功运作12年。当时大多数此类济贫院管理严厉，具有惩罚性质。但是狄更斯却要努力使乌拉尼亚妇女之家成为一个使人有宾至如归之感的栖身住所。狄更斯也曾不知疲倦地为了改善工作条件、卫生条件和儿童待遇而四处奔走。

不过狄更斯主要还是从事文学创作，把他在周围看到的一切都写进了内容极其丰富的长篇小说里。伦敦的各色人物在狄更斯作品的不同场景之中得到了再现。比如，有人认为比尔·赛克斯[1]的原型是一个名叫威廉·赛克斯的人。此人曾在狄更斯小时候住过的诺福克街 10 号附近卖过牛脂和灯油（从诺福克街狄更斯家的寓所往前再走 9 扇门，便是一家济贫院，后来它成为《雾都孤儿》中的那个济贫院的原型）。狄更斯不必远走去寻找米考伯[2]的原型人物，因为在伦敦，无论狄更斯住在哪里那个人都同他形影不离。他就是狄更斯的父亲。《雾都孤儿》中的反面人物费金（Fagin）的原型是一个伦敦当地人，名叫艾萨克·所罗门（Isaac Solomon），绰号"犹太佬"。此人从衬裙巷附近的一家珠宝店里偷过珠宝，拿到别处销赃。《圣诞欢歌》中的吝啬鬼艾比尼泽·斯克鲁奇（Ebenezer Scrooge）这个人物的创作灵感来自一位吝啬得出奇的议员，名叫约翰·艾尔维斯（John Elwes，1714—1789）——他更有名的一个绰号是"吝啬鬼艾尔维斯"。尽

1.Bill Sikes，《雾都孤儿》中的反面人物。

2. 米考伯是《大卫·科波菲尔》中的人物。

管他从叔叔那里继承了一大笔财产（相当于如今的 1800 万英镑），但是他并没有享受奢华生活。相反，只要日落天黑他就上床睡觉，为的是节省几个蜡烛。他的衣服一直穿到破烂为止。他舍不得自己花钱保养住房，任其失修破败。《雾都孤儿》中那位不主持公道的法官实际上是直接模仿了臭名昭著的腐败法官艾伦·斯图尔特·莱恩（Allan Stewart Laing，1788—1862）的人物形象。此人于 1838 年被解除法官职务。狄更斯曾特意说过要在"下一期《雾都孤儿》中"对他进行讽刺。狄更斯的另一位伦敦邻居简·西摩·希尔（Jane Seymour Hill，美甲师、手足病医生）发现《大卫·科波菲尔》中莫奇尔小姐（Miss Mowcher）的人物原型就是她本人，扬言要起诉狄更斯。后来狄更斯在小说中让莫奇尔这个人物适时地表现出一些见义勇为的英雄行为，这才平息了她心中的怒火。

　　虽然各色人物非常重要，但狄更斯说过伦敦本身却是最重要、最有影响的描写对象。几乎所有的伦敦区域和地段全部再现于狄更斯的长篇小说中。穿过考文特花园，就会来到大卫·科波菲尔为朵拉购买鲜花的花卉市场前，还可以看到他观赏《裘力斯·凯撒》（Julius Caesar）的剧院。漫步走向霍尔本（Holborn），你会看到林肯法学院园区 58 号，这是狄更斯的朋友（未来的传记作者）约翰·福斯特（John Forster，1812—1876）的住宅，是《荒凉山庄》中图尔金顿先生住宅的原型建筑。往北再走一小段路，就来到了克勒肯维尔和藏红花山街区。在狄更斯时代，那里被称为"肮脏地段，是逃避者和窃贼的家园"，也是《雾都孤儿》中的老贼费金的贼窝所在地。而克勒肯维尔-格林则是《雾都孤儿》男童主角奥利弗可笑行窃的故事发生地原型。不远处，滴血的心庭院（Bleeding Heart Yard）则是《小杜丽》中杜伊斯与科伦纳姆公司的工厂所在地。同时你也接近了伦敦金融中心，接近了具有中世纪色彩的城区。《圣诞欢歌》中的吝啬鬼斯克鲁奇在此设有数个办事处，与《董贝父子》（*Dombey and Son*）中的保罗·董贝（Paul Dombey）办事处（位于勒登霍尔街，Leadenhall Street）、《马丁·朱述尔维特》（*Martin Chuzzlewit*）中的安东尼·朱述尔维特（Anthony Chuzzlewit）办事处、《我们共同的朋友》（*Our Mutual Friend*）中的万人迷弗莱吉贝（Fascination Fledgeby）的办事处相距不远。康希尔（Cornhill）是《圣诞欢歌》中鲍勃·克拉特吉特（Bob Cratchit）滑过冰面回家的地方。往东走，是贝斯纳尔格林区。《雾都孤儿》中那位可怜的南希小姐在这个地方被贼头费金和比尔·赛克斯找到后，死在贫民窟的一座房子里。往西走，是梅费尔上流住宅区和卡文迪什广场。《尼古拉斯·尼克尔贝》（*Nicholas Nickleby*）中的曼塔里尼夫人（Madame Mantalini）在此开了一家服装店。当《我们共同的朋友》中的万人迷弗莱吉贝不在伦敦市中心工作时，他便居住在阿尔巴尼那一带的单身公寓里。跨过泰晤士河便来到了南沃克区，那是小杜丽常去的地方。她在那里的殉道者圣乔治教堂接受洗礼并举行过婚礼，后来又像狄更斯的老爸一样住进了马歇尔西债务人监狱。狄更斯作品中的故事场景从那里往东可以延伸至格林尼治地段与特拉法尔加酒馆；那是狄更斯喜欢去的一家酒馆，在《我们共同的朋友》当中，是书中人物举行结婚喜宴的地方。（在同一部小说里，贝拉和约翰·罗克史密斯在格林尼治的教堂举行了婚礼。）再往西走，便来到了里士满和鳗鱼饼岛（Eel Pie Island）。《尼古拉斯·尼克尔贝》中的肯宁小姐（Miss Kenning）在岛上出席过一次宴会。

　　与此同时，狄更斯本人住过的地方遍布整个伦敦。如有机会，你可以利用一天的时间把这些地方全部参拜瞻仰一遍：

　　1815—1817：圣潘克拉斯　诺福克街 10 号（如今的克利夫兰街 22 号）

　　1822—1824：卡姆登　拜汉姆街 16 号（是《圣诞欢歌》中克拉特吉特一家住宅原型所在）

　　1824：菲茨罗维亚　高尔北街 4 号

　　1824：卡姆登　小学院街

　　1824—1827：苏默斯镇　约翰逊街 29 号

　　1827—1829：苏默斯镇　波利贡寓所

　　1829—1832：菲茨罗维亚　菲茨罗伊广场　诺福克街 10 号

　　1832：菲茨罗维亚　菲茨罗伊街 15 号

1833：马里波恩　本庭克街 18 号

1834：考文特花园　塞西尔街

1834：考文特花园　白金汉街

1834—1835：霍尔本　弗尼瓦尔律师楼 13 号

1835：布朗普顿　塞尔伍德街 11 号

1836：霍尔本　弗尼瓦尔律师楼 16 号

1837—1838：霍尔本　道蒂街 48 号

1838—1839：特威克纳姆一带的一处村舍

1839—1851：贝斯沃特　德文郡街 1 号

1848：摄政公园　切斯特大楼 3 号

1851—1860：布鲁姆斯伯里　塔维斯托克大楼

1870：梅费尔　海德公园街 5 号

在道蒂（Doughty）街如今有一个狄更斯博物馆，馆内收藏着一些手稿、绘画作品和狄更斯本人的一些家具。博物馆对面可看到一个蓝色牌匾，上面写着"悉尼·史密斯，1771—1843，作家、哲人，曾居住在此地"。大路对面就是一位使他黯然失色的邻居，不知史密斯有何感受，想来也怪有趣。在道蒂街，才华盖世的狄更斯完成了《匹克威克外传》，创作出《雾都孤儿》和《尼古拉斯·尼克贝尔》，写出了《巴纳比·拉奇》的开头部分。他还在道蒂街举办过很多次晚宴，招待一些名声日显的朋友，比如李·亨特与约翰·福斯特等人。相比之下，史密斯也许最有名的就是如下这一质问："有谁

102

在读美国书？"这个问题子孙后代已经给予了有力的回答。

史密斯也是一位牧师，声称他的布道"既长又有活力，就像野驴的阴茎一样"。有关狄更斯的阴茎情况史料上记载不多，但值得注意的是，狄更斯在道蒂街居住期间娶了第一任妻子凯瑟琳，又爱上了她的妹妹玛丽。可悲可叹的是，玛丽去世时只有 17 岁，后来成为《雾都孤儿》中罗斯·梅莱和《老古玩店》（*The Old Curiosity Shop*）中小耐莉的人物原型。

狄更斯喜爱的酒馆客栈

先说一下乔治客栈（SE1 伯罗大街 77 号）。这是伦敦最后一家带有走廊的客栈，狄更斯曾在那里饮酒。他在《小杜丽》中也提到了这家客栈。他本人的人寿保险单就挂在客栈墙上。

用 15 分钟的时间跨过伦敦桥，前往莱顿霍尔（Leadenhall）市场。在城堡庭院（Castle Court）3 号，可以找到乔治秃鹰酒馆，这是匹克威克和朋友们在伦敦的活动基地。《匹克威克外传》一共提及这家酒馆达 25 次。匹克威克特别喜欢这家酒馆出售的波尔图葡萄酒（当时按品脱出售）。

沿齐普赛街走 25 分钟，就来到了老柴郡奶酪酒馆（Ye Olde Cheshire Cheese）。狄更斯年轻时在舰队街做记者期间，就是在这家酒馆里初次尝试饮酒的。据说他喜欢

坐在一楼壁炉右侧的那张桌子旁边饮酒,正对着酒吧。[在《双城记》中, 悉尼·卡尔顿 (Sydney Carton) 领着查尔斯·达尼 (Charles Darnay) 来到这里, 吃了一顿简单却味美的晚饭, 喝了些甘醇的酒。]

接着穿过鞋巷 (Shoe Lane), 前往藏红花山 (Saffron Hill) 和大红酒桶 (One Tun) 酒馆, 这是狄更斯当年经常光临的另一处酒馆, 也很有可能是《雾都孤儿》中那个三瘸子酒馆的原型 (那是比尔·赛克斯和他那帮窃贼爱去的饮酒作乐的地方)。费金就住在附近。

然后前往霍尔本地段的约克管区 (Cittie of Yorke) 酒馆, 这里曾经是格雷会馆 (Grey's Inn) 的咖啡屋, 大卫·科波菲尔在这里停下来打听他的朋友汤米·特拉德尔斯 (Tommy Traddles) 的情况。《巴纳比·拉奇》中的暴民也藏身于此处的地窖里。

穿过林肯法学院广场, 路过老古玩店, 就来到了乔治四世酒馆。在《匹克威克外传》中, 这家酒馆变成了喜鹊与树桩酒馆, 在小说中以酒窖里贮藏的 50 万瓶烈性酒而闻名。

再花 10 分钟时间沿着罗素街走下去, 进入考文特花园, 然后就来到了羔羊与旗帜酒馆。过道上挂着一个小牌匾, 纪念狄更斯当年在这里度过的饮酒时光。在狄更斯那个时代, 这家酒馆有个略微吓人的名字: 血桶。

最后穿过沙夫茨伯里大街（Shaftesbury Avenue），来到索霍区的希腊街（Greek Street）上。那里的海格力斯之柱（Pillars of Hercules）酒馆几乎可以肯定就是《双城记》中描写的海格力斯之柱酒店。[这家酒馆与伦敦文坛的缘分佐证是：伊恩·麦克尤恩（Ian McEwan）、朱利安·巴恩斯（Julian Barnes）和马丁·艾米斯（Martin Amis）全都是这里的常客。克莱夫·詹姆斯把他的第二部文学批评专著取名为《站在海格力斯之柱上》]。

狄更斯的婚姻生活继续呈现出有违习俗的特点。凯瑟琳的另一位妹妹乔治娜1842年开始同狄更斯生活在一起，直到他最终去世。狄更斯爱上18岁的女演员埃伦·特南后，凯瑟琳于1858年搬了出去。体面的维多利亚时代市民无法接受这样的事实。这桩风流韵事在狄更斯去世很长时间后仍然对外界隐瞒着。

其他许多作家也有自己的秘密。私下里，19世纪伦敦文坛上的明星人物没有几位符合当今我们心中那种一本正经、刻板拘谨的印象。同后来的现代派阵营以及菲茨罗维亚和布鲁姆斯伯里等文化团体成员相比，他们的思想更加超前，更具有革命精神（前者嘲笑他们思想保守，是"烂泥中的枯枝"）。

狄更斯的多年好友，有时也是对手的威尔基·柯林斯（Wilkie Collins，1824—1889）便是一个以放浪形骸者自居的人。他坚决反对婚姻这种社会习俗，但在1858年却深深地爱上了一个名叫卡罗琳·格拉夫斯（Caroline Graves，约1830—1895）的女人。她地位卑微，是位店主，居住在霍兰街，距柯林斯的公寓很近。他们两人后来搬到一起过上了同居生活（这使柯林斯那位虔诚体面的母亲大为震惊），直到柯林斯于 1889 年去世。但是柯林斯从 1868 年起还同玛莎·拉德（Martha Rudd，1845—1919）结成了伴侣。柯林斯有一次去海滨考察研究时，在诺福克地区的温特顿（Winterton）遇到了拉德。他和拉德一共生了 3 个孩子。

卡罗琳·格拉夫斯更为引人瞩目的是，她为狄更斯塑造《远大前程》中的郝薇香小姐（Miss Havisham）提供了创作灵感，更不用说柯林斯笔下的那个"白衣女人"了。柯林斯喜欢对别人说，有一次他同自己的兄弟查尔斯（Charles，1828—1873）和前拉斐尔派画家约翰·埃弗雷特·米莱（John Everett Millais，1829—1896）夜间散步时遇到了格拉夫斯。柯林斯声称，在这次散步过程中，他们遇到了一个容貌秀美，看上去心烦意乱的女人。上前询问才知道，她是从摄政公园里的一座公寓里逃出来的。有个身怀异能的男人一直把她关在那里。这完全是无稽之谈。不过米莱的儿子在为父亲所写的传记中仍然对这种说法深信不疑，并极力加以发挥渲染。

《白衣女人》（*The Woman in White*）最初于 1859 年至1860 年以连载的形式发表在查尔斯·狄更斯主编的《一年四季》（*All the Year Round*）上。首次发表即在伦敦引起轰动。《白衣女人》是这本杂志刊登过的最受欢迎的作品。

1860 年《白衣女人》出版，只印了 1000 本，不到一天便全部售完。同时还可以买到白衣女人穿戴的外衣和女帽，使用的香水，以及围绕原著而创作的散页乐谱。就在前一年《白衣女人》还在继续连载，故事结局无人知晓时，就有人围绕原著的核心"秘密"打起了赌。甚至还有一些男士给柯林斯写信，要求了解小说中的女主人公玛丽安•哈尔科姆（Marian Halcombe）的真实身份，准备向她求婚。

《白衣女人》是一部为那个时代创作的长篇小说。故事内容丰富，将轰动一时的事件与各种丑闻融为一体，其创作灵感既来自卡罗琳•格拉夫斯，又来自伦敦发生的各种时事。当时伦敦的新闻报业中心——舰队街兴起了一股"小新闻"热潮。这种新闻形式热衷于报道性绯闻、投毒、中毒事件和罪恶黑社会活动内幕（尤其是黑社会同上流社会交往内幕，或者模仿上流社会的活动行径）。当时四处传扬的一件丑闻涉及狄更斯的一位合伙人，他就是社交界活跃人物，偶尔也写诗的利顿勋爵（Lord Lytton，1803—1873）。此人同妻子闹翻以后，将她关进了病人院里。在《白衣女人》以分期连载形式刊出的那两年里，伦敦"遍地都是"（柯林斯语）那不勒斯间谍和法国间谍，广大公众对此感到非常兴奋（有些描写这些间谍的小说把世界工业博览会说成是他们来到伦敦的理由，因而很受读者欢迎）。柯林斯在刻画福斯克伯爵这个人物时便充分运用了上述外国间谍的有关素材。尽管《白衣女人》中的大部分故事发生在伦敦市外，但小说中的故事一开始便发生在哈特莱特母亲那座位于汉普斯特德的温馨舒适的农舍里；白衣女人在汉普斯特德荒野中四处徘徊、游荡。

这部作品使柯林斯从此发迹，10年之内顺风顺水，终于在1868年又发表了《月亮宝石》（*The Moonstone*）。遗憾的是，此后这位作家的运气每况愈下。他染上了吸食鸦片的习惯，既有迫不得已的原因，也因自己爱好。一开始他吸食鸦片只是为了缓解痛风病情。此外，柯林斯还同好友狄更斯闹僵了。多年来这对好朋友经常在考文特花园和海滩上一起散步。但是在柯林斯的兄弟查尔斯于1860年同狄更斯的女儿凯特结婚后，这种友谊渐渐地淡化了。狄更斯不喜欢查尔斯，认为他"体弱多病"。狄更斯这样看待柯林斯的兄弟自然也影响到这两位老朋友之间的关系。他们的关系裂痕反映在柯林斯针对狄更斯这位同行作品私下的情感态度上。柯林斯去世后，人们从他在温普尔（Wimpole）街的住宅里所积蓄的一批藏书中了解到了他的上述情感态度。他在评论《董贝父子》这部作品时写道："任何一位聪明人读过这本书后，无不对其拙劣程度感到震惊。"他把狄更斯没有完成的作品《埃德温·德鲁德》（*Edwin Drood*）说成是"筋疲力尽的大脑琢磨出的忧郁作品"。约翰·福斯特在为狄更斯所写的传记首页上充满敬意地宣称："狄更斯，是21世纪最受欢迎的小说家。"柯林斯又添上一笔："……位于瓦尔特·司各特之后。"

尽管存在着上述不和谐情况，查尔斯·狄更斯去世时，柯林斯感到十分震惊。在提及他们早年的友谊时，柯林斯写道："我们两人天天见面，是最亲密的朋友。"

柯林斯整个一生都是在伦敦度过的，1889 年逝世于陶顿街（Taunton Place），终年 65 岁。如今人们对柯林斯的作品评价不错，但在维多利亚时代的伦敦文坛上有位同胞认为柯林斯的作品并不高明。安东尼·特罗洛普（Anthony Trollope，1815—1882）在其自传中这样评价柯林斯的作品风格：整体结构非常细腻，非常出色，但是除此以外，我看不出还有什么其他特色。

特罗洛普出生在伦敦，曾在哈罗公学（Harrow School）读书。他也在别的地方，比如比利时的布鲁日（Bruges）生活过一段时间，全家因为躲债最后逃到了那里。后来特罗洛普于 1834 年又回到伦敦，在邮政总局找到了一份工作。起初他并不出色，还落下了不守时、不服从管理的坏名声。他学着父亲那样来管理自己的收支状况，但无济于事。有个放债人每天都去他的工作场所找他，要求归还 200 英镑的借款。1852 年他弥补了这一切，设计出独立式红色邮箱。如今在整个伦敦仍然可以看到这样的红色邮箱。

成年后特罗洛普在爱尔兰生活了一段时间，也到过许多地方。不过他还是从自己的故乡获得极大的创作灵感。1875 年他发表的杰出作品《我们现在的生活方式》（*The Way We Live Now*）是维多利亚时代最后一批以连载形式发表的名著之一，主要描写刻画了一位名叫奥古斯都·麦尔墨特的腐败金融家。在这部作品中，特罗洛普不失时机地对伦敦进行了抨击，将其描绘成无尽的信用与各种堕落关系的中心，既奢华又腐败：

> 如果凭着不诚实就可以居住在华丽的宫殿——那里的墙壁上悬挂着各种画像，橱窗里摆放着各种宝石，所有角落均能看到大理石与象牙雕塑；如果凭着不诚实就可以举办豪华宴会，进入议会，做着数百万英镑的生意，那么这样不诚实的人就不再是下流的无赖。

在小说《我们现在的生活方式》中，自由党和保守党人士竞争拉拢麦尔墨特，让他充当本党在议会的候选人。谁也不在意他是不是骗子，只要他既能照顾少数人，又能取悦于广大民众就行。这几乎可以说事关我们现在的生活方式。

自由党和保守党人士追捧的另外一个人物，可比小说中的奥古斯都•麦尔墨特更不适应政治家生活。此人就是著名诗人阿尔弗雷德•丁尼生勋爵（Alfred Lord Tennyson）。自由党首相格莱斯顿（Gladstone，1809—1898）与托利党首相（兼小说家）本杰明•迪斯雷利（Benjamin Disraeli，1804—1881）多年来一直力劝这位诗人接受勋爵贵族身份。在维多利亚女王劝导下，1884年他终于接受了贵族身份。不过他也持有严肃的保留意见，而且在后来的一段时间里对于基督教及其有关仪式表现出不同寻常的反感态度。

丁尼生出生在林肯郡，他漫长一生中的大部分时间都在伦敦度过，并在作品中多次描写伦敦。虽然他也受到上流社会的追捧，在大英帝国如日中天的时期成为桂冠诗人，还创作了一些以伦敦为主题的诗歌，却对英国在世界上所起的作用表现出奇特的矛盾态度。他不仅对导致英国轻兵旅在克里米亚战争中盲目出击、遭受惨败的错误指挥进行过指责，而且也反对把克丽奥佩特拉方尖碑从埃及运来安放在维多利亚河滨马路。威斯敏斯特大教堂教长、埃及学家亚瑟·斯坦利（Arthur Stanley，1815—1881）要求丁尼生写一首诗，然后将其刻在方尖碑底座上。丁尼生把诗写成了，但是他还以方尖碑的口吻对伦敦人说道：

> ……你们的公民，虽说是美名远播，
>
> 却越过陌生的大海将我拖到了你们的城郭。
>
> 我亲眼看见过四大帝国崩溃灭亡。
>
> 我问世时还不见有伦敦。如今我却立在了此地的路旁。

在其他诗作中，丁尼生对于他定居的这座城市表现出了更大不满。他在一首诗作里对伦敦东区的一个酒馆进行诅咒："阿尔盖特的黑牛，愿你的牛角从根上烂掉！"（后世满足了他的心愿，这家酒馆早已被拆除。）他在有些悲戚的情况下迎来了自己一生中最伟大的时刻。他创作的诗集《悼念集》（*In Memoriam*）于 1850 年出版了。这部诗集表达了丁尼生因好友亚瑟·哈勒姆（Arthur Hallam，1811—1833）去世而不舍的悲痛之情。哈勒姆生前居住在牛津马戏院西北处的温普尔街 67 号。诗中有一部分内容描绘了丁尼生在哈勒姆去世后经常在这位好友伦敦故居外的街道上独自徘徊，不肯离去的情形：

> 昏暗的屋边我再度站立，
> 站在这不可爱的长街上；
> 往常在这门前，我的心脏
> 总为等待一只手跳得太急。

> 但再也不能紧握这只手——
> 瞧我呀，因为已无法入睡，
> 就像个可怜东西负着罪，
> 绝早地悄悄溜到这门口。
> 他不在这里，但是听远处，
> 生活的嘈杂声又在响起，
> 而透过空街上蒙蒙细雨，
> 露出了惨淡苍白的初曙。

（黄杲炘译文）

就在丁尼生悲悲戚戚之时，距他的住处有几户之隔的温普尔街 50 号却上演着一出生活喜剧。那里是女诗人伊丽莎白·芭蕾特（Elizabeth Barrett，1806—1881）的住所。1845 年，同是诗人的罗伯特·勃朗宁（Robert Browning，1812—1889）

成了她家的常客。勃朗宁对她于1844年发表的诗集非常欣赏，赞不绝口。"我真心喜爱你的诗歌，亲爱的芭蕾特小姐"，勃朗宁在信中对她写道，称赞她的诗歌"语言丰富多彩"，回响着"清新奇异的音乐"。

不久，这两位诗人便开始在一起"谱写"着另外一种不同的音乐——秘密幽会。他们知道芭蕾特那位霸气的父亲肯定不会同意他们的婚事，于是他们便计划1846年夏末在圣马里波恩（St Marylebone）教区教堂秘密举行婚礼。

第二年，又一场秘密婚礼在伦敦举行，这一回是场虚构的婚礼。威廉·梅克比斯·萨克雷（William Makepeace Thackeray）创作的长篇小说《名利场》中的人物罗登·克罗素（Rawdon Crawley）上尉偷偷溜走，迎娶蓓姬·夏普（Becky Sharp）为妻。

讽刺伦敦上流社会的名著《名利场》是萨克雷在肯辛顿区青春路13号（现改为16号）居住期间写成的［在同一座住宅里还创作出《潘登尼斯》（*Pendennis*）和《亨利·埃斯蒙德》（*History of Henry Esmond*）两部作品；他在那里住的时间为1846年至1853年］。过些年后，他同一位朋友路过那座住宅时高声叫喊："跪下，你这个无赖。《名利场》就是在这里写成的。我要和你一起跪下，因为我本人对那部作品评价很高。"

他的女儿米妮不太喜欢那部长篇小说。萨克雷曾在信中回忆道，有一天，米妮在吃早餐时抬头问他："爸爸，你为什么不写《尼古拉斯·尼克尔贝》那样的书呢？"查尔斯·狄更斯对《名利场》这部作品并无好感，不过主要因为《名利场》好评如潮，一周卖出 7000 本。萨克雷用这部作品赚来的一些收入在宫青街 2 号建了一座漂亮住宅（如今以色列大使馆就设在那里）。

萨克雷在离开青春路前，命中注定要同夏洛蒂·勃朗特（Charlotte Brontë，1816—1855）彼此见面。夏洛蒂此前早把她创作的《简·爱》（Jane Eyre）献给了萨克雷，当时并不知道这是一个可怕的错误。萨克雷就像《简·爱》中的罗切斯特一样，家中藏有一位鲜为外界所知的妻子。1849 年夏洛蒂有一次来伦敦时，萨克雷专门为她举行了一次宴会，当时也闹出许多误会。问题出在夏洛蒂身上：她拒不承认自己就是那位署名为"柯勒·贝尔"（Currer Bell）的作者。其实当时大家都知道她就是《简·爱》一书的作者。每当别人提问时，她只给予简短而又不耐烦的回答。其他客人问她是否喜欢伦敦社交界的女人，她只是简短地说了一句："既喜欢，又不喜欢。"聚会气氛变得非常紧张。萨克雷偷偷溜了出去，直奔自己的俱乐部。萨克雷有个刻薄的女儿名叫安妮，她后来回忆说：

这就是那位女作者，鲜为人知的能人；她写的书整个伦敦都在议论、阅读、猜测……当父亲俯下身伸出手臂时，我们全都笑了。夏洛蒂小姐尽管是个天才，可她几乎够不着我父亲的肘部……大家都在等待着一场精彩的交谈，可到头来她一直没有开口。

萨克雷这位具有绅士风度的作家第二天仍然去拜访了夏洛蒂。夏洛蒂回到哈沃斯的家里后，便兴奋地给她的朋友艾伦·努西（Ellen Nussey）写了一封书信："我觉得自己好像刚从令人兴奋的旋风中挣脱出来。"

　　至于为什么大家都知道夏洛蒂就是科勒·贝尔，那完全是她自己透露的。不久前，她亲自找到了自己的出版商。1848年7月8日，她和妹妹安妮（Anne，1820—1849）决定从约克郡动身前往伦敦登门拜访史密斯父子，消除她们的作品在作者身份上所出现的混乱情况。她们夜晚动身启程，第二天抵达帕特诺斯特（Paternoster）大街，走下马车时还担心自己来此是否有些轻率。随后她们又走了半英里路到达康希尔地段，有些焦躁不安地通报了自己的姓名。使出版商约翰·史密斯感到惊讶的是，《简·爱》一书的作者（此书之所以很受欢迎，在一定程度是因为其内容"不正经"）居然是一位身材矮小、面带吃惊表情的女子。勃朗特姐妹感到有些意外的是，她们的出版商并非如她们想象的那样是一位留着胡须的老者，反倒是一位23岁的英俊青年。

　　夏洛蒂有可能为自己能从伦敦活着回来感到庆幸。早些年里，她认为伦敦是个难以想象的罪恶之地。1834年，她的朋友艾伦·努西前往伦敦，过后夏洛蒂甚至还给她写了一封书信，对于艾伦·努西能够"全身而归"感到非常吃惊。

这是一部非常出色的作品：在我们的记忆中没有任何一部作品能将力透纸背的感染力同这样可怕的品位结合得恰到好处。

　　即使萨克雷举办的宴会令人有些尴尬，那也丝毫不影响1861 年在格林尼治天文台为庆祝乔治·艾略特发表长篇小说《织工马南传》而举行的宴会。乔治·艾略特是唯一一位出席宴会的女士，因为其他女士不可能与一个堕落女人在一起进餐。

　　艾略特遭到原本彬彬有礼的女性社会极为粗鲁的对待，因为当时她与歌德传记的作者乔治·亨利·刘易斯（George Henry Lewes，1817—1878）"非法"同居在温布尔登公园路31 号。艾略特这位女作家来自纽尼顿（Nuneaton）。1850 年她在 31 岁时闯荡伦敦，使她的家人一时惊恐不已。起初她居住在斯特兰德街 142 号。那里是激进派出版商约翰·查普曼（John Chapman，1821—1894）的办公室、书店和住宅所在地。据有些学者披露，艾略特同查普曼有过一段短暂的情史（当时他的妻子、孩子和家庭女教师都住在一起），也开始编辑查普曼刚收购不久的进步杂志《威斯敏斯特评论》（*The Westminster Review*）。艾略特在这本杂志上发表过李·亨特和萨克雷撰写的文章，公开呼吁赋予民众普选权利。艾略特不知疲倦地工作了 5 年，后来同这本杂志的一位撰稿人私奔了。

尽管艾略特很有名气，成就斐然，然而当她于1880年去世时并没有被安葬在威斯敏斯特教堂。因为她生前"否定"基督教信仰，同乔治·亨利·刘易斯关系"不正常"，所以被认为不适合安葬在威斯敏斯特教堂。她去世后被安葬在海格特公墓那片历来专门为不顺从国教者和不可知论者留出的葬身之地，紧挨着她的恋人遗骨。至少艾略特生前享受过快乐。她一生中有许多风流韵事，深得当时一些著名激进知识分子的青睐。威廉·罗塞蒂（William Rosseti，1829—1919）逢人便说，他亲眼看见赫伯特·斯宾塞（Herbert Spencer，1820—1903）在萨默赛特宫的台阶上向艾略特求婚。赫伯特·斯宾塞身为哲学家、政治神学家，"适者生存"这句名言的始创者，其著作最初便是在约翰·查普曼那里发表的。

罗塞蒂家人同样与众不同。威廉·罗塞蒂的哥哥但丁·加布里尔·罗塞蒂（Dante Gabriel Rosseti，1828—1881）住在切尔西区切恩路16号，距乔治·艾略特的住所不远，家里养了不少动物，比如狼、寒鸦、蜥蜴和孔雀。（孔雀让邻居们很厌烦，从那以后那条街上再不允许饲养孔雀。）1862年，乔治·梅瑞迪斯（George Meredith，1828—1909）在同一座住宅里住了一年［与阿尔杰农·史文朋（Algernon Swinburne，1837—1909）一样］，后来又搬到了大詹姆斯街3号。（评论家兼小说家西奥多·瓦茨-邓顿（Theodore Watts-Dunton，1832—1914）曾经来此造访。当时他发现史文朋赤身裸体甩动着满头闪亮的红发，正在室内大跳酒神节舞；史文朋把他轰了出去。）

同是在 1862 年，但丁·加布里尔的妻子伊丽莎白·西德尔 [Elizabeth Siddal（生于 1829 年）] 因吸食鸦片过量，年纪轻轻便悲惨地死去。但丁·加布里尔把妻子，连同他不久前刚刚写完、尚未发表的诗集，安葬了在了海格特公墓。那些诗歌在地下一直陪伴着西德尔数年。到了 1869 年，她的丈夫因生活困难，在得到批准后挖开坟墓，取出了那些诗作。他凭着那些诗作赚了很多钱，又可以像以往那样继续居住在切尔西。

但丁·加布里尔的妹妹克里斯蒂娜（Christina，1830—1894）是另一位前拉斐尔派著名画家，也从同海格特区有关的人生经历中受益匪浅。1859 年至 1870 年，她在海格特区圣玛丽玛戈德琳（St.Mary Magdalene）"慈善机构"做义工，在这个妓女逃难所里尽心尽力，帮助别人摆脱困境。她从这段工作经历当中获得了灵感，创作出著名的诗集《魔鬼集市》（*Goblin Market*）。

墓地在托马斯·哈代的一生中也明显占有一席之地。19 世纪 60 年代中期，哈代在一家建筑师事务所谋得了一份差事。他所做的工作包括勘察圣潘克拉斯墓地，因为新建的中部地区铁路线要在那里穿过。具体来说，他必须负责监督把一具具尸体运走。据他披露，有一具尸体上长着两个脑袋。他将数十座墓碑移到了墓地的一个角落里，至今墓碑还立在那里；一棵白蜡树（被称为哈代树）在墓碑群中挺立着。他以这段经历为素材创作了一部长篇小说（这部作品遭到退稿。出版商的这个退稿决定却是由作家乔治·梅瑞迪斯做出的）。哈代还在一首诗中回顾了这段工作经历，诗名为《被铲平的墓地》：

啊，过路的人儿，请你用心听一听

我们的叹息和可怜的呻吟

杂乱的小路湮没了一半的哀声

上面堆放着破败的纪念碑石丛

不久前我们悲伤离世，葬身此处

混杂拥挤着人类同胞

彼此惊恐地高呼

"哪个是我？我不知道！"

上述诗句表明，哈代不太喜欢当时那份工作。实际上干那份工作还使哈代病了一场。他辞职后回到了乡村。这可能就是 1923 年（王尔德于 1900 年去世后的 20 多年）奥斯卡·王尔德（Oscar Wilde，生于 1854 年）的幽灵对伦敦巫师海斯特·道登（Hester Dowden）说哈代是个"不会害人的乡下佬"的缘故。据道登夫人透露，王尔德这位死去的才子把《尤利西斯》（Ulysses）说成是"一大堆乌七八糟的东西"，并声称："死去是人生中最令人厌烦的事情，除非同男教师结婚，或一起进餐。"亚瑟·柯南·道尔称，这些话语是"我们死后仍然还有个性的最后证据"。

道登夫人还出书披露了她同王尔德这位花花公子在20世纪20年代的一些谈话内容。这部回忆录在伦敦引起很大轰动。这说明在维多利亚时代结束后，在他的作家生涯伴随着贫困和流亡于巴黎凄凉地结束以后，王尔德仍然对伦敦社会有着巨大的吸引力。

王尔德的死同他初到伦敦时的情形有着天壤之别。那是1878年，王尔德在牛津大学古典人文学科大考中取得了骄人成绩，神采飞扬，雄心勃勃（他满心欢喜地写道："教师们都惊呆了"）。靠着从父亲那里继承来的遗产（最后一批遗产），他很快成为一位活跃的社交单身汉，住在切尔西泰德街1号（现为44号）。他把那里作为自己的基地，开始在伦敦社会大放异彩。到1884年5月末，他已经创作出一部剧本，发表了一部诗集，并在帕丁顿住宅区的圣詹姆斯国教教堂同康斯坦斯•劳埃德（Constance Lloyd）举行了婚礼。这桩婚姻每年可为王尔德这位花花公子带来250英镑的收入（来自康斯坦斯的父亲），也让他的住房条件得到改善，搬到了泰德街16号，并对住房进行了豪华装修。

　　啊，我多么热爱伦敦社会。它已经有了巨大进步。
　　它现在完全由漂亮的白痴和出类拔萃的疯子所组成。
　　真不愧为社会的楷模……

奥斯卡•王尔德

没过多久，王尔德又在新闻报道方面充分发挥了自己的出色社交才能。他成了《倍尔美尔街报》和其他几家伦敦杂志文笔流畅、笔调轻松亲切的撰稿人，文章内容涉及时尚、养儿育女、政治与艺术等方面话题。那是美好的年代。吉尔伯特（英国维多利亚时代喜剧作家）和沙利文（同时代作曲家）在一部戏剧中提到了王尔德。他的智慧才华使伦敦各家沙龙与餐馆大为增色，满堂生辉〔皇家咖啡馆（Café Royal）是王尔德当年爱去的一个地方，他每天下午1点都在那里用餐。如今那家咖啡馆已经改换了一个恰当的名称：王尔德酒吧。你可以和王尔德一样在相同的地方喝上几杯〕。

35 岁是个非常有魅力的年龄。

伦敦到处都是出身极为高贵的女人，她们出于自愿，使自己多年来一直保持着 35 岁的芳龄。

奥斯卡·王尔德

1889 年，在朗廷酒店（Langham Hotel）举行的一次超级宴会上，杂志主编约瑟夫·斯托达特（Joseph Stoddart）力劝王尔德创作一部长篇小说《道林·格雷的画像》（*The Picture of Dorian Gray*）。此后王尔德的名气进一步大放光彩。

奥斯卡·王尔德喜爱光临的另一家伦敦餐馆就是坐落在索霍区罗米利街上的凯特纳（Kettner）餐馆。他在那家餐馆里曾经吻过一位男招待，令人瞠目震惊。在写作本书时，那家餐馆正在翻修（将于2018年重新开张迎客）。如果你以后有机会光临的话，也会与名人为伍了。19世纪末，爱德华七世当年把那里用作与情人丽莉·兰特里（Lillie Langtry）幽会的秘密地点。兰特里是一位女演员，为了掩人耳目，爱德华七世派人专门在凯特纳餐厅与附近她登台演出的宫廷剧院之间挖了一条地道。

在同一次宴会上，他还力劝柯南·道尔创作《四个签名》（*The Sign of Four*）。柯南·道尔对于生前和死后的王尔德同样欣赏，以王尔德为原型塑造出了撒迪厄斯·舒尔托（Thaddeus Sholto）这样一个人物。《道林·格雷的画像》于1890年发表在《利平科特月刊》（*Lippincott*）上。评论者纷纷斥责这部作品伤风败俗，令人作呕，宣扬追求享乐。W.H. 史密斯书店感到非常愤慨，把每一期《利平科特月刊》都从其火车站书报摊撤出。如此一来，这部作品反而更受追捧。不过王尔德迫于压力，在以后出版的版本中对性描写进行了低调处理。

接下来王尔德又创作出一系列大获成功的剧作，比如《莎乐美》（*Salome*）、《温德米尔夫人的扇子》（*Lady Windermere's Fan*）、《无足轻重的女人》（*A Woman of No Importance*）、《理想丈夫》（*An Ideal Husband*），轮番征服伦敦舞台；1895年又写出不朽之作《认真的重要性》（*The*

Importance of Being Earnest）。尽管王尔德的公众生活到达了辉煌的顶点，他的私人生活却即将跌入低谷。

王尔德先生有头脑，艺术与风格俱佳。如果他只描写贵族出身的绿林好汉和走上邪路的电报投递员，那么他越早从这方面入手开始创作（或者做其他体面的事情），对他自己的名声和社会公德就越好。

《苏格兰观察家》

王尔德是同性恋。在伦敦经人介绍，王尔德结识了17岁的罗伯特·罗斯（Robert Ross，1869—1918）。罗伯特后来成为一位艺术评论家、艺术商人和王尔德的遗嘱执行人。他于1886年成为王尔德的第一位同性恋人。王尔德还有其他同性恋人，而且成功地躲过了趣味低级的公众注意力，直到1894年6月的一天，昆斯伯瑞侯爵（Marquess of Queensberry，1844—1900）来到泰德街王尔德的住处登门拜访。"我不是说你就是那样的人，"这位气势汹汹的贵族人士说道，"但是你看上去像有这方面的倾向，这同样恶劣。我要是再看到你和我儿子出现在公共餐厅里，我一定要狠狠地收拾你。"

能够驾驭伦敦餐桌的人可以统治世界。

奥斯卡·王尔德

让侯爵震怒的是，王尔德同他的儿子阿尔弗雷德·道格拉斯勋爵（Lord Alfred Douglas，1870—1945）约会。虽然侯爵没有狠狠地收拾王尔德，可的确把他给毁了。在伦敦市各处餐厅经过6个多月公开辩论后，1895年2月18日，也就是王尔德的剧作《认真的重要性》在圣詹姆斯剧院圆满首演之夜过后的第4天，这场较量的高潮时刻终于到来了。当时侯爵在王尔德加入的阿尔伯马尔（Albemarle）俱乐部留下了一张卡片，上面写着"致奥斯卡·王尔德，装腔作势的鸡奸者"。

随后王尔德不顾朋友们的劝说，以诽谤罪名起诉昆斯伯瑞侯爵。但是侯爵雇用侦探证明自己所说属实，王尔德的确同男人约会。最后王尔德被关进了监狱。他在伦敦最后看到的景象就是克拉珀姆岔口（Clapham Junction）火车站台。他身穿囚服站在站台上，等待着开往雷丁监狱方向的联运火车。有位市民走上前去向他吐口水。时间为1895年5月。经过两年强迫性劳役后，王尔德于1897年5月出狱。随后立即乘船前往法国。不久便于1900年11月30日去世，成为那个时代的受害者。不到两个月，维多利亚女王去世。一个时代结束了。

重要地址

皇家咖啡馆酒店 W1B 摄政街68号（地铁站：皮卡迪利大街）

凯特纳餐厅 W1D 罗米利街29号（地铁站：考文特花园）

查尔斯·狄更斯博物馆　WC1N　道蒂街48号（地铁站：罗素广场）

萨克雷故居　W8　青春街16号（地铁站：肯辛顿大街）

哈代树　NW1　圣潘克拉斯老教堂（地铁站：圣潘克拉斯）

推荐阅读书目

夏洛蒂·勃朗特《简·爱》

威尔基·柯林斯《白衣女人》

查尔斯·狄更斯《荒凉山庄》

威廉·萨克雷《名利场》

安东尼·特罗洛普《我们现在的生活方式》

奥斯卡·王尔德《道林·格雷的画像》

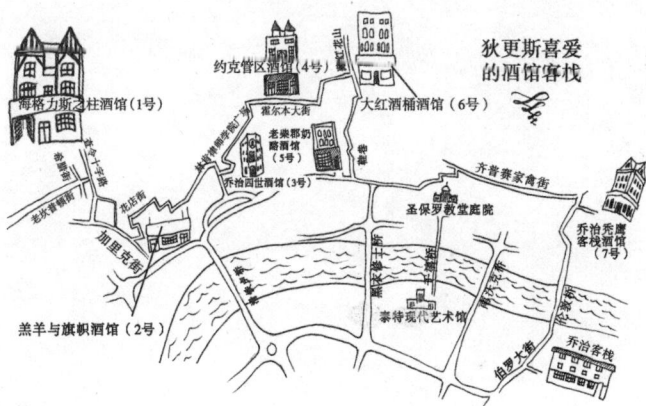

狄更斯喜爱的酒馆客栈

第八章

犯罪活动……

华生根据以往的经验说：我认为，伦敦最下三烂、最肮脏小巷的犯罪活动并不比欢快美丽乡村的犯罪活动更可怕。

夏洛克·福尔摩斯《铜山毛榉案》

第一部长篇侦探小说名著在伦敦写成。这就是 1868 年由威尔基·柯林斯创作的《月亮宝石》。这部小说中采用的下述许多叙事元素后来成为侦探小说的关键特征：乡间邸宅抢劫罪，转移注意力的事物，假嫌疑人，重构犯罪过程，一位绅士侦探（富兰克林·布莱克）和一位警察同伴 [卡夫警官，以伦敦警察厅真实的巡官乔纳森·威彻（Jonathan Whicher, 1814—1881）为原型]。

> 乔纳森·威彻不仅是《月亮宝石》中的重要人物，也是查尔斯·狄更斯的小说《荒凉山庄》中巴克特先生的原型人物，后来他又成为《威彻先生的猜疑》（*The Suspicions of Mr Whicher*）[作者凯特·萨默斯凯尔（Kate Summerscale, 1965— ）] 中的主人公。

《月亮宝石》令人难忘的特点不仅仅是叙事手法新颖，多有创新。它本身就是一部优秀作品，既带有绝佳的喜剧色彩，又笼罩着一层神秘氛围，生动描写了各种险境以及吸食鸦片上瘾的有关情景。G.K. 切斯特顿（G.K.Chesterton, 1874—

1936）称这部作品"可能是世界上最优秀的侦探小说"，多萝西·塞耶斯（Dorothy Sayers，1893—1957）称它为"曾经写出的最精彩的侦探故事"。

切斯特顿和多萝西从事创作的时期是在《月亮宝石》于1868年发表后出现的侦探小说的黄金时代，时间跨度大体上是19世纪末到第二次世界大战爆发。伦敦一如既往地占据着重要地位。然而《月亮宝石》并非是对那个黄金时代产生重大影响的唯一一部作品。那个时代的作家也走上了维多利亚时代的破案大侦探夏洛克·福尔摩斯开辟的道路。

夏洛克·福尔摩斯同威尔基·柯林斯笔下的侦探一样，也是以真实人物为原型。这一次的原型人物为约瑟夫·贝尔（Joseph Bell，1837—1911），他曾经是亚瑟·柯南·道尔在爱丁堡接受医生专业训练时的恩师。柯南·道尔不仅把贝尔的一些古怪生活方式移到了福尔摩斯身上，还将其凡事——特别是犯罪活动——都采用推理分析的科学态度也赋予了福尔摩斯。

夏洛克·福尔摩斯这个人物于1887年最初出现在公开发表的《血字研究》（*A Study in Scarlet*）中。这部作品以25英镑的不菲价钱（没有任何版税）卖给了伦敦出版商瓦德洛克公司。当时别的出版商都不接受这部作品。他们那样做可真是愚蠢透顶。福尔摩斯迅速创下奇迹，名声远播。如今在英语国家，几乎所有识文断字的成年人都知道福尔摩斯当年居住在贝克街221B号。

即使有些人不知道这个地址是虚构的，那也没关系。福尔摩斯阔步走过的伦敦大部分市区都是真真切切存在的。"准确地了解有关伦敦的知识是我的爱好"，这位侦探曾经说道。他就这样不经意间首创了"有关知识"以及准确了解伦敦街道和偏僻小路的概念。如今的伦敦出租车司机都应该了解掌握这些知识。

在生活利用艺术的绝佳范例中，有一处贝克街221B号，那是夏洛克·福尔摩斯博物馆所在地。令人迷惑不解的是，它竟然位于237号与241号之间。

福尔摩斯所熟悉的伦敦，是大街上铺着鹅卵石，整天烟雾弥漫，到处都是偏僻小巷，随时都可能遇到让你难以预料的倒霉事情的地方。例如，在1902年发表的《显贵的主顾》(*The Adventure of the Illustrious Client*) 中，福尔摩斯在摄政街上遭到两个人的袭击，他们用木棍"往他的头上和身上猛打一气"。医生说"他受的伤非常严重"。在《最后的问题》(*The Final Problem*) 这部作品中，在牛津路附近介于本廷克街和维尔贝克街之间的交叉路口上，福尔摩斯差一点被一辆失控的小货车撞死。

难怪华生将伦敦称为"大污水坑"。他在伦敦的大街上看见过太多的死尸、杀人凶手、敲诈勒索者和窃贼。不过也有像样的一面。在福尔摩斯探案小说中，伦敦的酒店总是充满阴谋诡计［比如在《波希米亚丑闻》（*The Scandal of Bohemia*）中，波希米亚王入住的朗廷酒店］，在伦敦的各处店铺总能遇到一些开心事：福尔摩斯在托特纳姆宫路上拾到一把意大利斯特拉迪瓦里名牌小提琴；故事中总会出现斯特兰德大街辛普森餐厅那幽暗的实木包间，福尔摩斯和华生喜欢去那里享用一些"有营养的东西"。如果你觉得自己不差钱，不妨也去那里享受一番。如今辛普森餐厅仍然在卖地道的老式英国菜肴，外观装饰保留着柯南·道尔所熟悉的独家特色。

但是马路对面的标准餐厅却不一样。华生在经人介绍同福尔摩斯初次见面前便来到这家餐厅喝过酒。这家餐厅一直没有关过门，至今还在开门迎客，位于同样的黄金地段，但不久前却因租金不断上涨（这本身也是一种犯罪）经营受损。你也去不了倍尔美尔街上的戴奥吉尼斯俱乐部。这家绅士俱乐部由夏洛克·福尔摩斯的兄弟迈克罗夫特同别人共同建立。那里不允许随便说话。戴奥吉尼斯俱乐部是虚构的，但是柯南·道尔却是 3 家伦敦真实俱乐部成员：改革俱乐部、雅典娜神殿俱乐部和皇家汽车俱乐部。这些俱乐部的环境氛围弥漫在他所创作的多部侦探小说中。

华生根据以往的经验说：我认为，伦敦最下三烂、最肮脏小巷的犯罪活动并不比欢快美丽乡村的犯罪活动更可怕。

夏洛克·福尔摩斯《铜山毛榉案》

柯南·道尔本人实际上也属于那些并不欣赏夏洛克·福尔摩斯古怪性情和冒险活动的极少数人之列。有一次，柯南·道尔从位于马里波恩区温普尔街上（他前5部长篇小说都在那里写成）的个人诊所里给母亲写了一封书信，对自己塑造的人物表现出一种矛盾心态："我想把福尔摩斯杀掉，让他永远消失。有了他，我就无法思考一些更好的事情。"对此他母亲答复道："不要那样做！千万不要那样做！"他的确没有那样做。福尔摩斯并未永远消失。于是，福尔摩斯继续他的冒险活动，直到20世纪20年代后半期。

那时正是侦探小说黄金时代的鼎盛时期，涌现出更多的在伦敦一带匡扶正义、雪洗不白之冤的侦探。其中最受欢迎的一个侦探就是G.K.切斯特顿笔下的布朗神父（Father Brown）。他在许多方面都与福尔摩斯截然不同。福尔摩斯喜欢进行逻辑推理，长期缺乏设身处地由己推人的体悟洞察能力。布朗神父屡屡破案，主要依靠直觉和想象，站在凶手的角度思考问题。他曾经说道："你看，他们都是我杀的……我非常精心策划了每一次犯罪活动。我仔细考虑过如何分毫不差地去做一件事情，一个人能以怎样的心态和方式去做一件事。当我确信我同凶手的感觉完全一样时，我就知道凶手是谁了。"

第一个描写布朗神父的作品《蓝色十字架》（*The Blue Cross*）1910年发表在《星期六邮报》（*The Saturday Post*）上。布朗神父在伦敦市里从西区来到汉普斯特德荒野公园，给巴黎侦探瓦伦丁（Valentin）留下了一连串线索。前两卷短篇小说集中的其余作品中的故事也全都发生在伦敦。虽然没有提到具体地名，布朗神父在所有故事中从索霍区走到维多利亚区，从汉普斯特德荒野公园走到温布尔登公地（Wimbledon Common），又从皮卡迪利大街走到北郊，不停地追踪蓄意杀人的警察和受害者。凶手杀人手段多种多样，包括使用致命凶器回飞镖，从教堂尖顶往下扔铁锤。布朗神父有时会乘坐发明不久的伦敦公共汽车。他曾经说道："有一次我乘坐了公共汽车。在途中人们总会感觉到现在一定走到了宇宙尽头，后来发现刚刚来到塔夫内尔（Tufnell）公园近前。"

伦敦侦探协会成立于 1930 年，创始会员是一些推理侦探小说作家，包括阿加莎·克里斯蒂、多萝西·塞耶斯和 G.K. 切斯特顿等人。会员必须遵守一套职业准则，包括在各自创作的长、短篇小说中一定要留给读者对凶手、罪犯进行猜测的机会。会员还喜欢有些古怪的入会方式，其誓言如下：

问：你能保证作品中的侦探能利用你赋予他们的才智破案，而不是依赖或利用神的启示、女人的直觉、愚蠢的信仰观点、欺骗手段、巧合或天灾破案？

答：我能保证。

问：你能庄重宣誓绝不对读者隐瞒重要线索吗？

答：我能。

问：你能保证不在作品中过分描写、渲染帮派团伙、阴谋论、死光、幽灵鬼魂、催眠术、室内活板门、中国佬、超级罪犯和疯子吗？你能彻底在作品中放弃动用科学上未知的神秘药水吗？

答：我能。

问：你能保证在作品中运用规范英语吗？

答：我能保证。

侦探协会成立之初召开过3次年会。有两次年会在加里克俱乐部举行，邀请会员共进晚餐，畅所欲言。第3次年会在皇家咖啡馆召开，为那些被邀请入会的人员举行入会仪式。侦探协会如今仍然存在。目前在世的成员包括约翰·勒卡雷（John le Carré, 1931— ）、依恩·兰金（Ian Rankin, 1960— ）和薇儿·麦克德米德（Val McDermid, 1955— ）。20世纪30年代，最初的会员们合作创作了一系列犯罪题材的长篇小说。如今这些作品仍在印行销售。

切斯特顿本人是土生土长的伦敦人［他最初的住宅位于肯辛顿住宅区卡姆登山一带的沃里克花园（Warwick Gardens）11号，上面挂着一块蓝色牌匾］。他是一个无比热爱伦敦的人。他曾经宣称：

确切地说，城市比乡村更富有诗情画意。大自然是由各种无意识力量造就的一种无序混乱状态，而城市则是各种有意识力量造就的一种无序混乱状态……最狭窄的街道在其曲隐微妙的设计意图中也蕴含着筑路者的灵魂。

切斯特顿本人也很不一般。虽然他笔下的布朗神父身材矮小，"长着一张像诺福克汤圆似的乏味圆脸"，切斯特顿却身材高大，个头足有 6 英尺 4 英寸，体重 20 英石[1]，不怒自威。他身穿披风，头戴一顶皱皱巴巴的帽子，无论到哪里去，手里都拿着一根剑杖 [在《狗的启示》（*The Oracle of the Dog*）中，杀手使用同样一根剑杖作凶器]。

在侦探小说的黄金时代，重新体现出夏洛克·福尔摩斯的人格秉性和独特之处的人物在彼得·温西爵爷那里现形了。这是多萝西·塞耶斯作品中的一位快活的侦探。从其姓名来看，温西[2]这个人物比较轻浮，理性不足。他的住址为皮卡迪利街 110A 号（有意对应模仿福尔摩斯的住址贝克街 221B，如今那里矗立着帕克巷酒店），表明他的生活既有奢侈随意的一面，也有重视心灵殿堂的一面。虽然温西喜欢给人留下懒散的花花公子印象，其实他是一个极为聪明的侦探 [塞耶斯声称温西的原型人物有两个，一个是弗雷德·阿

1. 1 英石等于 6.34 千克。
2.Wimsey，其读音和词形同英语名词 whimsy 很接近。后者的意思是"古怪、好笑、荒诞"。

斯泰尔（Fred Astaire），另一个是博迪·伍斯特（Bertie Wooster）]。温西在 11 部长篇小说和两部短篇小说集中侦破了一个又一个犯罪案件，屡建奇功。

温西也是一个有趣的人物，生活中离不开切斯特菲尔德牌香烟、熊熊的柴火和早期对开本的但丁诗集。他在丽兹酒店吃午餐（总是戴着一顶大高帽），在利伯提精品店购买外衣，在萨维尔街购买西装，在福纳姆老字号店吃果酱。回到家里，他喜欢用留声机轻轻播放巴赫的音乐。

这样随心所愿的处理手法，使得塞耶斯能够让她笔下的男主人公过上惬意舒适的生活。她喜欢让这位富有的大侦探花钱如流水，在伦敦过着奢侈的生活。"毕竟我又不损失什么"，她曾经这样说道。她还向别人解释说，当初刚刚从事文学创作时，自己在伦敦的住处非常狭小拥挤，心里很不是滋味；让自己喜爱的作品人物住上豪华公寓，塞耶斯自己也感到心里舒坦。虽然她自己使用的"廉价地毯"磨出了洞，却在小说中为温西爵爷订购了一张名贵的"奥布松地毯"。尽管她自己有时连乘公共汽车的钱都没有，她却给温西爵爷送上了一台"戴姆勒 66 型豪华汽车……让他开着车满城转悠"。

不难看出为什么塞耶斯在早些年间特别需要让自己高兴起来。她曾在布鲁姆斯伯里区詹姆斯街 24 号租了一套公寓。那个地方住着很多文化修养高、注意形象的放荡不羁的人士[包括她的恋人，没有快乐的意象派诗人约翰·库尔诺斯（John Cournos,1881—1966）]。她发现那一带，尤其是那里的居民，人情冷漠，很不友好。当地的先锋派人士不喜欢她。她并不富裕，爱情生活也未遂她的心愿。再说她也不喜欢自己的工作。尽管这样，她在工作上仍有可圈可点之处。从1922年至1931年，她一直在S.H.本森广告代理公司工作，为牛头牌英国芥末粉和吉尼斯黑啤酒做过广告，提出了著名的口号"吉尼斯啤酒有益您的健康""做广告效益好"。后来她在小说《杀人也得打广告》（*Murder Must Advertise*）中把那家广告代理公司改头换面，变成了"皮姆广告公司"，将她的老板说成是为了赚钱专干"撒谎骗人"勾当的人。

塞耶斯并不反对为自己挣点外快。她在创作温西爵爷侦探小说时眼睛就盯着钱，以做生意的方式经营自己的文学创作活动。她塑造著名人物的创作灵感在一定程度上来自于仔细查阅伦敦各种报纸，力图从中了解人们喜欢从书中看到什么人物。结果发现，他们喜欢侦探和贵族人物。这并不是说作品中的温西爵爷这个人物应该被视为人们愤世嫉俗态度的产物。实际上塞耶斯非常喜欢这个人物，甚至说过有时会把他误认为是个真实的人物。

阿加莎·克里斯蒂（1890—1976）是侦探小说黄金时期无可争议的女王。她在看待自己塑造出的著名侦探赫尔克里·波洛（Hercule Poirot）方面也有过类似的经历。她一再说自己实际上"见过"波洛两次，一次是在加那利群岛（Canary）[1]上，

1.西班牙海外领土，位于非洲西北部大西洋上。

另一次是在伦敦萨沃伊酒店。

然而与塞耶斯不同，阿加莎·克里斯蒂厌恶自己笔下的男主人公。她认为波洛是一个"奴颜婢膝的小人"，"夸夸其谈，自私自利，令人讨厌"。她感到遗憾的是，自己无法除掉波洛，因为广大读者太喜欢他了。她讨厌波洛甚至到了这种程度：当有人花钱请她把4部波洛系列长篇小说进行改编，搬上伦敦西区舞台时，她彻底将波洛从剧本中删除了。尽管如此，波洛自1920年在《斯泰尔斯庄园奇案》（*The Mysterious Affair at Styles*）里初次亮相后，又成为33部长篇小说中的明星侦探。他长期居住在伦敦。在第一部长篇小说中他来到伦敦，居住在法拉维（Farraway）街14号，以后又搬到怀海芬公寓大楼（Whitehaven Mansions）56B号（出于对福尔摩斯的敬意），在首都一直居住到1932年。那一年他退隐到国王修道院（Kings Abbot）种了一年西葫芦。后来意识到这样做未免有些荒诞，于是他又骑上马回到了怀海芬公寓大楼。

阿加莎·克里斯蒂把德文郡视为自己的家乡，但是她一生中在伦敦长期拥有各种各样的公寓（她在谢菲尔德街58号居住的时间最长，从1934年一直住到1941年）。她对伦敦西区的舞台也产生了影响。她不仅是优秀的小说家，也是成功的剧作家，把自己创作的好几部长篇小说都搬上了伦敦舞台。不仅如此，她还创作了一部神秘凶杀剧《捕鼠器》（*The Mousetrap*）。自1952年11月25日在大使剧院首演以后，这部剧一直在连续上演，总共演出 26000 多场。1957 年《捕鼠器》打破纪录，成为在伦敦西区上演时间最长的戏剧（阿加莎·克里斯蒂原以为上演时间不会超过一年）。诺尔·科瓦德[1]给阿加莎·克里斯蒂发来一封电报，电文内容是："虽然我心里很痛苦，但我必须真诚地祝贺你。"

> 阿加莎·克里斯蒂喜欢的伦敦酒店是萨沃伊酒店，她经常去那里就餐。当她创作的《捕鼠器》成为伦敦上演时间最长的戏剧后，她的出版商在萨沃伊酒店为她举行了一次宴会，有 1000 名客人到场。平时不喜欢抛头露面的阿加莎·克里斯蒂将那次晚宴称为"萨沃伊地狱"。更给她火上浇油的是，有个门卫不认识她，不准她进入萨沃伊酒店。

1976 年 1 月 12 日阿加莎·克里斯蒂去世时，伦敦西区剧院全部将灯光暗下来一小时，对她表示哀悼。如今在莱斯特广场地铁附近克兰伯恩街和大新港（Great Newport）街之间的交叉路口处（位于剧院区），竖立着一座阿加莎·克里斯蒂纪念碑。1975 年 8 月 6 日那天，赫尔克里·波洛成为第一位（也是最后一位）获得最高殊荣的虚构人物。《纽约时报》为他在头版刊登了一则讣告，那是在克里斯蒂发表长篇小说

1.Noel Coward，1899—1973，英国剧作家、作家、演员、导演、歌唱家。

《帷幕》（*Curtain*）以后的事情（这部作品实际上写成于第二次世界大战期间，也许欧洲当时的形势紧迫，使她突然结束了大侦探波洛系列作品的写作）。在这部作品中，她刻画的比利时超级侦探波洛破获了他接手的最后一宗犯罪案件，并在这个过程中以身殉职。"他一生行事，从来不像他临终的时候那样得体"，《纽约时报》引用了莎士比亚剧作《麦克白》中的这句名言。波洛在其辉煌的侦探生涯中经常错误地引用这句名言。

克里斯蒂创作的《伯特伦旅馆之谜》（*At Bertram's Hotel*）以伦敦的布朗酒店为原型。布朗酒店是一座自身有着不俗文学渊源的酒店。诗人拜伦于1837年去世后，由他的前男仆开设了这家酒店（位于阿尔伯马尔街，与拜伦的出版商同在一条街上）。如今仍然可以前往那里，品尝一下类似于克里斯蒂笔下的马普尔小姐（Miss Marple）享用的那种下午茶点。

克里斯蒂去世时，侦探小说的黄金时代早已结束。即便如此，伦敦文坛仍然有其精彩可陈之处。20世纪60年代，P.D.詹姆斯（P.D.James，1920—2014）笔下的亚当·达格利什（Adam Dalgleish）喜欢在索霍区漫步，却一直将其称为欧洲"最下流""最肮脏"的犯罪滋生地。伊恩·兰金（Ian Rankin，1960— ）笔下那位极为粗暴的巡官雷布什在

《全力出击》（*Tooth and Nail*）中因执行任务的需要来到了
伦敦近郊城镇哈克尼（Hackney）。菲利普·普尔曼（Philip
Pullman，1946— ）作品中那个大胆的青少年萨利·洛克哈特
（Sally Lockhart)在伦敦的维多利亚区卷入了许多神秘事件，
参与了伦敦东区瓦坪（Wapping）一带的鸦片生意以及伦敦
各大码头的违法活动。人们如今大多有这种感觉：伦敦城里
再也没有打击犯罪活动的高人了。结果，以令人发指的残忍
手段行凶杀人变得易如反掌。

重要地址

新苏格兰场　SW1H　百老汇 8-10 号（地铁站：圣詹姆斯
公园）

夏洛克·福尔摩斯博物馆　NW1　贝克街 221B 号（地
铁站：贝克街）

朗廷酒店　W1B　波兰街 1C 号（地铁站：牛津马戏院）

斯特兰德街辛普森餐厅　WC2R　斯特兰德街 100 号（地
铁站：考文特花园）

帕克巷酒店　W1　皮卡迪利大街 110 号（地铁站：皮
卡迪利大街）

福洛林苑大楼（怀海芬公寓大楼）　EC1　特豪斯广场 6-9
号（地铁站：巴比肯）

推荐阅读书目

阿加莎·克里斯蒂《伯特伦旅馆之谜》

威尔基·柯林斯《月亮宝石》

亚瑟·柯南·道尔《血字研究》

菲利普·普尔曼《雾中红宝石》

伊恩·兰金《全力出击》

多萝西·塞耶斯《五条红鲱鱼》

第九章

天网恢恢

党派遮天，法律沦为附庸，

有谁还能用惩罚的手段审判罪行。

司法大员随着利益变换，也学会了卑躬笑脸，

过去的优点美德，如今足以让你命丧黄泉……

丹尼尔·笛福《枷锁颂》

正如陀思妥耶夫斯基（Dostoevsky，1821—1881）向我们断言的那样，与犯罪活动相伴的，是应得的惩罚。在伦敦文学史上，相对于每一位夏洛克·福尔摩斯和警察厅的朋友而言，都有一个人物最终因触犯法律受到惩罚。虽然许多作家受到后人追念，公众赞颂，但也有不少作家蒙受耻辱，遭到公开批评，被关进监狱。

《乌托邦》（*Utopia*）的作者托马斯·莫尔（Thomas More，1478—1535）在伦敦塔里丧命。他最后要求刽子手关照自己的胡须，因为他说"胡须并没有犯卖国罪"。最后，他那长着胡须的头颅被挂在伦敦桥上示众。

冒险家、诗人瓦尔特·雷利爵士（Walter Ralegh，1554—1618）1603 年至 1616 年间被关押在伦敦塔里。后来他被释放出狱，受命远征去寻找黄金未果，最后于 1618 年在威斯敏斯特大教堂被处死。

时光竟如此无情，渐渐夺走
我们的青春，我们的快乐，我们拥有的一切，
只剩下泥土和尘埃同我们厮守；

走完了蹉跎的人生岁月

躺卧在黑暗的坟茔，多么孤独死寂

封尘了生前的往事传奇

但是从这泥土，这坟茔，这尘埃中

我的上帝必将使我重新崛起，我的梦

《结局》

（据信雷利在 1618 年即将被处决时写完了这首诗）

1580 年，雷利被判"在威斯敏斯特网球场边打架斗殴"后，被关押在南沃克的马歇尔西监狱。听起来有些可笑，但实际上他遭到了爱德华•温菲尔德(Edward Wingfield)的伏击。此人受牛津伯爵的指使，欲将雷利置于死地……因为雷利曾拒绝帮助牛津伯爵执行谋杀诗人、剧作家菲利普•西德尼爵士（Philip Sidney，1554—1586）的任务。

数百年后，马歇尔西监狱也关押过查尔斯•狄更斯的父亲约翰•狄更斯。他因为未能偿还一位面包师朋友的 40 英镑借款被监禁 3 个月。《匹克威克外传》中一些极为有名的段落便是根据狄更斯父亲的入狱经历写成的。只不过狄更斯把马歇尔西监狱换成了舰队监狱，把拒绝支付诉讼费用的匹克威克送到了那里。

后来的圣保罗教堂教长约翰•邓恩也光临过舰队监狱，罪名是在 1601 年同一名未成年人结婚。1748 年，约翰•克莱兰（John Cleland，1709—1789）因欠债被关进了舰队监狱，并在狱中写出《一个放荡女人的回忆录》（*Memoirs of a Woman of Pleasure*），又名《芬妮·希尔传》（*Fanny Hill*）。

另一个有名的放荡女人摩尔·弗兰德斯（Moll Flanders）出生在一所伦敦监狱里，就同丹尼尔·笛福（Daniel Defoe，1660—1731）所描述的样子。据说这位作家为他的这部名著写了一个很长的书名和附带说明，读来让人喘不过气："名人摩尔·弗兰德斯苦乐沉浮的一生。生于纽盖特（Newgate）监狱，在60年坎坷不平的一生中，除童年时期外，做妓女20年，结过5次婚（有一次嫁给了自己的兄弟），做贼12年，被放逐到北美弗吉尼亚8年，最后终于发财致富，过上体面生活，临终前表示悔过。此书根据她本人的备忘录写成。"此前在1731年，作者笛福在纽盖特监狱专程探望过臭名昭著的伦敦罪犯摩尔·金。

笛福了解自己所写的内容。他本人也曾在纽盖特监狱坐牢服刑。1702年，他撰写了著名宣传册《消灭不同教派的捷径》（*The Shortest Way with Dissenters*），后来被指控犯有诽谤政府罪，被捕入狱。他认为对付非国教派信徒的最佳方式就是将他们放逐到国外，将他们的牧师交给刽子手。他原本是在开玩笑，不料许多人却将此话当真了。下议院派人焚烧了那本宣传册，将作者笛福关进纽盖特监狱，并在1703年7月最后3天里给笛福戴上了颈、手枷。为了加大惩罚力度，每天都把笛福带到不同码头以及伦敦最繁忙的大街上戴枷示众，比如康希尔皇家交易所，齐普赛街水渠，以及位于坦普尔栅门（Temple Bar）附近的舰队街。旁观的人群纷纷将鲜花（而不是烂水果）抛向笛福。他的朋友们甚至还利用这个机会兜售他写的那本宣传册《消灭不同教派的捷径》。随后笛福很快便写成了诗歌《枷锁颂》。这首诗也是讽刺性作品。尽管这首诗没有使他再次入狱，但是由于他受不良习惯的影响，在另外几本宣传册里披露了王室的家庭内幕，后来又两次被关进纽盖特监狱。

> 党派遮天，法律沦为附庸，
> 有谁还能用惩罚的手段审判罪行。
> 司法大员随着利益变换，也学会了卑躬笑脸，
> 过去的优点美德，如今足以让你命丧黄泉……
>
> 丹尼尔·笛福《枷锁颂》

纽盖特监狱也出现在其他文学作品中。在乔叟创作的《坎特伯雷故事集》"厨子的故事"一章里，佩尔金·雷维洛因为生活放纵被送进了纽盖特监狱。莎士比亚在《亨利六世》上篇和下篇均描写了纽盖特监狱。在《查理三世》中，国王穷凶极恶，为所欲为，在纽盖特监狱里将不幸的克拉伦斯公爵（Duke of Clarence）置于死地。他死于"甜酒"饮用过量。也就是说，被人强行灌下了甜酒。

纽盖特监狱曾经关押过许多著名作家，直到其最后一间牢门于1902年砰的一声终于被关闭。上述著名作家当中包括

本·琼森、克里斯托弗·马洛（Christopher Marlowe）、约翰·弥尔顿、威廉·科贝特（William Cobbett）和托马斯·马洛里（Thomas Malory）等人。不幸的弥尔顿在查理二世复辟后，由于在国会发表革命观点而被捕入狱，只能眼睁睁看着自己所写的作品在监狱院内被焚毁。

名气较小，但是姓名却极为恰当的理查德·萨维奇（Richard Savage，约1697—1743，savage在英语中有"野蛮"之意），1727年在一次酒馆打斗中用剑刺穿了一个名叫约翰·辛克莱的男士腹部，事后被关进了纽盖特监狱。他声称"在狱中享有的安静时光比过去12个月里都多"［塞缪尔·约翰逊在《诗人传》（Lives of the Poets）中这样写道］。

纽盖特监狱本身还促进了监狱题材文学作品的发展。《纽盖特档案纪实》（The Newgate Calendar，如实列表记录了纽盖特监狱里处决犯人的情况，并附有相关评论，极受读者欢迎）促进了"纽盖特式小说"的兴起。这类小说以伦敦罪犯的生平经历为创作素材，对他们的违法行为加以渲染美化。狄更斯的《雾都孤儿》经常被视为一部纽盖特式长篇小说。萨克雷也写过一部讽刺性的作品《凯瑟琳》，对流行时尚进行讽刺，结果却发现读者无视作品中的讽刺色彩，却将它当作一部纽盖特式小说来读。

杰克·谢波德（Jack Sheppard）是18世纪时的一个轻罪犯人。此人在1724年被处决之前多次越狱，一时

148

在伦敦市民中传为笑谈，却也为许多文学作品带来了创作灵感，其中包括约翰·盖伊（John Gay）的《乞丐歌剧》（*The Beggar's Opera*），威廉·哈里森·安斯沃斯（William Harrison Ainsworth）的《杰克·谢波德》（*Jack Sheppard*），以及贝托尔特·布莱希特（Bertolt Brecht）的《三便士歌剧》（*The Threepenny Opera*）。杰克·谢波德当年是个颇受欢迎的人物，甚至在他死后 40 年里，伦敦当局一直下令禁止任何戏名中出现杰克·谢波德这个名字。

　　执法部门愤而采取行动的一幕出现在 1960 年 5 月现代文学史上的那一天。当时警方突袭了伊斯灵顿一带诺尔路 25 号的 4 号公寓。那里是剧作家乔·奥顿（Joe Orton，1933—1967）和他的同性恋人肯尼斯·哈利维尔（Kenneth Halliwell，1926—1967）的住所。身穿蓝色制服的警察发现了数百页从附近伊斯灵顿图书馆的藏书上剪下来的书页，于是断定他们抓住了嫌疑犯。

　　数月间，奥顿和哈利维尔一直在损坏图书馆的藏书，因为他们认为图书馆里的藏书都是垃圾，一文不值。他们篡改了《埃姆林·威廉姆斯戏剧作品选》（*Collected Plays of Emlyn Williams*）一书的内容。结果威廉姆斯最有名的作品《夜色必定降临》（*Night Must Fall*）被改成了《女式短衬裤必定脱落》（*Knickers Must Fall*）。另一部戏剧名称居然被改成

《被蒙迪干过了》（*Fucked by Monty*）。

读者还惊讶地发现，有一本多萝西·塞耶斯的《狂欢之夜》（*Gaudy Nights*）上的简介被改过了。那上面解释说，作者"最令人敬畏。极为古怪，不用说，也极为粗俗！"。同时建议手捧她的作品《证言疑云》（*Clouds of Witness*）的读者应该关上房间阅读那本书，"一边读，一边痛快地拉屎！"。

如此大胆妄为的篡改行径使图书馆员悉尼·波雷特（Sidney Porrett）非常愤怒。他非常清楚谁应对此事负责。"我一定要抓住这两个破坏分子，"他说，"他们是一对情人，绝对没错。"为了抓住他们，他在他们的公寓外面停着的一辆汽车上留下了一个便条，要求车主把车开走。奥顿回话抱怨市政当局多管闲事。他用那台篡改图书内容的打字机打印了回复便条。便条随后被送到法医那里进行鉴定。经过对比，确认字体一样，随即便发出了搜查令。结果那一对小情人被判在哈默史密斯（Hammersmith）的沃姆伍德斯科拉布斯（Wormwood Scrubs）监狱关押 6 个月。在监狱里，无论你相信与否，奥顿居然在图书馆里找到了一份工作。

出狱后，奥顿在 4 号公寓里写出了《消遣斯隆先生》（*Entertaining Mr Sloane*）和《赃物》（*Loot*）。遗憾的是，他在 4 号公寓里被哈利维尔用铁锤打死，后者自己又吞下 22 粒镇静安眠药丸自杀身亡。

女作家也没有完全逃脱法律的制裁。戴安娜·莫斯利（Diana Mosley，原名米特福德）因为持有法西斯立场，战争期间在霍洛威监狱里被关押了几年。即使这样也没有改变她的人生态度。她后来常说的话就是：她在监狱花园里种出的野草莓最好吃，胜过她种过的所有野草莓。琼·里斯（Jean Rhys，1890—1979）在殴打邻居后的1949年也在那里被短期关押过。

重要地址

伦敦塔　EC3N　塔山（地铁站：塔山）

马歇尔西监狱　SE1　南沃克美人鱼院（大致地址）（地铁站：伦敦桥）

舰队监狱　EC4　法灵顿街（以前的地址）（地铁站：法灵顿）

纽盖特监狱　EC4M　纽盖特街与老贝利街（地铁站：圣保罗教堂）

霍洛威监狱　N4　帕克赫斯特路（地铁站：科尔多尼亚路）

推荐阅读书目

丹尼尔·笛福《摩尔·弗兰德斯》

托马斯·莫尔《乌托邦》

乔·奥顿《赃物》

第十章

儿童与会说话的动物

二十座大桥从伦敦塔飞架到裘园——

（二十座大桥或二十二座）——

纷纷要探听泰晤士河知晓的往事前传，

只因它们历史短暂，而泰晤士河却源远流长，

以下的故事便由这条大河娓娓道来，慢慢细讲……

鲁德亚德·吉卜林《大河的故事》

1899 年，约瑟夫·康拉德（Joseph Conrad，1857—1924）
发表了《黑暗的心》（*Heart of Darkness*）。这部作品描写了
深入非洲腹地的噩梦般旅程，整个故事却是在一艘停泊在泰晤
士河上的双桅帆船甲板上叙述的。《黑暗的心》晦涩难懂，情
调忧郁，写作风格繁复庞杂，标志着现代派文学的开端。不久，
弗吉尼亚·伍尔芙与 H.G. 威尔斯等风格迥异的作家开始了新
颖写作手法的实验，从此改变了文学发展的未来。但是现代派
作家并非是唯一有影响力的作家群体。20 世纪初创作的一些
久负盛名的作品并没有那么繁复庞杂、晦涩难懂。那个年代也
是伦敦文学史上的儿童文学黄金时期，当时创作出的多部作品
影响了数百万热心读者，带给他们启迪。

　　在康拉德发表《黑暗的心》同一年，伊迪丝·内斯比特
（Edith Nesbit，1858—1924）发表了自己的第一部作品《寻
宝人的故事》（*The Story of the Treasure Seekers*）。这部作
品独具特色，可以说同康拉德的作品一样重要。C.S. 刘易斯
（1898—1963）和亚瑟·兰色姆（Arthur Ransome，1884—
1967）等作家称，《寻宝人的故事》激发了他们的想象力，
也标志着极富创造性的作家生涯的开端。

内斯比特出生在肯辛顿区的下坎宁顿巷 28 号，后来一共创作了 40 多部儿童文学作品（她利用不为伦敦费边社游说的间隙时间进行写作，同时还在伦敦政治经济学院宣讲工人权利）。她也是一位不知疲倦的社会活动家。她所写的几部作品对伦敦展开了浓彩重笔的生动描绘，比如《孔雀与地毯》（*The Phoenix and the Carpet*）。在这部作品中，那些出现于《五个孩子和一个怪物》（*Five Children and It*）中的孩子们又返回伦敦，住在自己家里。他们发现，在妈妈给他们的卧室买来的一个毛毯里有一枚蛋。后来从蛋里孵化了一只会说话的孔雀。内斯比特最有名的作品《铁路边的孩子》（*The Railway Children*）中的故事主要发生在伦敦城外。然而故事一开始却是发生在伦敦，后来孩子们因为父亲被关进监狱，只好离开了伦敦。如今伦敦东南角的格罗夫公园里有一条长200 米的人行道被命名为铁路儿童人行道（Railway Children Walk），以纪念他们同这一带结下的不解之缘。

内斯比特在伦敦文坛异军突起之后不久，比阿特丽克斯·波特（Beatrix Potter，1866—1943）发表了名著《彼得兔的故事》（*Tales of Peter Rabbit*）。1901 年，这只身披蓝衣、偷窃胡萝卜的兔子第一次从窝里爬出来。此前这只兔子的创造者多年来一直在画动物画像。一开始画的那些小动物都是由她的保姆偷偷带进位于伯爵宫（Earl's Court）博尔顿园（Bolton Gardens）中她的住处（起初是为了弥补因不允许她上学而产生的失望沮丧感）。后来一家大型出版社派人前来洽谈，要让更多的读者一睹彼得兔的风采。作品大获成功以后，波特离开了伦敦，前往湖区。但是她的心中仍然挂念着伦敦，在遗嘱中将一大笔丰厚遗产留给了维多利亚与艾伯特博物馆——因为她创造的格鲁塞斯特裁缝所穿的那件外套，就是根据1903年她在肯辛顿区的这家博物馆里看到的一件衣服描绘成型的。当年她在布朗普顿圣堂（Brompton Oratory）那一带漫步时看到了一些墓碑。她从墓碑上借来了许多名字，用在了她作品中的人物和动物身上，其中便有纳特金先生、麦格雷戈先生和汤米獾。

《彼得兔的故事》并非是1901年发表的唯一一部经典作品。那一年鲁德亚德·吉卜林发表了他的伟大杰作《吉姆》（Kim）。这部作品发表时，吉卜林已经是一位为成年人和儿童写作的著名诗人、作家。早在1894年吉卜林便已发表了《丛林故事》（The Jungle Book）。1891年，他发表了半自传性质的长篇小说《消失的光芒》，其中的主要人物在查令十字路（Charing Cross）附近租住了几个俯瞰泰晤士河的房间。吉卜林本人在维利尔斯街43号一个类似的地方住过两年。"我住的房间狭小，既不是特别干净，也没有井井有条"，他在自传《谈谈我自己》（Something of Myself）中写道：

　　……可是我可以从写字台旁边向窗外眺望，透过街对面加蒂音乐厅入口处的扇形窗几乎一直看到室内的舞台。查令十字车站的火车在一边轰隆隆地驶过我的梦境，另一边又响起了河岸街传来的低回声响；窗前，但见在高塔的映衬下，泰晤士河承载着各式船只滚滚流淌。

吉卜林在创作《吉姆》时，已经买下了位于萨塞克斯郡乡村的贝特曼豪宅，后来在那里度过了余生。不过他还是经常回到首都伦敦。1936年1月12日，吉卜林在布朗酒店因溃疡破裂病情加剧，1月18日在伦敦菲茨罗维亚区的米德尔塞克斯医院（Middlesex Hospital）病逝。

　　二十座大桥从伦敦塔飞架到裘园——

　　（二十座大桥或二十二座）——

　　纷纷要探听泰晤士河知晓的往事前传，

　　只因它们历史短暂，而泰晤士河却源远流长，

　　以下的故事便由这条大河娓娓道来，慢慢细讲……

　　　　　　鲁德亚德·吉卜林《大河的故事》

1901年，J.M.巴里（J.M.Barrie，1860—1937）坐在贝斯沃特路100号住宅里，塑造了一个名叫彼得·潘的永远也长不大的男孩形象。贝斯沃特这处地址也叫伦斯特角（Leinster Corner），如今挂有一个蓝色牌匾，对着传说中的肯辛顿花园，园中立有一座彼得塑像。因其与这处著名的园地结下了不解之缘，人们普遍认为作品中达林家（Darling family）的住宅就在附近。实际上达林一家居住在布鲁姆斯伯里的一个广场

157

上。巴里后来解释说，他之所以将达林家的住宅写在了那里，是因为罗热先生（Mr Roget，1779—1869，因编撰《罗热词库》而成名）曾经居住在那里。"在我们的人生道路上，罗热先生曾经帮助过我们，因此我们一直想对他表达敬意。"

彼得·潘这个人物的创作灵感在一定程度上同巴里亲爱的兄弟戴维的去世有关。戴维在 13 岁那年滑冰时出现意外，不幸身亡。巴里的母亲闻听噩耗如雷轰顶，但是后来却自我安慰，认为戴维永远长不大，永远不会离开她。这种想法对巴里的文学创作产生了非常明显的影响。另一个开心一些的事情是，巴里的文学创作活动也得益于他的朋友兼邻居亚瑟与西尔维亚·卢埃林·戴维斯（Sylvia Llewelyn Davies）的愉快生活 [他们居住在肯辛顿区坎普登山广场（Campden Hill Square）]。这对夫妇有 5 个儿子：乔治、约翰、彼得、迈克尔和尼古拉斯。巴里喜欢看望这 5 个孩子，并给他们讲故事逗他们开心（他还能使耳朵和眉毛动起来）。巴里特别喜欢给乔治和约翰讲一些他兄弟戴维的故事，说他能飞起来，并且反复讲到了他爱吵闹的性格。例如，有一次戴维因吃了过多的巧克力受到责备。妈妈警告他第二天会得病的。不料，他又吃了一些，声称"今晚我就会得病"。

1902 年，彼得·潘在小说中的同名人物首次出现在巴里创作的《小白鸟》（*The Little White Bird*）中（又名《肯辛顿花园历险记》），后来又在 1904 年巴里创作的剧本《彼得潘：不会长大的男孩》（*Peter Pan, or The Boy Who Wouldn't Grow*

Up）中成为引人注目的中心人物。在剧本中彼得·潘"逃到了肯辛顿花园，很长时间内都生活在仙子"和迷失的孩子们中间。

在剧本获得成功后，巴里决心把剧本改写成长篇小说。于是在 1911 年他又写成了《彼得与温迪》（*Peter and Wendy*）。然而在这之前悲剧不幸发生了。亚瑟·卢埃林·戴维斯 1907 年去世，妻子西尔维亚随后又于 1910 年去世。如果不是巴里担当了监护人，他们的 5 个儿子真有可能成为迷失的孩子。他尽心尽力地照顾他们，但是结果有好也有坏。这一时期有些人开始议论说巴里是灾星，因为他认识的许多人都死去了（D.H. 劳伦斯曾经说过，"J.M. 巴里对他关爱的人有致命影响：他们必死无疑"）。这些悲剧有的被公开，令人极为痛苦。例如，巴里是探险家司各特上尉（Captain Scott，1868—1912）的好朋友，后者于 1912 年被冻死在南极的冰天雪地里。这位探险家生前在绝望的生命最后时刻，从距营地 150 英里的地方给在伦敦的巴里写了一封书信。巴里把这封书信一直保存在西装衣兜里，直到去世。但是更悲惨的还在后头，这一回关系到卢埃林·戴维斯的 5 个儿子。1915 年，乔治在第一次世界大战中阵亡。6 年后，迈克尔在牛津的桑德福德洛克（Sandford Lock）不幸溺水身亡。至少约翰和尼古拉斯在巴里于 1929 年去世后仍然活着，还有彼得。但是彼得却在 1960 年自杀身亡。彼得生前患有肺气肿病。他心里明白，妻子和 3 个孩子全都患有遗传性慢性舞蹈病。

克里斯托弗·罗宾·米尔恩（Christopher Robin Milne，1920—1996）是另一位晚年生活艰难的儿童文学作品中的主角。他抱怨说，自己出现在父亲 A.A. 米尔恩（A.A.Milne，1882—1956）所写的儿童文学作品中"感到非常尴尬，不自主地脚趾抓地，双拳紧握，双唇紧咬"。作品中还有那只爱吃蜂蜜的小熊维尼。

　　小熊维尼的故事最初发生于 1924 年比较欢乐的一天。当天，米尔恩带着妻子和小儿子来到了伦敦动物园。他们在那里看到了一只美洲黑熊，年幼的克里斯托弗·罗宾非常高兴。米尔恩的作家朋友（也是出了名难相处的人物）艾尼德·布莱顿（Enid Blyton，1897—1968）喜欢添油加醋，夸大其词，声称米尔恩对她说那只熊和他的儿子一见面就互生爱慕之情（甚至还说那只熊紧紧抱住克里斯托弗，在地上打滚，相互扯着耳朵，"如此等等"）。但是比较稳重的米尔恩只是在日记中表示，他的儿子喜欢上了那只小熊。小熊的名字叫维尼伯（Winnipeg），是 1914 年加拿大军方的一个团在奔赴法国作战之前送给那家动物园的。小熊喜欢让人用小勺喂它金黄色糖浆。动物园里至今还立有一座小熊的纪念塑像。1925年圣诞节前夕，小熊维尼伯在文学作品中的形象首次出现于《伦敦晚报》上刊登的一篇故事，名叫《不合适的蜜蜂》（*The Wrong Sort of Bees*）。那时米尔恩一家已经搬到乡下，不过他们在切尔西区马洛德街 13 号还保留了一座住宅（克里斯托弗·罗宾就出生在那里）。米尔恩每周要去伦敦理发一次，在加里克俱乐部吃午餐。他非常喜欢这家俱乐部，还把它作为他所写作品的版权受益者之一。时至今日，加里克俱乐部还在米尔恩厅供应早餐。

值得一提的是，克里斯托弗·罗宾活到了很大年纪。彼得·卢埃林·戴维斯出事前在事业上也相当成功，成立了一家出版公司，最显著的成绩就是推出了著名作家 P.L. 特拉弗斯（P.L.Travers，1899—1996）。她是 J.M. 巴里的超级粉丝；她本人也因其与众不同的风格成为一名引人注目的作家。

特拉弗斯［原名海伦·高夫（Helen Goff）］，20 岁那年把自己的名字改成了帕梅拉·特拉弗斯（Pamela Travers）。在前不久拍摄的好莱坞影片《挽救邦克斯先生》（*Saving Mr Banks*）中她被塑造成一位不近人情、难以相处的老处女。在现实生活中她也许是个容易生气的人，但是在其他方面则更是声名狼藉。她同年龄大一些的男人有过一系列风流韵事，是公开的双性恋，喜欢在不适当的场合穿裤子，令人反感。她的古怪表现还包括：要把她那个 17 岁的女佣人收为养女，醉心于神秘主义。她除了在 21 岁那年更改自己的名字以外，还跳上了从悉尼开来前往南安普敦的客轮，继而在布鲁姆斯伯里的小型公寓里安顿下来，决心在伦敦通过写作来发财致富（她总好说当年衣兜里只有 10 英镑，但事实上有几位体面的姨妈在经济上帮助她）。没过多久，她就在舰队街的酒馆里喝起酒来，为各家报纸撰稿。1934 年，她发表第一部作品《欢乐满人间》（*Mary Poppins*）。

《欢乐满人间》中那位神奇的保姆玛丽·波平斯（Mary Poppins）的原型人物据说是特拉弗斯的姨婆埃莉（Ellie），一位澳大利亚老处女。她平时总是拎着一个用地毯做成的布袋，向她的侄女们传授礼仪知识，到了晚上喜欢喊着"赶快上床！"。作品中的其他人物还有雇用保姆玛丽的班克斯一家人，他们居住在樱桃园14号。这个地址在伦敦根本不存在，但是喜欢保姆玛丽的读者们却认为它位于伦敦市西北角摄政公园一带，便于乘车去英格兰银行——那里是小说人物班克斯先生工作地点的原型。不过作品中也有一些真实存在的地方。最令人高兴的是作品中的海军上将博姆的府邸，其原型是位于汉普斯特德荒野公园一带海军上将路上的海军上将旅馆。1791年，海军上将旅馆当时的住户海军上尉方丹·诺斯（Fountain North）的住宅改成了船海主题建筑；那时他经常在房顶上开炮庆祝皇家生日。在为《欢乐满人间》绘制插图时，特拉弗斯带着插图画家玛丽·谢波德（Mary Shepard）在伦敦的海德公园里漫步，指点着可作为班克斯先生的孩子原型人物的各位儿童。

继《欢乐满人间》后，特拉弗斯又写了4部以保姆玛丽·波平斯为主要人物的作品。包括S.T.艾略特和西尔维亚·普拉斯（Sylvia Plath）在内的各种人物都成为她的崇拜者。当然这其中还有华特·迪士尼（Walt Disney）。他也喜欢另一位在伦敦从事创作的作家多迪·史密斯（Dodie Smith，1896—1990）。1910年，多迪在14岁时从兰开夏郡来到伦敦，成年后居住在多塞特街 19 号（介于贝克街和马里波恩路之间）。她开始创作儿童文学作品的时间比较晚，直到 1956 年 60 岁时才发表《101 斑点狗》（*The Hundred and One Dalmatians*）。在那之前，她是一位著名的剧作家。她也曾尝试过做一名演员，在伦敦的希尔家具店工作过，负责管理那里的玩具部（她脾气坏得出名——有一次她在瓷器部猛力推搡过一位店员）。

亚瑟·兰色姆创作的《燕子与鹦鹉》（*Swallows and Amazons*）系列作品同湖区与诺福克有着非常密切的联系。但是兰色姆本人却在伦敦度过了大部分学徒锻炼时期。1901 年 14 岁时他闯荡伦敦，在一家不景气的文学杂志《圣殿酒吧》（*Temple Bar Magazine*）编辑部做了一名低薪编辑助理。当时他居住在切尔西区国王路（房间在住宅最顶层，那里的窗户"没有窗帘，景色荒凉"）。后来他写了一部反映自己在伦敦工作、生活经历的作品《伦敦的波布米娅》（*Bohemia in London*）。他在书中充满感情地谈到了自己虚度的青春，谈到了一心要成为引领时尚潮流的先锋派成员的强烈愿望，以及在索霍区咖啡馆里度过的日日夜夜。

摩尔人（The Moorish）咖啡馆：兰色姆常到这里欣赏"奇异的摩尔人音乐"，观看男人们用起泡的水烟斗喷云吐雾的场面。

> 小普尔特尼街: 白天兰色姆喜欢沿着这条街道漫步, 从手推车上买香蕉吃; 手摇风琴奏出的音乐听得他心里怦怦直跳。
>
> 勃朗山咖啡馆: 兰色姆说, "各种各样的怪人"都来这里就餐, 其中包括约瑟夫·康拉德、G.K.切斯特顿和希莱尔·贝洛克。
>
> 罗什/贝艮诺夫咖啡馆: 这种"火热的小地狱"就是"波希米亚"。
>
> 迪耶普咖啡馆和普罗旺斯咖啡馆: 兰色姆喜欢那里的饭菜, 也喜欢那里的绘画。普罗旺斯咖啡馆的墙上挂着壁画, 画中的侏儒痛饮啤酒, 不小心掉进了大缸里。

多迪也是一位懒得出名的店员, 但是因为她同店主安布罗斯·希尔 (Ambrose Heal) 及时 (也是丢人现眼) 地搞上了关系, 才没有遭到解雇……这意味着她可以任性地打扮自己, 贪图享乐。在希尔的帮助下, 多迪依照最时尚的现代派风格装饰了自己居住的公寓。希尔甚至专门设计了一套家具。这种款式的家具至今仍在出售 (称为"多迪款式", 在广告中被说成是"现代艺术装饰家具")。

你也许会想到, 多迪对狗的喜爱达到了古怪的程度。她有意在家里给大大小小的老鼠留下充足食物, 把它们养肥。这样她的爱犬就会更加开心地捕捉老鼠, 把它们吃掉。她的一位朋友曾经说, 她的那只斑点爱犬能长出一身漂亮皮毛,可用来做毛皮衣服。她从中获得灵感，写成了她那部著名的长篇小说《101 斑点狗》。

她在小说中虚构的迪尔利一家人居住的房屋并没有给出具体的地点，但是她却执意说位于摄政公园外环一带（那座房屋之所以借给他们居住，是因为迪尔利先生是杰出的金融才干，帮助政府消除了债务）。迪尔利一家人还每天在摄政公园带着爱犬"黑猩猩"和"太太"遛步。附近的樱草山（Primrose Hill）就是"黑猩猩"和"太太"黄昏时开始喊叫的地方。作品中有几处取材于真实的生活。"黑猩猩"是一窝 15 只小狗的狗爸。其中一只小狗，就像书中描写的那样一生下来就夭折了。多迪的丈夫又设法使它活过来，这也在书中得到了再现。有人认为书中人物克鲁拉•德威尔（Cruella de Vil）的人物原型是美国女演员、社交界名人塔卢拉•班克赫德（Tallulah Bankhead，1902—1968）。20 世纪 20 年代，这位女士居住在多迪家附近，平时喜欢开一辆大型宾利轿车四处兜风，引人注目。

《101 斑点狗》出版两年后，麦克尔•邦德（Michael Bond）塑造的小熊帕丁顿问世（邦德出生于 1926 年，在本书写作时他仍然生活在伦敦，距帕丁顿火车站不远）。邦德曾经说过，早年目睹孩子们撤离伦敦时的情景记忆给了他创作帕丁顿系列故事的灵感。当时孩子们聚集在各处火车站，脖子上挂着标签，小手提箱里装着他们的物品。帕丁顿熊的形象在一定程度上取材于邦德的父亲（邦德说他的父亲"笨手笨脚，憨态可掬"），也取材于 1956 年圣诞节前夕邦德在塞尔福里奇百货公司（Selfridges）看到的一只孤独的泰迪熊玩具。他把这只玩具熊买来送给了妻子作礼物，并在 10 天后写出了第一部作品。

帕丁顿系列故事中的另一个人物格鲁巴先生取材于邦德的战时经历。格鲁巴先生是匈牙利难民，帕丁顿的挚友，在波特贝罗（Portobello）路开了一个古玩店。这个人物的创作灵感来自邦德在英国广播公司设于卡弗舍姆（Caversham）的监听部门的工作经历。这个部门的工作人员几乎全部都是俄罗斯人和波兰人。

伦敦许多地点在帕丁顿系列故事中均得到比较突出的再现。有一次，小熊帕丁顿前往白金汉宫，专门观看警卫人员换岗时的情景。圣诞节期间，他同布朗一家和格鲁巴先生一起去牛津街观赏圣诞节彩灯，另外再去游览威斯敏斯特教堂［在那里，格鲁巴先生用手指着一个彩色玻璃窗，上面画着迪克·惠廷顿(Dick Whittington)的猫］。小熊帕丁顿过生日时受到款待，被请到了多切斯特豪华酒店（书中为"波切斯特"），可他只点了果酱三明治和奶油冻，让酒店服务员大吃一惊。他们一起前往海德公园欣赏了一场露天音乐会［舒伯特的《未完成交响乐》(Unfinished Symphony)，小熊帕丁顿要努力把它完成］。小熊帕丁顿还去了一次"蜡像博物馆"，跑过了恐怖室。在一本讲述小熊帕丁顿在伦敦游览各处名胜景点的故事书中，他只希望自己能成为福特纳姆百年老店果酱部的服务员。

最后还有首次发现小熊的帕丁顿火车站。当时小熊坐在一个手提箱上，大衣上挂着一个牌子："请照顾这只小熊。谢谢。"如今在 1 号站台的闹钟下面，人们仍可以看到一座彬彬有礼的小熊青铜塑像，还可以从世界上唯一一个帕丁顿小熊商店里买到礼物。

小熊帕丁顿系列故事中还有一处伦敦地点：温莎花园 32 号。那里是布朗一家和小熊的住所。伦敦真有一处温莎公园，就在哈罗路附近，介于诺丁山和麦达维尔（Maida Vale）之间。但是如果你到那里去，只会看到一条很一般的街道，看不见有 32 号，因为根本就没有 32 号。这条街只是在名字上同小熊帕丁顿的故事有关联。如果你想要发现联系更密切的地点，最好去樱草山那一带的查尔科特新月区，因为不久前在那里拍摄了小熊帕丁顿的电影。

讲述小熊帕丁顿的冒险奇遇故事书已经在全世界售出3500 万册，被译成 20 种语言。然而帕丁顿火车站已经不再是伦敦同文学结下不解之缘的最知名车站。哈利·波特每天从国王十字火车站乘坐霍格沃茨快车去上学，具体来说是从934 站台上车，这一点全世界数亿儿童和成年人都非常清楚。如今国王十字火车站为 934 站台竖起了自己的标牌，还有一个哈利·波特主题商店。J.K. 罗琳在《哈利·波特与魔法石》

这部作品中描写过伦敦。那是哈利·波特去海德公园的动物园游玩的时候，他发现自己可以同蛇通话。故事中的破釜酒吧（Leaky Cauldron）很难找到，不过许多人认为它位于查令十字路上。对角巷（Diagon Alley）有时被说成是取材于塞西尔短街（Cecil Court），这条短街位于莱斯特广场附近，是伦敦唯一一条拥有维多利亚时期风格店面的街道，因此适合故事氛围的要求。另外伦敦还以其他多种方式再现于故事当中。赫敏（Hermione）、罗恩（Ron）和哈利·波特被迫从芙蓉（Fleur）和比尔的婚礼上瞬间消失后，他们来到了托特纳姆宫路（Tottenham Court Road）。唐宁街10号也出现在《哈利·波特与混血王子》中：

当时魔法部长来到唐宁街10号同首相会晤（要解释一下为什么全国各地一直发生奇怪的事情……比如泰晤士河上的千禧桥坍塌事件）。他还去了另一个火车站——帕丁顿火车站——这样就给本段画上了一个圆满句号。

重要地址

伦斯特角　W2　贝斯沃特乌路100号（地铁站：贝斯沃特）

肯辛顿花园　W2　王子广场（地铁站：贝斯沃特）

伦敦动物园　NW1　摄政公园（地铁站：卡姆登镇）

马洛德街13号　SW3　（地铁站：南肯辛顿）

海军上将故居　NW3　海军上将路（地铁站：汉普斯特德）

希尔家具店　W1T　托特纳姆宫路196号（地铁站：古奇街）

摄政公园　NW1　（地铁站：摄政公园）

塞尔福里奇百货公司　W1U　牛津街400号（地铁站：邦德街）

帕丁顿火车站　W2　普雷德街（地铁站：帕丁顿）

推荐阅读书目

J.M. 巴里《彼得·潘》

鲁德亚德·吉卜林《吉姆》

A.A. 米尔恩《小熊维尼》

J.K. 罗琳《哈利波特与魔法石》

多迪·史密斯《101斑点狗》

P.L. 特拉弗斯《欢乐满人间》

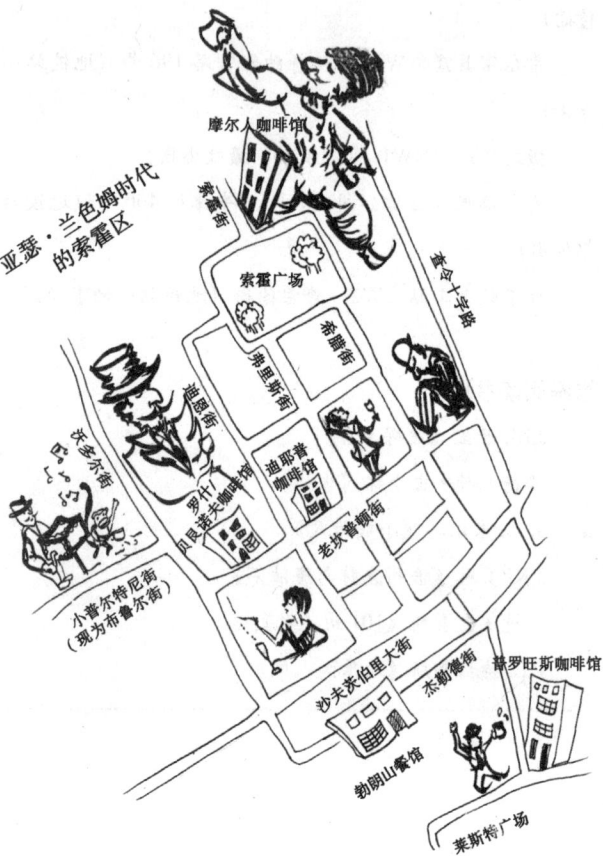

亚瑟·兰色姆时代的索霍区

摩尔人咖啡馆

索霍广场

索霍街

查令十字路

希腊街

佛里斯街

油恩街

沃多尔街

罗什·贝只诺夫咖啡馆

迪耶普咖啡馆

老坎普顿街

小普尔特尼街（现为布鲁尔街）

沙夫茨伯里大街

杰勒德街

慕罗旺斯咖啡馆

勃朗山餐馆

莱斯特广场

170

第十一章

现代派与漩涡派

在人们的眼里，在短暂的旅途、长途颠簸和艰难的跋涉中；在轰鸣咆哮中；在四轮马车、汽车、公共汽车、货车中；在拖着脚步、转来转去，身体前后挂着广告牌的男人身上；在铜管乐队中；在手摇风琴中；在头顶飞过的飞机那种洋洋自得的架势和奇怪高亢的轰鸣歌唱中，她都能感觉到有自己喜欢的情调情愫；生活；伦敦；六月的此刻时光。

弗吉尼亚·伍尔芙《达洛维夫人》

随着女性衣裙下摆的底边抬得越来越高，为女性争取选举权的女士们的涌现，以及爵士乐这种新型音乐的问世，文坛上正在发生一场深刻的变化。19 世纪的陈规在 20 世纪初退出舞台，现代主义随后兴起。现代主义是一种哲学、文学新运动，除其他主张外，强烈反对现实主义表现手法，提倡在作品形式上开展多种实验。现代派作家认为，每一个可以讲的故事都已经讲完了。为了创作出截然不同的作品，他们必须运用新式写作手法。埃兹拉·庞德（Ezra Pound，1885—1972）鼓励他们"创新"。他们也确实这样做了。

在 18 世纪末，现代派文学已经出现了几部不同凡响的杰作，比如康拉德的《黑暗的心》。不过现代派文学只有在 1915 年随着 25 岁的年轻人 T.S. 艾略特从牛津来到伦敦，才大放异彩，达到了很高水准。要说起创新，哪里也比不上伦敦。伦敦当时仍然是世界工厂，烟雾弥漫的大都市；那里拥挤的港口，林立的工厂和仓库源源不断地把各种新技术推向世界各地。艾略特来到伦敦不过一年便写出了他的第一部经典诗作《阿尔弗雷德·普鲁弗洛克的情歌》(*The Lovesong of J.Alfred Prufrock*)，以独特的视角描绘了伦敦几乎空空荡荡的街道，廉价的一夜旅馆，以及弥漫的黄色烟雾。

几年后，到了 1922 年，伦敦这座"虚幻的城市"在艾略特的伟大杰作《荒原》中成了诗中的环境背景；此外在另一些意境凄美，描绘死神使涌过伦敦桥的人群感到惶惶不可终日的诗句中也有伦敦的影子。

怀疑艾略特的才华或者其先锋派作家的成就都是愚蠢的。但是他在处境艰难、不同寻常的现代派运动前沿中所处的地位还是会让他在伦敦的邻居和同事大吃一惊。到了夜晚，艾略特也许是个诗人，然而在职业生涯的早期阶段，他白天要去市金融中心的劳埃德银行上班。那时艾略特不爱招摇，穿着时尚，声称需要早晨 9 点至下午 5 点上班的固定工作时间，这样他才能有诗人心境。

艾略特不是一个典型的放浪形骸之人。他既不参加疯狂聚会，也不会晚归。1916 年至 1920 年，他居住在马里波恩路的克劳福德公寓大楼。他声称那时受到噪声的困扰。他居住的公寓附近有一个酒馆，而且居住在同一个楼里的两个姐妹整天吵吵嚷嚷，让艾略特非常烦恼，闹得他到房东那里诉苦。"先生，您知道，那是她们的艺术气质，"房东回话说，"我们普通人一定要学会体谅艺术家。"

从那以后艾略特就搬到了查令十字路上的伯力公寓大楼（Burleigh Mansions）。在那里他接待了几位客人，甚至偶尔还举办一场晚宴。1922 年，弗吉尼亚·伍尔芙去艾略特的住宿看望他，回来时说到，"我觉得他的嘴唇上好像涂了颜色"。后来在同一年里，克莱夫·贝尔（Clive Bell，1881—1964）

对伍尔芙的姐姐凡妮莎（Vanessa，1879—1961）说，艾略特也喜欢把脸涂成绿色。这显然是个长期坚持的习惯。5 年后，奥斯伯特·西特维尔前去拜访艾略特时惊讶地发现，艾略特面颊上敷有一层"绿粉"。"脸色苍白，但是清清楚楚地白中带绿，就是那种不自然的铃兰颜色，"西特维尔补充说道，"这个发现使我更加感到吃惊，因为有意地这样张扬地粉饰外貌的做法不符合他的个性，同他从不突显自己的意愿格格不入。"

奥斯伯特·西特维尔同他的弟弟萨谢弗雷尔(Sacheverell，1897—1988)、姐姐伊迪丝都是西特维尔家族的成员。他们姐弟三人在 20 世纪初的伦敦也都是红极一时，颇有地位的人物。伊迪丝瘦得吓人，身高 6 英尺，面容长得很像伊丽莎白一世，经常在贝斯沃特区（那里是作家聚会的地方）彭布里奇公寓大楼的破旧公寓里露面，身穿中世纪长袍，头系金黄色围巾，手上戴着许多戒指。"好像高高的祭坛在移动"，她的邻居、作家伊丽莎白·鲍恩（Elizabeth Bowen，1899—1973）这样品评道。伊迪丝所写的抽象诗作《门面》（Façade）究竟是文学实验杰作还是仅为打油诗，目前尚无定论。1923年 6 月 12 日，伦敦风神音乐厅上演了一次《门面》诗歌现场朗诵节目。在威廉·沃尔顿的音乐伴奏下，伊迪丝以尖锐的嗓音通过扩音器（从棉布帷幕中伸出来）朗诵了一些《门面》诗歌选段。外界评论这是一场"丑闻的成功"。有一个大字标题写道："他们花钱来听——愚蠢。" 当时听众中有伊夫林·沃、弗吉尼亚·伍尔芙和诺·考科德等几位作家。考科德中途便退场。

　　艾略特为何要化妆，谁也说不清。也许是为了酝酿调动写诗的情绪；也许是为了融入文学圈，在向人们表明他既是一位古老银行的古板职员，也是一位诗人。[这种化妆形式当时很流行。《夜林》（*Nightwood*）作者朱娜·巴恩斯（Djuna Barnes，1892—1982）就喜欢面敷黄粉，身披宽大披肩，在伦敦城里招摇过市。] 也许艾略特就喜欢化妆，无论当时他在做什么，都做得有声有色。这一时期他创作的诗歌都是最优秀的作品。除了化妆，除了伦敦的独特建筑和环境氛围以外，艾略特能在诗歌创作领域取得骄人成就，很大程度上要归功于他在伦敦遇到的一个知音：埃兹拉·庞德。

　　艾略特只是在私下里化绿妆。据另一位现代派天才作家福特·马多克斯（Ford Madox，1873—1939）披露，庞德常常穿着绿裤子，戴着手绘领带和紫色耳环出现在公共场所。福特在肯辛顿区坎普登山 80 号女作家维奥莱特·亨特（Violet Hunt）的住宅里多次看到庞德。维奥莱特·亨特经常为有抱负的作家举行文学社交晚会。福特和庞德也在那里打网球。他们的激烈竞争程度和无视常规的一些表现总会使旁观者深感震惊。亨特朋友圈里的布里吉特·帕特莫尔（Brigit Patmore，1882—1965）回忆说，福特和庞德打球时看上去更像是存心扑向对方的喉咙，而不是在打球，谁也无法给他们当裁判。福特声称，跟庞德打球就好像是"对付一只喝醉了的袋鼠"。庞德则反唇相讥,称福特"喊叫起来顶得上40条疯狗"。

经过3个月的旋风式浪漫恋爱后,艾略特同他的第一任妻子薇薇恩(Vivienne)搬进了克劳福德公寓大楼。长诗《荒原》中的那句"抓紧点,时间到了"就出自他们寓所周围的那个拉里克酒馆。

奇怪的打球比赛结束后,两个人便走进维奥莱特·亨特的住所里喝点饮料。此时庞德养的那只鹦鹉便开始尖叫起来:"埃兹拉!埃兹拉!"——据说那只鹦鹉只会说这个。

虽然亨特的鹦鹉一直盯着庞德,可它并不比后来的那些评论家更刻薄。福特也在名家行列里占有比较显著的位置。1915年他发表的长篇小说《优秀士兵》(*The Good Soldier*)是一部不朽的经典作品。同样令人难忘的是他于1924年至1928年发表的《行进的目的》(*Parade's End*)四部曲。有学者认为,《行进的目的》"具有现代派作品特色"。毫无疑问,这句话道出了福特本人的特点,但是且不要因此就不喜欢他的作品。《行进的目的》四部曲是优秀的文学作品,书中多次提到伦敦。难以取悦的主人公克里斯托弗·蒂金斯(Christopher Tietjens)是伦敦的一位统计员,社会政治集团成员(最后一位托利党人)。他的妻子西尔维亚是一位社交界名人,为人轻佻,脾气暴躁。她丈夫经常让她参加一些粗俗的文学聚会。在这种场合下,她的那些不良习性显得更加张扬露骨。有一次参加完聚会后,她冲着丈夫叫喊道:"聚会上有很多可怕的天才。有一个长得像兔子似的男子跟我讲如何写诗……我从未遇到这样令人不愉快的情况。"福特肯定喜欢描写这种内容。

福特并不是庞德在首都的唯一对手。当年在荷兰街居住时,庞德这位诗人对另一位诗人拉舍茅斯·阿伯克龙比(Lascelles Abercrombie,1881—1938)提出决斗挑战,因为后者主张新诗人应该从诗人华兹华斯那里获取创作灵感。"愚蠢超过了一定限度就会形成对公众的威胁",庞德曾经这样说道。阿伯克龙比着实担心了一段时间,因为庞德精通剑术。后来他意识到被挑战的一方有权选择使用的武器,于是他提出双方应该手持各自没有卖出去的诗集进行搏斗。庞德闻听禁不住大笑起来。一场威胁就这样化解了。

《阿尔弗雷德·普鲁弗洛克的情歌》后来由埃兹拉·庞德推荐到芝加哥市的《诗歌杂志》(Poetry Magazine)发表。在此以前,这首诗曾遭到很有影响的伦敦本地人哈罗德·芒罗(Harold Munro,1879—1932)的拒绝。此人是极有声望的新潮杂志《诗歌与戏剧》(Poetry and Drama)的老板,同时又在布鲁姆斯伯里的德文郡街(现为博斯韦尔街)35号开了一家诗歌书店。芒罗曾于1914

年出版过庞德那部具有深远影响的现代派诗集《意象派诗选》（*Des Imagistes*），因为作为"宽容对待诗歌艺术的实验探索者"而失去了诗歌协会创办的《诗歌评论》编辑部的工作。不过他认为《阿尔弗雷德·普鲁弗洛克的情歌》"纯属疯狂愚蠢之作"。当这首诗歌于1915年在伦敦发表时，《泰晤士报文学副刊》也赞同他的看法。该刊评论道："艾略特的头脑里冒出这些东西，这本身肯定对于任何人，包括他自己都毫无意义。这些东西同诗歌毫不相干。"

　　同样情绪无常的还有作家、画家温德姆·刘易斯（Wyndham Lewis，1882—1957）。严格而论，他是位"漩涡派"画家，在绘画方面他更看重的是几何图形，而不是风景和裸体人物。平时他也好动不动就挥舞武器。社交界的女继承人南茜·丘纳德（Nancy Cunard）喜欢同布鲁姆斯伯里和菲茨罗维亚区的那些有伤风化的常客打交道。有一次她犯了个错误，邀请自己的情人温德姆前来参加她在上流住宅区梅费尔举办的一次午餐会。当时王位继承人爱德华·温莎也在场（据说他很想见一见有些"时髦的新作家"）。没想到温德姆挥舞着手枪出现在午餐会上，一时场面大乱。

　　这种情景只是例外。更多的时候现代派作家给人留下的印象是相互支持，相互帮助。也许更准确地说，是埃兹拉·庞德帮助过他们当中的许多人。

　　除艾略特以外，庞德还有一位非常有名的女门生希尔达·杜利特（Hilda Doolittle，1886—1961，当年被简称为H.D.）。她是美国人，1911年来到伦敦后不久便得到庞德的支持。她同诗人理查德·阿尔丁顿（Richard Aldington，1892—1962)在布鲁姆斯伯里的麦克伦堡广场(Mecklenburgh)以开放式婚姻关系居住在一起。〔后来她又同富有的英国小说家"布莱尔"——真名安妮·温尼弗雷德·埃勒曼（Annie Winifred Ellerman，1894—1983）私奔了。后者留着齐短发，爱穿古希腊服装，资助过许多新一代作家，包括詹姆斯·乔伊斯（James Joyce，1882—1941）和伊迪丝·西特维尔。〕

　　希尔达·杜立特、庞德和阿尔丁顿组成了自己的"意象派"诗人团体。一天下午，希尔达在大英博物馆茶室里同正在编辑她的一首诗作的庞德谈过话后，自称"H.D.意象派诗人"。她也是伦敦作家多萝西·理查森（Dorothy Richardson，1873—1957）的密友。多萝西创作的13本系列作品《朝圣》被认为是伟大的（也是遭到极大忽略的）现代派经典作品。

　　同艾略特一样，多萝西·理查森白天也有自己的工作。她是哈雷街一家诊所的接待员，居住在布鲁姆斯伯里的沃本路，生活非常贫困。她曾经每天只靠在莱斯特广场附近的充气面包公司（Aerated Bread Company）咖啡馆里买来的一杯咖啡和一卷面包度日。虽然多萝西在文学创作方面取得了突破，仍然未能摆脱贫困生活。梅·辛克莱（May Sinclair）在谈到多萝西的创作时，首次在《泰晤士报文学副刊》评论中运用了"意识流"这个词语。1924年在评论伍尔芙的《达洛维夫人》（*Mrs Dalloway*）时，有论者称"这部作品沿用了多萝西·理查森小姐的描写手法"。

> 新一代文学欣赏的一个最佳方式是彼此发表作品。现代派时代堪称发行量很小的稀奇古怪杂志的黄金时代。这些杂志全都在伦敦出版发行，其中有埃兹拉·庞德主编的《自我》（*The Egoist*，格言是："不承认任何禁忌"），曾经发表过《尤里西斯》；T.S.艾略特的《准则》（*The Criterion*，第一期发表过《荒原》）和福特·马多克斯的《英语评论》［这本杂志发表过琼·里斯（Jean Rhys）和劳伦斯的作品］。人们说正是通过这些杂志及其热情的编辑，现代派新理念"犹如渗漏出的煤气向伦敦其他地方扩散"。

在人们的眼里，在短暂的旅途、长途颠簸和艰难的跋涉中；在轰鸣咆哮中；在四轮马车、汽车、公共汽车、货车中；在拖着脚步、转来转去，身体前后挂着广告牌的男人身上；在铜管乐队中；在手摇风琴中；在头顶飞过的飞机那种洋洋自得的架势和奇怪高亢的轰鸣歌唱中，她都能感觉到有自己喜欢的情调情愫；生活；伦敦；六月的此刻时光。

弗吉尼亚·伍尔芙《达洛维夫人》

《达洛维夫人》只是 20 世纪 20 年代中期在伦敦写成的许多现代派文学杰作之一。不过到那时，伦敦文坛的指路明灯庞德已经离去。1920 年，他宣称"英格兰已经不再有任何文化生活"，随后前往巴黎。福特·马多克斯跟着庞德一起去了巴黎，在那里创办《泛大西洋评论》（*Transatlantic Review*）。至少艾略特留在了伦敦。从 1925 年起，艾略特在罗素广场费伯 - 费伯出版社（Faber & Faber）的办事处勤奋工作，长时间工作——有可能希望借此躲避受到第一任患病妻子薇薇恩困扰的家庭生活。

　　　福特和庞德同伦敦的关系算不上正常，但是现代派文学的另外两位泰斗级人物塞缪尔·贝克特（Samuel Beckett，1906—1989）和詹姆斯·乔伊斯均在伦敦居住过。1934 年贝克特居住在切尔西区鲍尔敦斯广场 48 号，而乔伊斯则早在 1931 年就居住在附近的坎普登路 28 号。虽然贝克特不太喜欢伦敦这座城市，但是往伦敦度过的那些日子仍然很有收获。贝克特在切尔西居住时写出了自己的第一部长篇小说《墨菲》（*Murphy*，故事背景设在伦敦）。对于乔伊斯夫妇来说，那次搬迁原本意味着长期居住下去。但是乔伊斯很不喜欢肯辛顿及周边那一带地方，他将其称为坎普登坟墓。不久，他们夫妇二人又逃回巴黎。

可怜的薇薇恩那时情绪越来越不稳定，她的丈夫时常受到惊吓。她有时穿着莫斯利黑衫党服装，还在艾略特的工作场所大声训斥接待人员，要求见艾略特。1934年，她甚至向《泰晤士报》寄去了一份广告，上面写着"敬请T.S.艾略特返回位于克拉伦斯花园68号的家；他从1932年9月17日就弃家出走"。1938年，有人发现凌晨时分她在伦敦的大街上游荡（据说她不停地念叨着艾略特已被杀头），随后她就被送进了医院。她于1947年去世，使艾略特得以自由再婚。1952年，艾略特同他的秘书瓦莱丽•弗莱彻（Valerie Fletcher）结婚。不久他们便搬进了肯辛顿宫花园3号。他们在那座公寓里一直居住到艾略特于1965年去世。一个时代也就此结束了。

重要地址

T.S.艾略特公寓　　W1　克劳福德街62-66号　克劳福德公寓大楼（地铁站：贝克街）

维奥莱特•亨特故居　W8　肯辛顿　坎普登山路80号（地铁站：荷兰公园）

费伯-费伯出版社(原有地址)　WC1B　罗素广场24号，现在位于大罗素街74-77号（地铁站：罗素广场）

推荐阅读书目

约瑟夫•康拉德《黑暗的心》

T.S. 艾略特 《荒原》及其他诗作

福特·马多克斯《行进的目的》

弗吉尼亚·伍尔芙 《达洛维夫人》

第十二章

布鲁姆斯伯里团体成员与暗箭伤人者

如果说布鲁姆斯伯里这样一个团体曾经存在过的话，这两个姐妹，连同她们在戈登广场和菲茨罗伊广场上的住宅，便是这个团体的核心。

克莱夫·贝尔《老朋友：个人回忆》

在 20 世纪初期的伦敦，与现代派和漩涡派同时存在的还有另外一些（身份常常交叉重叠）作家，他们的思想倾向及聚会地点体现出与众不同的特点。托特纳姆宫路以东一小片区域可以说是伦敦的思想文化中心。大英博物馆、大英图书馆和伦敦大学全都坐落在那里。当时许多最重要、最有影响的作家也聚集在那里。那一带非常有名，甚至连其名称也成了一场文学运动的命名要素：布鲁姆斯伯里团体（The Bloomsbury Group）。

布鲁姆斯伯里团体是一个由一群作家和出版商组成的松散团体，他们的个人兴趣和文化专长多种多样。但是他们至少有一个共同之处：与弗吉尼亚·伍尔芙和凡妮莎·贝尔姐妹来往密切。

如果说布鲁姆斯伯里这样一个团体曾经存在过的话，这两个姐妹，连同她们在戈登广场和菲茨罗伊广场上的住宅，便是这个团体的核心。

克莱夫·贝尔《老朋友：个人回忆》

1905 年前后，布鲁姆斯伯里团体随着在戈登广场 46 号凡妮莎和伍尔芙住宅里举行的"周四晚"沙龙而兴起。参加这些沙龙活动的人士都是她们的大哥索比·斯蒂芬(Thoby Stephen, 1880—1906)在剑桥结识的朋友,包括伦纳德·伍尔芙(后来成为弗吉尼亚·伍尔芙的丈夫和出版人)、利顿·斯特雷奇(Lytton Strachey, 1880—1932, 著名作家)、克莱夫·贝尔(凡妮莎的丈夫、艺术评论家)、戴维·加尼特(David Garnett, 1892—1981, 作家、出版人)、邓肯·格兰特(Duncan Grant, 1885—1978, 画家)、约翰·梅纳德·凯恩斯(John Maynard Keynes, 1883—1946, 极有影响的经济学家、作家)、罗杰·弗莱(Roger Fry, 1866—1934, 评论家、画家)。《霍华兹庄园》(*Howards End*)和《印度之行》(*A Passage to India*)的作者E.M.福斯特(E.M.Forster, 1879—1970)也是周四晚沙龙上的著名常客。

沙龙聚会一开始非常呆板拘谨——直到有一天晚上利顿·斯特雷奇问凡妮莎裙子上的污渍是不是精子,这才打破僵局,使气氛活跃起来。大家闻听此言一时惊呆了,鸦雀无声,随后才大笑起来。弗吉尼亚·伍尔芙回忆说:"一切沉默和拘谨的障碍全都消失了……(从那以后)'该死'这个词常常挂在我们嘴边上。"

布鲁姆斯伯里团体成员之间的同性恋、异性恋关系就像出入各自住宅那样随意。在不同时期,已婚(且快乐)的欧托琳娜·莫雷尔(Ottoline Morrell)夫人分别与D.H.劳伦斯和哲学家伯特兰·罗素（Bertrand Russell，1872—1970）坠入情网。利顿·斯特雷奇同约翰·梅纳德·凯恩斯和邓肯·格兰特搞过同性恋。邓肯·格兰特和凯恩斯曾经是男同性恋关系。戴维·加尼特（雅号"小兔子"）和凡妮莎·贝尔曾是情侣。伦纳德·伍尔芙也曾迷恋过凡妮莎·贝尔，后来又突然看上了她的妹妹弗吉尼亚……凡妮莎的女儿安杰丽卡（Angelica）直到17岁生日那天才知道她的父亲是邓肯·格兰特，而不是克莱夫·贝尔。后来她嫁给了戴维·加尼特，却根本不知道他也曾是格兰特的同性恋人。难怪多萝西·帕克（Dorothy Parker，1893—1967）说过："他们居住在方形广场，描着圆圈，搞的是三角恋爱。"

弗吉尼亚不久嫁给了伦纳德。1917年至1924年，他们夫妇二人居住在里士满的霍加斯寓所。在这期间他们暂时远离了布鲁姆斯伯里团体中心区域。除此以外，他们的成人岁月绝大部分在布鲁姆斯伯里度过。另外还先后在菲茨罗伊广场29号、布伦斯威克广场38号、塔维斯托克广场52号和梅克伦伯格广场37号居住过。许多邻居都知道他们夫妇有个绰号"Woolves"[1]，很大程度上因为弗吉尼亚·伍尔芙说话尖酸刻薄。尽管如此，他们在身边还是笼络了一大批朋友和知识分子。

---

1. 意为"狼夫妇"。

布鲁姆斯伯里团体成员经常光顾的地方

戈登广场46号：这是布鲁姆斯伯里团体成员周四晚聚会的最初地点。

大英博物馆（大罗素街）：开馆时，不妨去安东尼帕齐尼阅览室看一看。弗吉尼亚·伍尔芙在《一间自己的房间》和《雅各布的房间》中已经使这间阅览室名载史册，流芳后世。

菲茨罗伊广场33号：艺术评论家罗伯特·弗莱（Robert Fry）在此开设了一个欧米茄工厂（以提高实用美术的水平）。

布伦斯威克广场38号：弗吉尼亚·伍尔芙和她的兄弟阿德里安住在这里，并打算将它变成知识分子的聚会场所。

索霍区希腊街28号贝尔托大厦5号：这里有伦敦历史最悠久的法国糕点铺，布鲁姆斯伯里团体的所有成员都喜欢到这里来津津有味地品尝享用法国糕点。

康杜伊特街羔羊酒馆，除布鲁姆斯伯里团体的其他名人以外，S.T.艾略特也常常从费伯-费伯出版社的办公室里溜出来，来此安静地喝几杯啤酒。

塔维斯托克广场52号（现为塔维斯托克酒店一部分）：弗吉尼亚·伍尔芙与丈夫伦纳德曾在此处居住，并在地下室里经营霍加斯出版社。

贝德福德广场44号：欧托琳娜·莫雷尔夫人居住在这里；她是社交界女主人，布鲁姆斯伯里团体的文化赞助人。

利顿·斯特雷奇自 1909 年至 1924 年一直居住在戈登广场 51 号。他一开始是位文学与戏剧评论家。1911 年他决定留胡须时使母亲大吃一惊（她说他看上去像是一位"颓废诗人"），还购买了一套丝绒服装。在戈登广场寓所居住时，他还写成了《维多利亚时代名人传》（*Eminent Victorians*），一举成名。他出名的第二个原因是被写进了布鲁姆斯伯里团体成员创作的多部长篇小说当中，比如《浪》（*The Waves*）中的内维尔（Neville），《出航》（*The Voyage Out*）中的圣约翰·赫斯特（St.John Hirs，两部作品作者均为弗吉尼亚·伍尔芙），《莫里斯》（*Maurice*，作者 E.M. 福斯特）中的里斯利（Risley）。在温德姆·刘易斯所写的《上帝之猿》（*The Apes of God*）这部作品中，利顿·斯特雷奇还遭受到辛辣的讽刺（在这方面他不是个例）。

其他在布鲁姆斯伯里居住的人士也曾被邻居的尖刻文笔深深刺痛过，其中最惨的要数欧托琳娜·莫雷尔。她成了 10 多部长篇小说的讽刺对象。欧托琳娜是一位性情古怪的贵族成员（英国王太后的堂妹），长着一头火红的长发，喜欢穿奇装异服。1908 年自从见过弗吉尼亚·伍尔芙后，她就开始接近布鲁姆斯伯里团体成员。她的主宅位于牛津附近的加尔辛顿（Garsington），不过她居住在贝德福德广场 44 号，每周都要在那里主办一次沙龙活动。她也是在那里首次读到《恋爱中的女人》（*Women in Love*）。作者 D.H. 劳伦斯是她以前的情人，在这部长篇小说中对她进行了丑化描写（体现在赫敏夫人这个人物身上），致使她扬言要起诉劳伦斯犯有诽谤罪，以后再也没有理睬过他。就连弗吉尼亚·伍尔芙（她喜欢伺机发难）也为她愤愤不平。"气得我都看不下去他写的那些东西，"她在信中对欧托琳娜写道，"您看，您把雪莱的作品还有牛肉茶送给他，把别墅借给他住，在加尔辛顿的台阶上为他照相；还经常把金币塞进他的衣兜里。他走了以后却提起笔来——唉。"

弗吉尼亚·伍尔芙的姐姐凡妮莎·贝尔和她的丈夫克莱夫在戈登街 46 号一直居住到 1917 年。凡妮莎的儿子昆廷·贝尔（Quentin Bell，1910—1996）后来回忆说，他看到别人家的前门"颜色正常、素淡"，而他们家的前门（戈登寓所前门）却涂成了"令人惊讶的鲜红色"，自己感到无地自容。他父母的开放式婚姻由于得到了放浪形骸的邻居们的承认，可能减少了一些他心里的尴尬感受。更加让人看着不顺眼的是约翰·梅纳德·凯恩斯。他在 1917 年搬进了戈登广场寓所。利顿·斯特雷奇抱怨说，凯恩斯是个势利眼，总是把"公爵和首相"级别的人物带到布鲁姆斯伯里来，让人难以接受。

E.M. 福斯特也曾经是他们的邻居。他愿意同母亲居住在萨里郡，甚至在《霍华兹庄园》这部作品中形容伦敦"极其邪恶"。然而从 1930 年至 1939 年，他还是在布鲁姆斯伯里的布伦斯威克广场 26 号租了一套公寓，作为他在伦敦的落脚之地。1902 年至 1904 年，他在布鲁姆斯伯里区的西特尔布鲁姆斯伯里酒店租下了几个房间。

著名的现代派诗人 T.S. 艾略特辞去银行工作后，便在费伯 - 费伯出版社工作，直到去世。

在布伦斯威克广场居住期间，弗吉尼亚·伍尔芙第一次精神崩溃。她痛苦万分，想从楼上跳窗自尽。后来她以这一段生活经历为素材，在《达洛维夫人》中塑造出经常感到极度烦躁的男主人公塞普蒂默斯·沃伦·史密斯。他也是弗吉尼亚·伍尔芙式的人物，在海德公园里听到群鸟用古希腊语歌唱时第一次犯病发疯。（最后他从楼上跳窗自尽。）

艾略特也常去拜访伍尔芙夫妇，因为他们既是他的朋友，又是他的出版商。有一次，他们邀请艾略特前去塔维斯托克广场吃午餐，顺便商议一下编辑方面的事宜。艾略特也想吃一顿像样的午餐，于是便匆忙起来。主人用一瓶姜味啤酒和一袋油炸土豆条招待了他。伍尔芙夫妇一直忙于其他事情，没有心思顾及衣食问题。大多数布鲁姆斯伯里团体成员又是出了名的靠不住。亨利·詹姆斯有一次前去参加欧托琳娜·莫雷尔夫人在贝德福德街举行的沙龙活动。对于她请进家来的那些菲茨罗维亚小团体"放荡的下等人"，詹姆斯十分反感。他们不注意穿戴规范和社交得体行为。詹姆斯非常恼火，严肃地恳求女主人不要那么好客。"看看他们，瞧瞧栏杆那边的那些人，亲爱的夫人。但是不要同他们掺和到一起。"

与此同时，日记作者詹姆斯·阿盖特（James Agate，1877—1947）在伦敦到处宣传说布鲁姆斯伯里团体的追随者们个人卫生相当差，哀叹皇家咖啡馆里闯入了成群结队"穿着灯芯绒裤子……手也不洗的布鲁姆斯伯里团体成员"。

在后来的岁月里，伍尔芙夫妇手下的雇员（也是他们几位朋友的一个情人）拉尔夫·帕特里奇（Ralph Partridge），仍然记得弗吉尼亚·伍尔芙在地下室的办公室里来回游走，"好像一位披头散发的天使"。1939年，大约在这个时候，弗吉尼亚·伍尔芙和丈夫一起搬到了梅克伦堡广场37号，一直居住到这套公寓于1940年遭到轰炸为止。除T.S.艾略特外，他们夫妇联合经营的霍加斯出版社还出版过凯瑟琳·曼斯菲尔德的作品，弗吉尼亚·伍尔芙的作品，以及翻译成英文的西格蒙德·弗洛伊德（Sigmund Freud，1856—1939）的全部作品。可悲的是，这座建筑当年被燃烧弹击中起火后，所有信函及手稿材料均被焚毁。一个时代就此结束了。不久，弗吉尼亚·伍尔芙用石头塞满衣袋向乌斯河中走去，悲惨地了结了自己的生命。布鲁姆斯伯里风光不再。战后的物价房价飞涨，真正放荡不羁的文化人无法继续留在那里。这就是后来的结局。

重要地址

　　大英博物馆　WC1B　大罗素街（地铁站：托特纳姆宫路）

　　戈登广场46号（与51号）　WC1H　（地铁站：罗素广场）

　　菲茨罗伊广场29号　W1T　（地铁站：沃伦广场）

塔维斯托克广场 52 号　WC1H　（地铁站：罗素广场）

梅克伦堡广场 37 号　WC1N　（地铁站：罗素广场）

贝德福德广场 44 号　WC1B　（地铁站：罗素广场）

布伦斯威克广场 26 号　WC1N　（地铁站：罗素广场）

推荐阅读书目

迈克尔·坎宁安《时时刻刻》

E.M. 福斯特《霍华兹庄园》《莫里斯》

凯瑟琳·曼斯菲尔德《幸福》

利顿·斯特雷奇《维多利亚时代名人传》

弗吉尼亚·伍尔芙《出航》《到灯塔去》

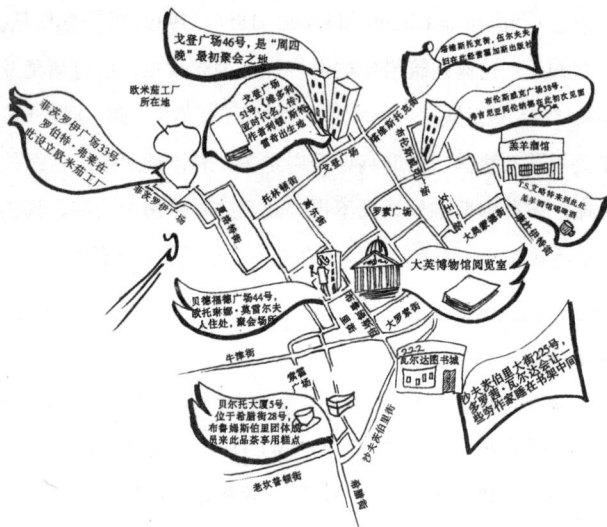

第十三章

推杯痛饮与光彩年华青少年往事

> 佩尔西继续在前面凝视着他，好像一个人把生活的酒杯喝干后，却发现杯底有一个死耗子。
>
> P.G.沃德豪斯《帽子大谜团》

在伦敦，饮酒与文化从来都是形影不离，相得益彰，就像杜松子酒、补药、啤酒与友情那样。《坎特伯雷故事集》的情节首先在伦敦一家客栈酒馆里展开。酒就像是命脉一样贯穿在莎士比亚戏剧当中。佩皮斯早餐喝啤酒；浪漫派作家爱喝易使人脸红的陈酿葡萄酒。维多利亚时期的市民几乎就漂浮在波尔图葡萄酒中……

要想为如此漫长蜿蜒的玉液琼浆大河确定一个酒位高度，也许是过于乐观了。即便如此也不可否认，第一次世界大战结束后，烈酒对伦敦文坛产生了异乎寻常的重大影响。20世纪20年代，作家们开始舔食并生动描绘酒这种美妙饮品，其声势之浩大，足以令人眼花缭乱。

对于伦敦那段无节制放纵时期极为令人回味的描写体现在伊夫林·沃所写的作品《罪恶的躯体》（*Vile Bodies*）中。这部作品一开始便描写一场宴会上的情景：一只狐狸被关进笼子里抬了进来，"众人用香槟酒瓶将它活活打死"。接下来，沃又描写了在首都不断举行的一系列聚会和各种放荡行径，其中最惹人注目的一些情景发生在"谢波德酒店"里。那里的老板娘洛蒂有一个可爱的习惯：所有的菜肴和酒钱一律向最有钱的人（或者向那些最惹她生气的人）收取，而不直接向消费客人收取。

洛蒂在现实生活中的原型人物是罗莎·刘易斯（Rosa Lewis, 1867—1952）。这位女士在杰明（Jermyn）街和公爵街的拐角处（离皮卡迪利大街不远）经营着卡迪什酒店。罗莎的怪异之处包括只卖香槟酒，还爱骂人。她在读过伊夫林·沃所写的《罪恶的躯体》后说他是头"蠢猪"，是"我不允许进入本家酒店的两个杂种"之一［另一个是闲话专栏作家爱德华·奇切斯特·多尼格尔（Edward Chichester Donegall）］。在罗莎死前，伊夫林·沃竭力否认洛蒂和罗莎之间有任何关系。被起诉的风险一消除，他在 1965 年所写的前言中承认，"描写相当准确"。

伊夫林·沃在创作小说时，从现实生活中提取了大量素材，尤其得益于伦敦当年名噪一时的光彩年华（Bright Young Things）青少年群体，更不用说在两次世界大战期间记录伦敦史实的另一位著名作家安东尼·鲍威尔（Anthony Powell, 1905—2000）。

这些青少年家庭背景颇不一般，其中有些出身于英格兰最古老、最富裕的名门望族。他们都有着反抗传统习俗的强烈愿望（如今他们当中的一些人仍然出现在闲话杂志上）。从当年的光彩年华青少年当中涌现出不少有抱负的作家、艺术家，比如约翰·贝杰曼（John Betjeman, 1906—1984）、塞西尔·比顿（Cecil Beaton, 1904—1980）、亨利·约克（Henry Yorke,

1905—1973，笔名亨利·格林），还有鲍威尔和伊夫林·沃。

光彩年华青少年平时好在梅费尔富人住宅区宴饮狂欢，放纵自己。他们特别喜欢参加"自带酒水"的聚会，这些聚会一般在富裕好友家的豪宅里举行，而且几乎总是有一个主题。其中恶名最响的一次聚会就是 1929 年由罗斯玛丽·桑德斯（Rosemary Sanders）在海德公园附近的拉特兰门（Rutland Gate）举办的第二童年主题聚会。当时参加聚会的客人还有南茜·米特福德（Nancy Mitford，1904—1973）、伊夫林·沃和妻子伊夫林·加德纳（Evelyn Gardner, 1903—1994）。客人们全都乘坐手推送奶车和婴儿车参加聚会，手里抱着分到的娃娃玩偶，在花园里玩前后摆动的木马；鸡尾酒则用托儿所的圆形大杯端上来。《星期日快报》以不满的口吻写道："这样的所作所为会滋生出共产主义。"

同样令人感到不舒服的是（借用一下光彩年华青少年们的说法），1928 年 7 月在白金汉宫路圣乔治室内游泳池举行的"泳池与香槟"聚会。那些轻浮的青少年贵族纷纷跳进游泳池，接着就开始胡闹起来，痛饮香槟酒，狂乱游动，水花四溅；爵士乐队在一旁奏乐助兴。几个月后在马里伯恩街 1 号的马戏院举办了一场大都市酒神节聚会，主办人为布莱恩·霍华德（Brian Howard，1905—1958）。据说此人是《旧地重游》（Brideshead Revisited）里塞巴斯蒂安·弗莱特的原型人物之一。霍华德对这次主题聚会提出的要求是，每个人都化妆成希腊神话中的人物，紧接着再举行狂欢闹宴活动。尽管事先有这样的设想，那天的晚会还是失败了。第二天上午，有位闲话专栏作家发表评论，认为晚会"具有郊区人的特点"。心烦意乱的霍华德后来在首都又生活了 30 年，不停地主办各种晚会［他还是 W.H. 奥登（W.H.Auden）、克里斯托弗·伊舍伍德（Christopher Isherwood）和伊迪丝·西特维尔等人的朋友］。然而他日益成为一个可悲的人物。在举办过多次晚会以后，有一天他在日记里写道："饮酒已成为最重要的问题。"

对于霍华德在小说中的同类人物塞巴斯蒂安来说，饮酒也成为一个大问题。《旧地重游》里一个最有趣，同时也是最可悲的情节是：塞巴斯蒂安在杰罗德（Gerrard）街 43 号的"老一百号"俱乐部痛饮之后开车遭到逮捕。在鲍威尔所写的《与时代合拍的舞蹈》（*A Dance to the Music of Time*）中，斯特林厄姆（Stringham）也常去那家俱乐部饮酒。

光彩年华青少年还在伦敦其他地方尽情享乐，放纵自己。其中最有名的一处可能就是米尔德（Meard）街上的滴水兽（Gargoyle）俱乐部。这家俱乐部由戴维·坦南特（David Tennant，1902—1968）建立，是个名声不好的场所，先要走过索霍区的一条无名小巷，然后再乘电梯才能到达那里。俱乐部室内摆放着一些据说是取自一处法国城堡的马蒂斯创作的艺术品和镜子。俱乐部对外自称是为努力奋斗的作家们日夜开放的场所，提供一些放荡不羁的文化界人士喝得起的廉价酒。这家俱乐部会员包括 20 世纪 20 年代至 30 年代的一些重要作家及其朋友伙伴。比如狄兰·托马斯（1914—1953）、凯特琳·托马斯（Caitlin Thomas，1913—1994）、画家奥古斯塔斯·约翰（Augustus John，1878—1961）、作家妮娜·哈姆内特（Nina Hamnett，1890—1956）和女继承人南茜·邱纳德（1896—1965）等人（在此仅举几例）。当时，年轻的伊夫林·沃曾开了一张支票想支付在滴水兽俱乐部的消费账单（11英镑数目不小），但是这张支票遭到拒付。债主们给他的父亲写了一封书信。他的父亲是一个守规矩的本分人，接到信后感到无地自容。

还有哈姆院15号的汉姆博恩（Hambone）俱乐部。起初这是一家表演卡巴莱歌舞的俱乐部，后来被称为"未来派巢穴"。在那里可以欣赏到现场演奏的爵士乐。《孤独之井》（*The Well of Loneliness*）的作者拉德克利夫·霍尔（Radclyffe Hall，1880—1943）经常出现在这家俱乐部，身穿男装，同她的许多情人大跳贴面舞。随着名气日益提高，汉姆博恩俱乐部将其会员分成了不同等级：艺术家、作家和新闻记者付1个几尼（Guinea，英国旧时货币单位，1个几尼等于1.05英镑），商人和社交界人士付3个几尼。门上的告示宣布："工作是饮酒阶层的灾祸。"格雷厄姆·格林也出现在俱乐部顾客当中，为他主编的短命伦敦杂志《夜与日》（*Night and Day*）收集评论素材（除评论和小品以外，还包括一个出行地点咨询栏目）。

对艺术家们给予支持的另外一处场所是希腊街17号的欧

洲苹果树俱乐部，位于 R.&J. 普尔曼（R.&J.Pullman）公司皮革仓库上方。这家小型俱乐部由奥古斯塔斯•约翰于 1914 年创建，自称毫无虚饰，为手头拮据的创作人员和作家提供服务。弗吉尼亚•伍尔芙的侄孙女弗吉尼亚•尼克尔森（Virginia Nicholson，1955— ）在《在放荡不羁者中间》（*Among the Bohemians*）一书描述说，这家俱乐部位于希腊街上的经营场所要经过一连串的楼梯才能到达，醉酒者和打架斗殴者常从这些楼梯上滚下去。她披露说，这家俱乐部"破烂的室内"摆放着一些表面未涂清漆的实木桌椅，要想找一位服务人员或随便任何人付钱有时还真不容易。但是俱乐部有一项严格规定：凡是穿晚礼服来的人必须支付 1 先令。这笔钱记在了食品与香烟基金账目上。琼•里斯（1890—1979）实际上就生活在俱乐部里。她觉得俱乐部胜过她在高尔街上租居的提供膳宿的住房。她住的房间简陋，下面就是街道。她经常在半夜里来到俱乐部跳舞、饮酒，一直折腾到次日拂晓。早晨吃些香肠，然后就回家睡上一天。她后来回忆说，那是个"颓废的地方"，"满眼都是喝苦艾酒的瘦弱青年，他们竭力装出一副凶狠的样子，希望自己看上去像法国人"。这家俱乐部还出现在她所写的长篇小说《白橙皮酒》（*Triple Sec*）当中。

慢慢变老，就好像是为自己根本没有犯下的罪行遭受惩罚一样。

安东尼•鲍威尔

201

青少年不断游荡，伦敦也在继续发生着变化。后来社会文化的重心移到了菲茨罗维亚一带。这片区域位于索霍区以北，紧挨着牛津街、尤斯顿街、托特纳姆宫路和大波特兰街。20世纪40年代，菲茨罗维亚曾经一度是伦敦先锋派发展中心。平时可以看到形形色色流浪者般的艺术家、作家、剧作家、音乐家、诗人、新闻记者和演员聚集在那里痛饮啤酒，一直闹腾到次日凌晨。在那里还有可能遇到狄兰和凯特琳·托马斯、劳伦斯·杜雷尔（Lawrence Durrell，1912—1990）、妮娜·哈姆内特、阿莱斯特·克劳利、乔治·奥威尔和奥古斯塔斯·约翰等人。

在《四十年代回忆录》（*Memoirs of the Forties*）中，作家、具有传奇色彩的饮酒牛人朱利安·麦克拉伦-罗斯（Julian MacLaren-Ross，1912—1964）讲述了在J.M.坦比木图（J.M.Tambimuttu，1915—1983）的带领下，游览菲茨罗维亚各处酒吧酒馆时的情景。坦比木图（朋友们称他为坦比）是一位斯里兰卡诗人，也是伦敦极有影响的文学杂志《伦敦诗歌》（*Poetry London*）富有魅力的创刊人和组稿编辑。他在1938年来到伦敦，很快便在菲茨罗维亚一带打开了局面，如鱼得水。

坦比最初居住在豪兰（Howland）街45号，后来又居住在菲茨罗伊街2号，最终定居在怀特菲尔德（Whitfield）街114号（在这里有一次诗人狄兰·托马斯发现他写的一首诗的唯一一份草稿被扔进坦比的便盆里）。坦比喜欢把自己喝酒的时刻称为"Fitz-rovings"（"菲茨漫游时刻"）。他对于挤满了放荡不羁的文化人的这一片繁荣区域了如指掌。如今仍然可以沿着坦比当年向朱利安·麦克拉伦-罗斯介绍的那些酒馆再走一趟，可以按着下面列出的行走线路前去游览。尽管这个行走线路本身不错，当年坦比还是漏掉了一些重要酒馆，包括曾经使那些酒馆全都黯然失色的菲茨罗伊酒馆。也许这家酒馆在20世纪40年代就因为经营得出色反而深受其害（当时坦比将它漏掉了）。不过在20世纪30年代，它是伦敦文人墨客光临的著名酒馆。在其业绩辉煌时期的大多数夜晚，可以看到威尔士作家，缪斯女神尼娜·哈姆内特出现在那里，手持一个小罐头盒，从别人那里讨点赏钱，拿来买一些自己爱吃的茶点。"有钱吗，亲爱的？"她经常这样问道，或者问："能给我买点喝的吧，亲爱的？"要足了钱后，她就开始讲一些20世纪20年代的巴黎往事，讲她自己当模特时的经历。当年她经常和毕加索一起闲逛，同詹姆斯·乔伊斯幽会，与莫迪里亚尼一起做爱。她说莫迪里亚尼特别喜欢她的乳房。她还亲自展示一下，脱掉上衣说："摸摸吧，它们和新的一样好。"

坦比木图推荐的菲茨罗维斯亚区的酒馆

黑马酒馆（W1T 拉斯博恩街 6 号）

如今黑马酒馆已成为拜伦伯格酒馆（不过他们很精明，将其称为"骑在黑马背上的拜伦"）。据麦克拉伦介绍，

203

当时黑马酒馆是"从牛津街来到拉斯博恩街后的第一家酒馆，但通常也是最后一家被光顾的酒馆"。

泥瓦匠酒馆（W1T格雷斯街31号）

也被称为"窃贼落脚之地"，因为一群窃贼曾经闯了进来，一晚上在存货间转来转去。这家酒馆是坦比木图推荐的重点酒馆。不过那里几乎没有发生过值得文坛关注的事情。也许因为大家都在忙着津津有味地喝啤酒。

格兰比侯爵酒馆（W1T拉斯博恩街2号）

这是 T.S. 艾略特喜欢光顾的酒馆，也是有名的犯罪活动高发地。妓女和街头小混混经常在此出没，休假的水手也常来这里猎艳。狄兰·托马斯曾经来到这家酒馆，希望同那些来此寻找同性恋伙伴的近卫团士兵打上一架。他在这家酒馆里还写过《国王金丝雀的死亡》（*The Death of the King's Canary*）。

麦捆酒馆（W1T拉斯伯恩街25号）

狄兰·托马斯在这处酒馆里遇到了他未来的妻子凯特琳。他把头枕在凯特琳的腿上，向她求婚。另一件不太浪漫的事是，乔治·奥威尔曾在这里酒后吐了一地。据说，乔治·奥威尔有一次在这处酒馆的房间里，听着名的布景设计师吉尔伯特•伍德（Gilbert Wood）讲述自己在影片《老鼠的死亡》（*Death of a Rat*）剧组的工作情况。随后他便从中获得灵感，在《一九八四》这部小说中写出了101房间可怕的老鼠故事。

纽曼阿姆斯（W1T拉斯波恩街23号）

这处传统风格的酒馆是乔治•奥威尔所写的小说《一九八四》中"无产者酒馆"的原型。具有讽刺意味的是，当地广告公司高管们成群结队地来此品尝楼上出售的美味馅饼。在狄兰•托马斯经常来此光顾期间，这家酒馆的老板是一位名叫乔•詹金斯的诗人。如今为了纪念这位诗人竖起了一块蓝色牌匾，上面写着"乔•詹金斯，酒馆前老板、诗人、追求享乐的人、老蠢货，平时咒骂出现在这里的每一个人"。

高地人酒馆（也称为内利耶迪恩酒馆W1D迪恩街89号）

这家酒馆关门较晚，因此当地别处酒馆开始关门后，艺术家和饮酒者们便纷纷来到高地人酒馆。"如果说40年代当时还有统一的文学运动的话，"安东尼•伯吉斯说道，"也只是体现在麦捆酒馆晚10点关门后，涌向迪恩街高地人酒馆的那些优秀诗人和末流诗人身上。"

狄兰·托马斯也喜爱菲茨罗伊酒馆，经常在啤酒杯垫上为酒吧里最漂亮的女人写诗。另一位常客是阿莱斯特·克劳利。据说他为菲茨罗伊酒馆创造了忽必烈 2 号鸡尾酒。那是一种杜松子酒、味美思酒和鸦片酊混合配制的烈性酒。

乔治·奥威尔不仅以严格的道德要求和坚守社会主义信念而著称，而且还深谙聚会之道。他写的《动物农场》（*Animal Farm*）被美国月度最佳图书俱乐部选为月度最佳图书后，他便去贝特曼街狗与鸭酒馆喝了几杯苦艾酒，表示庆祝。他还写过一篇题为《水中月》的文章，描绘心目中的理想酒馆［以伊斯灵顿一带的卡农伯里（Canonbury）酒馆为原型］——那里环境安静，便于交谈，快餐柜台上提供肝泥香肠，服务员会用带把手的玻璃杯端上优质啤酒。

另外一处值得光顾的酒馆是拉斯博恩街上的约克公爵酒馆，尽管你不一定要冲着这家酒馆在文坛上的响亮名头前去实地体验一番。1943 年的一天夜晚，安东尼·伯吉斯和妻子琳妮正在约克公爵酒馆里饮酒，突然闯进一个持刀行凶团伙。他们砸烂玻璃杯，威胁客人把啤酒倒在地上。伯吉斯的妻子表示了不满，他们立刻强迫她独自喝下大量啤酒。她不慌不乱，从容应对，折服了这帮歹徒。他们主动表示往后要保护她不受其余帮派团伙的骚扰和伤害。这次经历在一定程度上也为

《发条橙》（*A Clockwork Orange*）提供了创作灵感。

也不要效仿狄兰·托马斯喝酒的样子。你无法和他相比。当时伦敦所有人在喝酒方面都比不过他，直到1953年他可悲地英年早逝。这说明即便是他铁打一般的体格也只能承受那么多。生活得比较开心的那几年，他经常在朗廷街英国广播公司的波特兰大楼演播室里喝醉酒（但是表现不俗）。有一次他在诗歌朗诵直播前睡着了，甚至还打起了呼噜。直播前两分钟他被叫醒，凭借接近完美的临场发挥朗诵了《圣塞西莉亚节》（*Saint Cecilia's Day*）……几乎没有一处含糊不清的发音。有一次他在广播中停了下来，声称"有人让我感到厌烦。我认为那个人就是我"，让节目制作人甚感不悦。

狄兰·托马斯曾长时间居住在温特沃斯公司的一处寓所里（位于切尔西区曼雷萨路），并用一些书籍制作了家具。20世纪30年代，他在佩尔西街1号的埃菲尔铁塔旅馆住过不长时间，同凯特琳·麦克纳马拉挤在一个房间里。他们最终离开时，狄兰·托马斯把账单记在了奥古斯塔斯·约翰账上。约翰指责房主欺诈他："我看你是在蛮横无理地欺骗我……一两顿午饭要花43英镑，这也太贵了。"那位旅馆老板（奥地利人）回应说那不是午饭钱："是那位卷发的小个子威尔士人欠我的钱。他住了两个星期，还管饭。他说让你付钱。"

有一次，烹饪美食作家西奥多拉·菲茨吉本（Theodora Fitzgibbon，1916—1991）发现狄兰·托马斯摇摇晃晃地走在国王路上（位于切尔西区）。狄兰·托马斯抱着一台缝纫机，要把它卖了换酒喝（那是菲茨吉本的缝纫机）。狄兰·托马斯当时睡在她家的沙发上。

最糟糕的是，1953年，狄兰·托马斯把《牛奶树下》（*Under Milk Wood*）唯一的手稿丢在了索霍区的一家酒馆里，然后乘飞机去了纽约。后来手稿幸亏被英国广播公司那位名如其人的节目制作人道格拉斯·克莱弗登（Douglas Cleverdon）[1]找到了，从而保住了诗人的文化遗产，没有因为喝酒误了大事。

如果豪饮之后你感到头痛，也许你会对伦敦文学史上的一个最佳解酒疗法感兴趣。这要拜著名作家P.G.沃德豪斯（P.G.Wodehouse，1881—1975）所赐。吉夫斯（Jeeves）一开始赢得了伯迪·伍斯特（Bertie Wooster）的好感，做了他的贴身男仆，因为吉夫斯向他透露了"极能使人精神倍增"的解酒疗方：用生鸡蛋、伍斯特辣酱油和红辣椒混合配制。吉夫斯和伯迪后来的许多冒险活动都在伯克利大厦3号展开。这是伯迪在小说中位于梅费尔高级住宅区伯克利街上的虚构地址，或者其附近的俱乐部原型常被认为是克里福德街上的巴克斯俱乐部。伯迪和他的朋友们也喜欢在市里游逛。在《伍斯特准则》（*The Code of the Woosters*）中，伯迪先是有些得意忘形地欢度赛船之夜，后来因为偷窃警察的头盔在莱斯特

1.Cleverdon 有"聪明的大学教师"之意。

广场被捕。在《繁殖季节》（*The Mating Season*）中，他的朋友格西·芬克-诺特尔克（Gussie Fink-Nottle）自找了更大麻烦：他因为一头扎入特拉法尔加广场的喷泉里，被关进监狱 14 天。

> 20 世纪末伦敦最有名的饮酒牛人当中就有新闻记者杰弗里·伯纳德（Jeffrey Bernard，1932—1997）。他不仅坐在希腊街酒馆里喝酒有名气，给报纸发稿同样有名气。他经常因为饮酒耽误写稿。报社经常收到的是"杰弗里·伯纳德身体不适"这句话，而不是他写的专栏文章。他仍然不思悔改，声称"经常有人问我喝酒是不是影响了我的工作。对此我的回答是，喝酒从来没有影响过我的工作，反倒是我的工作有时影响我喝酒"。

佩尔西继续在前面凝视着他，好像一个人把生活的酒杯喝干后，却发现杯底有一个死耗子。

P.G. 沃德豪斯《帽子大谜团》

沃德豪斯本人也曾触犯过法律。1900 年从达威奇学院毕业后，由于家庭生活困难，年轻的沃德豪斯被迫进入汇丰银行当职员（该银行位于怀恩堂街 9 号，离英格兰银行不远）。沃德豪斯后来称，他上班时总是要迟到。在其他职员的鼓励下，最终以冲刺速度赶到银行。但是后来他因为偷窃办公室文件用于创作短篇小说，真正陷入了困境。他认为自己是"潜入汇丰银行的最拙劣的窃贼"。罪行败露后，警方负责人称，"只有傻瓜才会撕账簿的第一页"。他立刻传唤沃德豪斯。这位作家全部招供，工作不到一年便被解雇了。他失去了银行工作，我们却因此有了不朽的收获。随后他很快便在《环球杂志》上开辟了一个专栏，专职从事写作，写出了许多自莎士比亚手持羽毛笔进行创作以来堪称最为优美精湛的语句。

重要地址

卡文迪什酒馆　SW1Y　杰明街81号（地铁站：格林公园）

内利耶迪恩酒馆　W1D　迪恩街89号（地铁站：托特纳姆宫路）

菲茨罗伊酒馆　W1T 2LY　夏洛特街16A号（地铁站：托特纳姆宫路）

约克公爵酒馆　W1T　拉斯博恩街47号（地铁站：托特纳姆宫路）

推荐阅读书目

朱利安·麦克拉伦-罗斯《四十年代回忆录》

安东尼·鲍威尔《与时代合拍的舞蹈》

伊夫林·沃《罪恶的躯体》《旧地重游》

P.G.沃德豪斯《伍斯特准则》

第十四章

出版商与书商

　　在伦敦这样的城市里，总有许多看上去好像疯癫的人走在大街上。他们往往朝着书店方向走去，因为在书店里你可以逛上很长时间，而不必花一分钱，这样的地方并不多见。

乔治·奥威尔

历史学家爱德华·吉本（Edward Gibbon，1737—1794）曾经说过："对于爱读书的人来说，伦敦的书店和销售的图书总有一种不可抗拒的吸引力。"乔治·奥威尔指出，它们还具有其他益处。"在伦敦这样的城市里，"他说，"总有许多看上去好像疯癫的人走在大街上。他们往往朝着书店方向走去，因为在书店里你可以逛上很长时间，而不必花一分钱，这样的地方并不多见。"

　　奥威尔心里很清楚，因为他是伦敦众多著名书商之一，他曾在卡姆登镇的一家书店里工作过。他回忆说，在书店里整天把沉重的破皮书搬进搬出，几乎败坏了他爱书的情趣。

　　他也许还注意到，最出彩的怪人就是那些读书人。其中最有名者当属詹姆斯·拉金顿（James Lackington，1746—1815）。他是图书行业被人遗忘的英雄，从穷小子变成了有钱人，其奋斗历程足可以同迪克·威廷顿（Dick Whittington）相提并论。当初他和妻子刚来伦敦时就用仅剩的半克朗硬币买了一本书。他的理由是，"如果用来买饭，明天就会吃光，快乐很快就消失了"。书则不然——至少，如果是本好书的话——会给他们今后的生活一直带来快乐。

后来证明，拉金顿运气不错。他和妻子饿着肚子买下的那本书名叫《静夜思绪》（*Night Thoughts*），的确是本好书。那是爱德华·扬格（Edward Young，1683—1765）创作的一部史诗，如书名所示，以黑夜时光沉思为主题。这部作品流行了好几年，很受欢迎。1797 年还发行了由威廉·布莱克绘制插图的新版本。

就在这个新版本问世时，拉金顿也取得了不同凡响的业绩。他提出了廉价销售库存图书的崭新理念，要让广大民众都读得起书。1792 年，他用积蓄的资金在芬斯伯里广场开了一家大型书店。随后这家书店很快被誉为"缪斯神殿"。其规模确实宏大。在开业那天，一辆四匹马拉的邮车绕书店柜台转了一圈。

后来这家大型书店颇为引人注目，因为出版商约翰·泰勒（1781—1864）和詹姆斯·赫西（James Hessey，1785—1870）在此相遇，站在柜台后面亲自售书。他们陆续出版了约翰·济慈、珀西·比希·雪莱和查尔斯·兰姆的作品。约翰·弥尔顿的作品最初也是一位书商出版的，此人名叫塞缪尔·西蒙斯（1640—1687），他从住宅里直接售书。他的住宅（也在里面印刷他出版的图书）"位于奥尔德斯盖特街金狮大厦旁边"。西蒙斯在当今的名声不好，因为据说在 17 世纪 60 年代，他只付给失明的诗人弥尔顿的《失乐园》5 英镑稿费，并许诺说如果能卖出 1300 本，另外再付给 5 英镑。实际上在这笔交易中弥尔顿获得 20 英镑，而且以后还要从销售收入中分到提成收入。这样来看收入已经不低，因为当时经常不付给作家任何稿费。

书商兼拜伦勋爵等人的出版商约翰·默里（1778—1843）的行为就不可原谅了。1824年拜伦去世后，他便在自己的住宅和阿尔伯马尔街50号的办公室里把这位浪漫诗人的日记烧毁了。他担心日记会进一步损害诗人死后的声誉（日记作者因与自己的妹妹爆出不伦丑闻，不久前刚被驱逐出英国）。他这几把火烧下去，致使后世读者再没有机会去一睹世界文坛最有名的隐私闲篇。其实这对于拜伦的地位没有任何影响，因为众所周知拜伦最终把他的妹妹赶走了。

在比较开心的时期，默里和拜伦联手在伦敦文坛引起极大轰动：1812年默里出版了拜伦创作的《恰尔德·哈罗尔德游记》（*Childe Harold's Pilgrimage*）的前两章。这一卷作品在舰队街32号默里书店销售，3天售完。拜伦成为第一位英俊帅气的文坛明星。（"如果好奇心驱使着你，如果你不怕满足它"，有位崇拜明星的狂热女粉丝在信中这样写道，然后她便于早上7点钟在伦敦的格林公园等待拜伦。）

10年后，拜伦按着阿尔伯马尔街办公室地址给默里写了一封书信，谎称是自己的忠诚贴身男仆弗莱彻。在信中"弗莱彻"声称，他非常悲痛地传递一个噩耗：拜伦已经去世了。可悲的是，仅仅两年后，真正的弗莱彻写了一封颇为类似的书信——这一次，拜伦真的去世了。他在科林斯湾为希腊的独立英勇奋斗过程中患上了寒热症，不幸去世。"请原谅所有的缺点不足吧，"书信一开始这样写道，"因为我几乎不知道该说什么，该做什么……"随后不久，默里将这位诗人的日记付之一炬。

约翰·莫里销售出的图书数量非常可观，但是价格很高，都卖给了有钱的顾客。企鹅图书公司创始人艾伦·莱恩（Allen Lane, 1902—1970）较多地体现了拉金顿的经营传统。他认为，让每个人都读得起书的最佳途径不仅仅是降价出售库存图书，还应该一开始就出版价格低廉的图书。

据说，莱恩在等待从埃克塞特（Exeter，他在那里拜访了阿加莎·克里斯蒂）返回伦敦的列车上，为他自己的公司萌发了上述经营理念。等车过程中，他发现自己没有合适的读物可看，又非常不喜欢车站出售的那些图书。于是他当时下定决心要出版简装图书。这种图书不仅生产成本低，价格便宜，而且内容精彩，装帧设计漂亮。人们能够在伍尔沃斯那样的普通书店和当地火车站设置的自动售书机处（号称"企鹅孵器"）买到这种简装图书。

1935 年，莱恩在位于梅费尔高级住宅区维戈（Vigo）街 8 号他叔父的博得利海德（Bodley Head）公司办公室里成立了自己的公司（如今原址上悬挂着一块蓝色牌匾，纪念这家"改变了英语世界阅读习惯的公司"）。起初没人认为莱恩的想法会行得通。博得利海德公司拒绝为莱恩的公司支付任何费用。他的父母只好把住宅抵押出去，以支付企鹅公司的最初成本费用。不过这次还是赌赢了。企鹅公司于 1935 年成立后，伍尔沃斯公司购买了 63000 册图书。企鹅公司用这笔销售收入支付了相关生产经营费用。莱恩让企鹅公司独立经营后便脱离了博得利海德公司，将自己的公司搬迁到马里波恩路上的圣三一教堂地下室里，距大波特兰火车站不远。

火车站这个地点对于企鹅公司的成功经营具有重要意义，因为莱恩手下的员工只需花 1 便士就可以去大波兰街火车站厕所方便一下。莱恩甚至还给他们多发了一些如厕费用。最初的办公经营场所有一些稀奇古怪的工作安排，包括安装了从街面直达地下室的游乐场式滑梯，用于接收图书包裹。所有这些设施并未影响公司的财运。到 1936 年，从初创到运行的仅仅 1 年时间里，企鹅公司销售图书总计超过 100 万册。

鉴于上述喜人的销售业绩，1936 年在距考文特花园不远处的亨利埃塔（Henrietta）街又成立了一家伦敦廉价图书经营机构，"左翼图书俱乐部"。这绝非偶然。由维克多·戈兰茨（Victor Gollancz，1893—1967）创建的这家俱乐部隶属于他经营的主体（也是更加正统的）维克多·戈兰茨出版有限公司。左翼图书俱乐部从根本上体现了戈兰茨的如下意愿：振兴英国左翼政治势力，"推进为争取世界和平、反对法西斯而进行的迫切斗争"。俱乐部每月向会员发布图书选购书单，而且还发行一份简报（这份简报后来发展成为一份重要的政治杂志）。这家俱乐部的早期作家还包括乔治·奥威尔、克莱门特·阿特利（Clement Attlee，1883—1967）和斯蒂芬·斯彭德（Stephen Spender，1909—1995）。原来设想拥有 2500

名左右会员。但是在 1 年之内，会员总数达到 4 万人；到 1939 年达到 57000 人。全国各地涌现出 1200 多家俱乐部，共同探讨每月的购书单。可以说，左翼图书俱乐部及其精神理想帮助工党在 1945 年大选取得了重大胜利。

然而也有不和谐的时候。戈兰茨在出版奥威尔所写的《通向威根堤之路》（*The Road to Wigan Pier*，这是一部反映英格兰北部工人阶级生活状况的作品）时，坚持要求写一篇前言，表明与中产阶级具有社会主义思想倾向的人（同奥威尔很类似）脱离关系。戈兰茨认为，奥威尔并不真正了解工人阶级生活状况。他甚至在后来重新出版《通向威根堤之路》时，删去了自己不认同的下半部分内容。难怪奥威尔将他的下一部作品《向卡塔罗尼亚致敬》（*Homage to Catalonia*）送到塞克 - 沃伯格出版社去出版（这家出版社位于大道对面的霍索区卡莱尔街 14 号）。

戈兰茨并非是唯一一位不看好乔治·奥威尔的编辑。在布鲁姆斯伯里区费伯 - 费伯出版社的办公室里（罗素街 24 号，距大英博物馆很近），T.S. 艾略特指责《动物农场》所表现出的"托洛茨基主义"政治观点，并且怀疑奥威尔是否真的"有话要说"。艾略特的上述言论也许同下面这件事情有关。1932年，艾略特同样不看好奥威尔所写的第一部作品《巴黎伦敦落难记》（*Down and Out in Paris and London*）（我很遗憾地说……在我看来这部作品不可能出版）。后来奥威尔便在陆续发表的几部作品中对艾略特这位诗人进行猛烈抨击。在《通向威根堤之路》中，奥威尔甚至把艾略特称为法西斯分子、"废物"。

但是艾略特在费伯 - 费伯出版社工作期间（1925 年这家出版社成立后不久，艾略特便加盟供职，直到 1965 年去世）取得了不少出色业绩。首先，他于 1928 年拍板决定出版西格弗里德·萨松（Siegfried Sassoon，1886—1967）所写的《猎狐者回忆录》（*Memoirs of A Fox Hunting Man*）。这部作品在 6 个月内再版 8 次。通过艾略特引荐，费伯 - 费伯出版社吸引了其他一些久负盛名的作家前来加盟，比如埃兹拉·庞德，让·科克托（Jean Cocteau，1889—1963）、W.H. 奥登（W.H. Auden，1907—1973）和威廉·戈尔丁（William Golding，1911—1993）等人。

伍尔芙夫妇并不是在伦敦从事手工印书出版的第一家出版商。这项荣誉应该归于另外一位著名的先驱者威廉·卡克斯顿（William Caxton）。1476 年，他在威斯敏斯特一处租来的店铺里安装了英格兰第一台印刷机。遗憾的是，具体地点不明。从那时起到 1492 年他去世前为止 [在一位名叫温肯·德·沃德（Wynken de Worde）的业内人士帮助下——这是名字决定职业选择的绝佳实例]，卡克斯顿一共印刷了 100 多种书，包括《亚瑟之死》（*Le Morte D. Arthur*）和《坎特伯雷故事集》。他对于实现英语规范化起到了积极的推动作用。

艾略特在费伯-费伯出版社工作期间，发起成立了图书委员会并主持其日常工作。每周四举行一次漫长的编辑会议，与会的所有负责人和编辑从上午8点坐到下午4点，共同研究决定要出版哪些图书。由于会上提供大量啤酒，更有艾略特偶尔开一些恶搞玩笑，会议气氛比较活跃。但是并非每个人都受到欢迎。费伯-费伯出版社的员工经常护着艾略特，不让他遇到分居的妻子薇薇恩。每当她出现在接待处，很想见到她的丈夫时，他们也不告诉她艾略特就在办公室里。

艾略特的一些朋友对这个女人的苦境表示同情，但弗吉尼亚·伍尔芙是个例外。这位尖刻女作家曾经说过，诗人艾略特把他可怜的妻子"像一袋白鼬那样挂在了脖子上"。伍尔芙很了解艾略特，故出此言——主要原因是伍尔芙是艾略特的出版商。她和丈夫伦纳德联手开办了规模不大的霍加斯出版社，只靠一台手工操作的印刷机开展印刷业务，目的是在她不写作时做点"高兴的事情"散散心，免得心慌意乱，焦躁不安。

霍加斯出版社成立于1917年，名字取自伍尔芙夫妇在泰晤士河畔里士满一带居住的住宅霍加斯寓所(位于天堂路上)。印出的第一本书错误百出（现在肯定值一大笔钱），但是这对夫妇仍然坚持不懈，继续努力。没过多久，印刷器材就摆得到处都是，用弗吉尼亚·伍尔芙的话说，"渐渐地挤占了整个住宅"。伦纳德透露说："我们在餐厅里装订图书，在客厅里同印刷工人、装订工人和作者见面……在食品储藏室里开机印刷。"

1924 年他们夫妇二人又回到了位于布鲁姆斯伯里中心区域的塔维斯托克广场 52 号，距费伯 - 费伯出版社很近。在接下来的几年里，他们把楼上的几个房间用作日常生活区，把地下室用作出版社办公场所。他们依靠很少的经费开始印刷出版艾略特的诗歌，以及 E.M. 福斯特和凯瑟琳·曼斯菲尔德的经典作品。

霍加斯出版社也许处于 20 世纪 20 年代先锋派文学的最前沿，但是这并不意味着他们赞同一切作品。他们曾经拒绝出版《尤利西斯》。他们对詹姆斯·乔伊斯解释说，他们这家小型出版社承担不起繁重的排版工作。弗吉尼亚·伍尔芙在私下里说，《尤利西斯》"乏味""粗俗"，是一堆"废话"。乔伊斯后来在《芬尼根的觉醒》(*Finnegans Wake*) 这部作品中，把他们夫妇二人称为"无脑无趣的伍尔芙夫妇"。

在第二次世界大战的恐怖岁月里，希特勒不经意对伦敦的文学生活做出了很大贡献。书店老板，反主流文化研究专家巴里·迈尔斯（Barry Miles，1943— ）在《伦敦的呼叫》(*London Calling*) 中解释说，在伦敦最具突破性和时代特点的独立出版社中，有 6 家是由逃到伦敦躲避迫害的欧洲犹太人在 20 世纪后半期创立的。

以彼得·欧文（Peter Owen，1927—2016）为例，他原

名叫奥芬施塔特（Offenstadt），20世纪30年代逃出了柏林。1951年他在伦敦西区肯威路自家住宅里创立了同名出版社，在餐桌上编辑书稿。他雇用的第一个编辑是作家缪丽尔·斯帕克（Muriel Spark）。他将她称为"我曾经雇用过的最好的秘书"。她后来以自己在各家古怪出版商那里的工作经历为素材，创作出了一部长篇小说《来自肯辛顿的呼喊》（*A Far Cry from Kensington*）。欧文曾经公布了一份令人惊讶的名单，上面列出的作家包括保罗·鲍尔斯（Paul Bowles，1910—1999）、安德杰·纪德（André Gide，1869—1951）、让·科克托（Jean Cocteau）、柯莱特（Colette，1873—1954）、阿娜伊斯·宁（1903—1977）以及赫尔曼·黑塞（Hermann Hesse，1877—1962）等著名作家。欧文还是20世纪60年代时髦放纵的领军人物之一。当时他的办公室被称为"光怪陆离的巢穴"。

> 向路过帕特诺斯特（Paternoster）街的出版商幽魂致敬。这条街道曾经是伦敦图书行业中心，直到1940年一天夜晚，一次轰炸摧毁了500万册图书和几十个出版商的办公室。

安德烈·多伊奇（André Deutsch，1917—2000）来自布达佩斯。当年他作为敌国公民被关押在英国属地曼岛（Isle of Man）期间就立志要成为一位出版商。在岛上他结识了一位欧洲文学编辑。1952 年，安德烈•多伊奇有限公司开始正式运营。除了出版《藻海无边》（*Wide Sargasso Sea*）这样的经典作品以及英国作家 V.S. 奈保尔（V.S.Naipaul，1932—）的早期作品以外，他还出版了美国作家诺曼•梅勒（Norman Mailer，1923—2007）创作的长篇小说《裸者与死者》（*The Naked and the Dead*）。当时按着英国审查制度的要求，这部长篇小说中的"fuck"（性交）一律改成"fug"（待在闷室里）。后来产生的争议却使这部作品风靡一时，这家出版社的好运气也从此确定。

多伊奇还雇用了汤姆•马施勒（Tom Maschler，1933— ），马施勒 6 岁时就跟随父母从维也纳逃到了伦敦。马施勒后来出版了"愤怒的青年"（Angry Young Men）纲领性选集《宣言》（*Declaration*），担任乔纳森•凯普（Jonathan Cape）出版公司的主管，在 20 世纪 60 年代成为《波特诺伊的抱怨》（*Portnoy's Complaint*）、《第二十二条军规》（*Catch-22*）和《移动的盛宴》（*A Moveable Feast*）等多部名著的出版商。

乔治•魏登费尔德（George Weidenfeld，1919—2016）于 1938 年从维也纳来到伦敦。10 年后他与别人共同创立了魏登费尔德与尼科尔森出版公司，1959 年出版英国第一版《洛丽塔》（*Lolita*）。

战后，伦敦继续成为麦克兰伦和企鹅等大型出版公司的所在地，但同时也涌现出一批追求时尚、充满活力的新型出版社。其中业绩非常显著的人物是约翰•考尔德（John

Calder，1927— ）和马里恩·博雅斯（Marion Boyars，1928—1999）。他们在位于索霍区布鲁尔（Brewer）街 18 号的办公室里改变了 20 世纪文学的面貌。考尔德和博雅斯都是非传统写作和"新小说"的坚定支持者。除其他作家外，他们还出版过亨利·米勒（Henry Miller，1891—1980）、玛格丽特·杜拉斯（Marguerite Duras，1914—1996）、威廉·巴勒斯（William Burroughs，1914—1997）和塞缪尔·贝克特等名家的作品。

据《约翰·考尔德未审查版回忆录》（*The Uncensored Memoirs of John Calder*）透露，一天下午贝克特在索霍区的一家咖啡馆里同考尔德见面后就加盟了他的出版公司。他们一起在咖啡馆里探讨了"人生及其毫无意义之处，以及人与人残忍相待"等问题。

考尔德通过出版有争议的作品获得了很大发展。书迷们纷纷抢购他的出版公司最新出版的作品，"生怕又遭到查禁"，而且排队参加引起报纸头版新闻报道关注的读书活动。在爱丁堡举行的一次读书会上，"有位年轻裸体女子……坐在购物车上四处招摇，现场气氛非常活跃"。

在这个时代涌现出许多迎合对先锋派作品需要的新书店。1947 年"精品书店"在查令十字路 92 号开业。20 世纪 50 年代，这家书店是"愤怒的青年"最好的去处。到了 60 年代，精品书店显示出了自己的真实价值，大受欢迎。于是书店老板托尼·戈德温（Tony Godwin，1920—1976）又扩大书店规模，占用了附近新康普顿街（New Compton Street）1号、3号和5号大楼。戈德温的想法让人有些难以理解。他对室内设计师说，希望看到图书"在银白色雾中漂浮"的效果。设计师随后设计出带有转轮的独立式书架，上面漆成银白色，油漆落在了图书上。要是有人倚靠时用力过猛，书架就会翻倒。不过这家书店仍然是英国可以找到亨利·米勒作品的少数书店之一（当时米勒的作品在英国受到查禁；精品书店自有解决办法：直接从格罗夫出版社的美国库房订购，因为那里的职员并不知道米勒的作品在英国是禁书）。精品书店还是设在美国旧金山市的"垮掉的一代"城市之光书店的交流重地。有一次城市之光书店甚至派了一位经理过来，要把精品书店变成放荡不羁的文化书店。还有一次（仅有的一次），反主流文化诗人、20世纪60年代的煽动者、文艺复兴时期式的多才多艺者杰夫·纳特尔（Jeff Nuttall，1933—2004）在精品书店举行朗诵会，还向听众抛掷大块生肉……从1966年到1968年，每逢周一和周二他都要出现在"大众表演"上。在这种场合下，一群表演艺术家往往用出格的表演行为把观众吓得惊恐不已，不再沾沾自喜；表演场合包括一面尖叫着朗诵语言激烈的诗歌，一面从一位王室女人的腹部拉出湿淋淋的内脏。

在精品书店举行的盛大活动中有一种与众不同的别样氛围，一种难以言说的混杂氛围。既有基督教贵格派特点，也有无政府主义色彩，还有颓废情调。到场的人群中通常有出版业的理想主义者，大有发展前途的人士，和蔼可亲的吸毒者，一两位名人，还有一群突然冒出来的小青年，他们当中总共包括三种性别。

杰夫·纳特尔

1965 年精品书店卖给了哈特查兹书店——伦敦最古老的书店，也是出售带有作者签名的第一版图书的老式书店。那时伦敦的反主流派文化已经陷入混乱。业内人士认为，需要另外开设一家书店。于是当年晚些时候印迪卡书店（Indica）开门营业。同精品书店一样，这家书店既有售书店铺，也有图书展览室。印迪卡书店最初位于梅森院（Mason's Yard，距圣詹姆斯教堂所在的公爵街很近），被摇滚乐明星、新闻记者兼科幻作家米克·法伦（Mick Farren，1943—2013）称为"进入神奇王国的门票"。很快它又成为伦敦时髦放纵时代的文化中心之一。威廉·巴勒斯、马尔科姆（Malcolm X，1925—1965）和 J.G. 巴拉德（J.G.Ballard，1930—2009）所写的作品同前卫爵士音乐家桑·拉（Sun Ra）和美国硬摇滚乐队 The Fugs 的密纹唱片一起摆在书架上。另外还有埃兹拉·庞德和莱尼·布鲁斯（Lenny Bruce，1925—1966）的讲话唱片。地下发行的报纸《国际时代报》（*International Times*）在这家书店的地下室里开展业务经营。楼上有一个画廊，在那里举办的一次画展上，约翰·列侬（John Lennon）第一次遇到他未来的第二任妻子小野洋子（Yoko Ono）。

哈特查兹书店是伦敦也是英国最古老的书店，由约翰·哈特查德（John Hatchard）在1797年开设，自1801年一直位于皮卡迪利街187号。那时《爱丁堡评论》把这家书店的顾客称为"穿着讲究的成功绅士，每天在书店聚集，同有权有势的人关系不错，对于现存体制和现有环境均感到满意"。从那时起老顾客一直是高层次消费阶层的人士。自夏洛特王后以来，英国王室成员也一直在这家书店设有购书账户（包括查尔斯王子、菲利普亲王和英国女王）。

另外还有一些头脑更加聪明的来客。拜伦在伦敦生活期间就居住在街道对面。奥斯卡·王尔德也把哈特查兹书店当作自己喜欢的书店，从附近的皇家拱廊（Royal Arcade）购买他喜爱的绿色康乃馨（别在纽扣孔里）。令人心酸的是，王尔德的妻子康斯坦斯·王尔德后来从这家书店订购了一些他在狱中创作的《累丁监狱之歌》（*The Ballad of Reading Gaol*）。

诺埃尔·考沃德（Noel Coward）也是这家书店的一个顾客。他十几岁时从福特纳姆-梅森百货商店里偷了一个手提箱，然后把它带到哈特查兹书店，装满了图

226

书。尽管被当场捉住，仍然无法使他就此罢手。另一次他行窃时被当场捉住，可他居然说："真是的！看看这家店管理有多差劲。我可以拿走十几本书，谁也发现不了。"

1966年这家书店搬到了南安普敦路。那时书店的另一位老板巴利·麦尔斯声称，他送给列侬一本蒂莫西·列瑞（Timothy Leary, 1920—1996）写的介绍《西藏度亡经》（*Tibetan Book of the Dead*）的入门书。在第14页上，列瑞提出了一些静心放松、顺其自然的有益建议。这些建议后来成为《明日也迷惘》（*Tomorrow Never Knows*）的开篇内容。

福伊尔斯书店（Foyles）于1903年在创始人威廉与查尔斯·福伊尔的家中开门迎客。1904年搬到古旧书籍的大堂——塞西尔短街，后于1906年搬到查令十字路135号，在那里经营了较长时间。这家书店曾经被列入吉尼斯世界纪录，因其拥有世界上最大的书架空间（总长度达到30英里）。它同样出名的是，很难在这些书架上找到任何东西。

1945年，这家书店传到了威廉的女儿克里斯蒂娜·福伊尔手里。随后她成功地采取了几项创新措施，比如长期举行一系列有著名作家参加的文学午餐会。不过她也造成了不少混乱。她一直拒绝安装电子现金出纳机。相反，她在店里采用复杂的付款系统，顾客必须排队三次：第一次去拿购书发票，然后去支付现金，最后排队取书。为何要这样呢？因为克里斯蒂娜向来看不起"低层社会"，不指望店员收取现金。同时书架上的图书是按着出版商名称，而不是按着作者姓名或主题内容加以布置排列。这家书店因此落下了经营混乱的坏名声，让狄龙斯（Dillons）图书连锁店有机可乘。查令十字路公共汽车站候车亭打出了这样的广告："还去福伊尔斯书店吗？"上面写着，"来狄龙斯书店看看吧。"

然而，福伊尔斯书店笑到了最后。狄龙斯书店在20世纪90年代销声匿迹了。如今福伊尔斯书店仍然坐落在查令十字路上，总部规模更大，面貌一新。

你是否有几个小时的闲暇时间，一个支持你慷慨大方的消费账户，还有痛饮之后放倒大象的豪情？那好，你可以从下面这些出版界人士著名的聚会场所获得灵感，得到鼓励。

鲁尔斯餐厅

（WC2E 梅登路 34-35 号）

鲁尔斯餐厅自1798年开业以来，接待过无数出版商及其客户，其中有约翰·默里和拜伦。当年马克思·莱因哈特（Max Reinhardt）和安东尼·布朗德（Anthony Blond）在这家餐厅里把出版格雷厄姆·格林的作品《第十个人》（*The Tenth Man*）的协议写在了一份菜单的背后："《第十个人》将由 BH（博得利海德）和 AB（安东尼·布朗德）联合出版……GG（格雷厄姆·格林）将获得较大一笔版税和大部分国外版权。"格林本人也喜欢这家餐厅，因为它是《爱到尽头》（*The End of the Affair*）中的重要约会地点之一，婚外情双方在这里一边吃着牛排、猪排，一边谈情说爱。

约克大教堂（今为法国大厦）

（W1D 迪恩街 49 号）

这处吃喝聚会之地曾经叫约克大教堂，后来被称为法国大厦，因为当年查理·戴高乐（Charles de Gaulle）在这里组建了自由法国部队。如今外面飘扬着一面法国国旗。这家餐厅只卖一份为半品脱的酒水（更具法国风味），远近闻名。温德姆·刘易斯、阿莱斯特·克劳利、奥伯龙·沃（Auberon Waugh, 1939—2001）和安东尼·伯吉斯都曾是这家餐厅的顾客。1960 年 2 月，西尔维亚·普拉斯同海涅曼（Heinemann）出版社签订了《巨像》（*The Colossus*）的出版协议。

229

> 格劳乔俱乐部
>
> （W1D 迪恩街 45 号）
>
> 这家远近闻名（也有些声名狼藉）的聚会场所由出版商卡门·卡里尔（Carmen Callil，1938— ）、里茨·考尔德（Liz Calder）和经纪人艾德·维克多（Ed Victor，1939— ）共同创建。俱乐部的名字取自集演员、编剧与导演于一身的格劳乔·马克思（Groucho Marx）。他说过一句有名的俏皮话：凡是愿意接纳他成为会员的俱乐部他都不加入。

尽管 20 世纪 60 年代开展过妇女解放运动，安德烈·多伊奇出版社也有戴安娜·艾希尔（Diana Athill，1917— ）那样出色的女编辑，出版社在很大程度上仍然由男人掌管。1972 年这样的事实成为古奇街一家俱乐部里的热门谈话内容。当时卡门·卡里尔正忙着为第一期女性杂志《排骨》(*Spare Rib*) 做一些宣传工作。午餐休息时分，她在俱乐部里饮酒。和一些志同道合的朋友聚在一起，这是明快开心的时刻。初步商定完图书出版事宜后，她在一本介绍女神的词典里看见了 Virago（悍妇）这个名称。她们的图标是一只被咬过的苹果，由《女太监》封面设计师绘制。1975 年，她们在位于切尔西区切恩路的卡里尔住宅里开始了经营运作，后来又于 1977 年搬迁到索霍区沃多尔（Wardour）街 5 号 4 楼，下面是一家弹球游戏室和男士美发厅。她们在那里出版了一部又一部经典作品，证明"人口中的另外50%"同男人一样对读书有兴趣，而且一样具有出书的能力。毋庸置疑她们事业有成，才华横溢，然而姊妹情谊中的生活并非一直温馨可人。甚至有传言说，谁也不喜欢去洗手间，因为平时总有一位姐妹在那里哭泣。

最后她们的维拉戈（Virago）出版社像大多数独立经营的公司一样，被一家大型企业集团收购。但是自那时起又涌现出几十家维拉戈那样的出版社。在撰写本书的时候，伦敦仍然是博采（Influx）出版社大本营所在地（在托特纳姆经营业务），霍洛威（Holloway）有佩莱恩出版社，骑士桥那一带有菲茨卡拉尔多图书出版社，距阿克斯桥（Uxbridge）路很近，在诗人老板查尔斯•博伊尔家里则经营着CB图书出版社。此外，还有几十家中型出版社。企鹅兰登、麦克米伦、哈珀柯林斯、阿歇特以及西蒙-舒斯特这5家大型出版公司留在伦敦，继续出版世界上最优秀作家的作品，激励他们不断进取，推出更多一流作品。

重要地址

阿尔伯马尔街50号　W1S　（地铁站：皮卡迪利圆场；格林公园）

维格街8号　W1S　（地铁站：皮卡迪利圆场；格林公园）

霍加斯寓所　TW9　天堂路32-34号（地铁站：里士满站）

塞西尔短街　WC2　（地铁站：托特纳姆宫路）

哈特查兹书店　W1J　皮卡迪利大街 87 号（地铁站：皮卡迪利圆场；格林公园）

推荐阅读书目

黛安娜·阿西尔《保留不删》

海莲·汉芙《查令十字街 84 号》

米克·法伦《给无政府主义者一支烟》

贾伊·韦尔登《大女人》

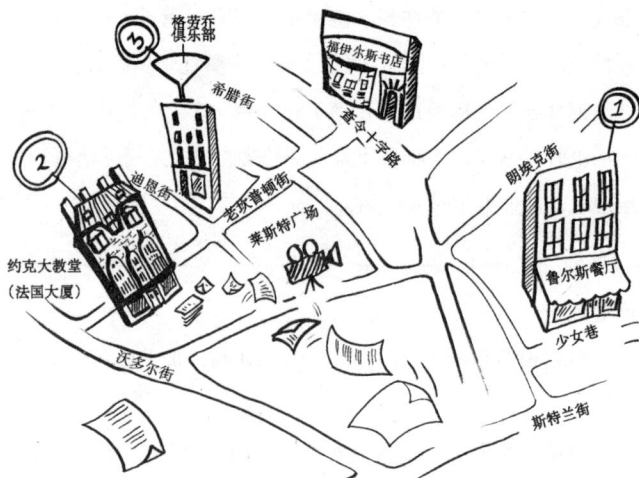

第十五章

愤怒的青年

　　要想使你所写的第一部长篇小说具有令人震惊的创造性，你不必去努力发掘一种新的写作技巧。只要按照人物的原来面貌去写就行，用不着按着文学惯例的要求去描绘人物。

约翰·布莱恩

20 世纪 50 年代的伦敦仍然呈现出被炸毁后的一片狼藉惨景。街道被毁得七零八落，已成废墟，重建进程缓慢。食品供应实行配给制，根本喝不到优质咖啡。然而当时已悄然发生着变化。青春文化方兴未艾，索霍区到处涌现出即兴演奏的流行音乐俱乐部，阿飞们在郊区横行无忌；《傻瓜秀》（*The Goon Show*）滑稽连续广播剧把令人捧腹大笑的超现实主义全新艺术形式带到了英国广播公司。

当时纷纷涌向首都伦敦的还有一群来自工业城镇和闭塞乡村地区的中产阶级和工人阶级作家。他们不满现状，决心要对统治集团口诛笔伐，提出严厉批评。约翰·奥斯本（John Osborne，1929—1994）来自他所说的"文化沙漠"萨里郡。他曾经在德文郡斯通利的寄宿学校就读，后来因为殴打校长被学校开除［校长打过他，原因是他收听美国演员弗兰克·辛纳屈（Frank Sinatra）的广播节目］。柯林·威尔逊（Colin Wilson）年少早熟，刚从莱斯特抵达伦敦不久，便在一家羊毛厂找到了一份工作。约翰·布莱恩（John Braine，1922—1986）来自布拉德福德市（Bradford）附近的宾利（Bingley）；阿兰·西利托（Alan Sillitoe，1928—2010）来自诺丁汉；金斯利·艾米斯（Kingsley Amis, 1922—1995）是伦敦本地人（在诺布里长大），从牛津大学归来；同他一起回来的还有来自考文垂（Coventry）的菲利普·拉金；哈罗德·品特（Harold Pinter, 1930—2008）也是伦敦本地人，但是来自工人阶级居住的"郊区"［近郊城镇哈克尼（Hackney，父亲是那里的一位裁缝）］。

在 20 世纪 50 年代，他们被统称为"愤怒的青年"，但是他们都不太喜欢这个称呼。甚至就连编辑过愤怒的青年政治文学论文集《宣言》的出版商汤姆·马施勒也说过："他们不属于一场思想统一的运动。他们在这些文章中直接或间接地相互攻击。有些作者甚至不愿与那些他们强烈反对其观点的人出现在同一本书中。"

> 要想使你所写的第一部长篇小说具有令人震惊的创造性，你不必去努力发掘一种新的写作技巧。只要按照人物的原来面貌去写就行，用不着按着文学惯例的要求去描绘人物。
>
> 约翰·布莱恩

但是"愤怒的青年"这一说法已经固定下来，在人们的理解中指的就是那些对英国传统社会不满，一心要表达内心烦恼的青年（白人）男性作家。

虽然这些作家不承认自己是愤怒的青年，但是这个词语在宣传造势上却很有作用。人们认为这个词语在 1956 年最初造于皇宫剧院，为的是宣传推广约翰·奥斯本所写的戏剧《愤怒的回顾》（*Look Back in Anger*）。这部戏剧的故事背景设置在英格兰中部地区一套又脏又暗的住房里。平时习惯于观看精美舞台布景的观众，这一回被舞台上展现的又脏又乱的房间景象惊呆了（房间里还有一个烫衣板，让人惊叹不已！）。英国广播公司的广播节目称它"肮脏污秽得难以形容"，实在不明白男主角妻子的生活标准怎么会这样低；《每日邮报》哀叹道，那么漂亮的女演员非要在舞台上花费时间熨衣服未免有些掉价："她好像把全国要洗的衣物都揽下了。"相反，阿兰·西利托以赞赏的口吻说道："奥斯本不是在为英国戏剧做贡献，而是引爆地雷，把大部分戏剧都炸毁了。"

其实根本就不存在声名狼藉这种场面。在电视上放映了一部时间为23分钟的纪录片后，这部戏剧开始受到人们欢迎。皇宫剧院舞台导演迈克尔·哈里法克斯（Michael Halifax）介绍说："那部电视短片放映后，所有人物开始陆续出现了。他们是一些你在剧院里从未见过的人。这些年轻人四处张望，不知该去何方，不明白都有些什么规矩。"

《愤怒的回顾》表达了这样一种看法，即形势在发生变化。人们开始议论说，金斯利·艾米斯所写的具有喜剧色彩的文学杰作《幸运儿吉姆》（*Lucky Jim*，出版于 1954 年）也反应出同样的失望情绪。约翰·布莱恩的《顶层的房间》（*Room at the Top*）在 1957 年获得更大成功，同样表现了一个青年人虽然出身卑微，仍然努力奋斗的经历，而另外一些人却拿卑微的出身在压制他。亚瑟·西顿（Arthur Seaton）对自己干着平庸的工作感到愤愤不平，这一点同样清楚地反映在阿兰·西利托 1958 年发表的小说《星期六晚上与星期日早晨》（*Saturday Night and Sunday Morning*）当中。同一年，阿诺德·威斯克（Arnold Wesker，1932—2016）在作品《大麦鸡汤》里表达了一种政治激情[1]。这些作家也许表达的内容并不完全一样，但是他们却都怀有相同的激昂精神。

如果你无法使人感到烦恼，写作就没有多大意义。

金斯利·艾米斯

1957 年《宣言》文集的问世发行是另一个引起轰动的事件。最初发行聚会地点定在皇家剧院，但是剧院管理人员禁止这样做，因为他们反对约翰·奥斯本的共和派观点。最终聚会在切尔西区国王路 152-154 号的野鸡舍俱乐部举行（这是一处私人俱乐部，其放荡不羁的名气无人能比，现为休闲餐饮名店"比萨快餐"经营场所）。此次《宣言》发行聚会不仅吸引了众多作家，也吸引了政治家、出版商和一大批追随时代精神的上层人士——结果证明，他们不喜欢这种公开展示的没有社会等级的场面。多丽丝·莱辛后来回忆说，当

1.《大麦鸡汤》讲述的是共产党员为理想而生活的故事。

237

时一位贵族少妇以非常清晰的声音发问道："这些可怕的小人物都是谁？"语音刚落，原本喧闹的聚会现场顿时静了下来。

当我在创作前两部剧本《厨房》和《大麦鸡汤》时，我以为自己是在以传统方式再现生活经历。但是不对，有人对我说，我是个愤青。是个什么？我？愤怒？我不是一直在说，如果我不高兴就无法写作吗？

阿诺德·威斯克

20世纪50年代，金斯利·艾米斯作为激进分子入狱服刑以后便成为一位更加愤怒的老人。他每天在加里克俱乐部大发议论，在樱草山摄政公园路一带过着中产阶级的显赫生活。走不动路时，他就乘出租车从家里赶往俱乐部。他的思想观点变得明显右倾，甚至曾经同玛格丽特·撒切尔同进午餐。不过他还是写出了像《老魔鬼》（The Old Devils）那样的优秀作品。

他的儿子马丁·艾米斯（Martin Amis, 1949— ）也在愤青文学领域很有作为，写出了不少作品，比如《钱》（Money，描写刻画了典型的伦敦享乐主义者约翰·塞尔夫），以及对20世纪80年代进行猛烈抨击的《伦敦田野》（London Fields）等作品。

然而，有位作家同愤怒的青年这场文学运动，或者同任何一场文学运动都有些格格不入。他就是科林·威尔逊。1956 年他发表的作品《局外人》（*The Outsider*）概要地探讨了小说中的疏离感这个概念（及其必要性）。这本书获得高度评价，销量很大。这对于威尔逊来说非常幸运，因为到那时为止他一直过着极度贫困的生活。1953 年他初次抵达伦敦时，为了省钱，他购买了一顶帐篷，就睡在汉普斯特德荒野公园里。他白天在大英博物馆阅读室里写作，晚上回到汉普斯特德荒野公园。巴里·麦尔斯在《伦敦的呼叫》中披露，当威尔逊跟他的朋友比尔·霍普金斯谈起自己的日常活动安排时，霍普金斯却回应说："这主意不错，科尔。把这个传奇故事写出来吧！"威尔逊最终把钱花完了，在考文垂街的里昂街角餐厅（Lyon's Corner House）找到了一份工作，继续睡在露天地里。到《局外人》出版时，他有了房子，同女友乔伊居住在诺丁山切普斯托别墅区 24 号，不过每天只靠香肠、啤酒和饼干充饥度日。第一版《局外人》两天内售完。随后记者便在他的门口排起了长队。威尔逊喜欢邀请他们谈一谈，对他们说他就是"下一个柏拉图"。

　　虽然愤怒的青年作家谢绝与外界交往，并且承认彼此之间也不太欣赏，他们当中还有不少人经常在同样的地方抛头露面。诗人多姆·莫赖斯（Dom Moraes, 1938—2004）说过，城里每一位青年作家都利用过希腊街 34 号戴维·阿切尔（David Archer, 1907—1971）开的书店。阿切尔是位有钱人，并不在意能否赚钱（实际上他在书店的咖啡吧里亏本出售糕点，还向许多常客免费提供咖啡）。他就是想开办一个文学沙龙，还经常不让客人购买他店里的图书，把他们介绍到附近的福伊尔斯书店（据说他把一些急于购买《局外人》一书的顾客打发走了，而当时科林·威尔逊正坐在他的书店里，等待着为购书者签名）。

除阿切尔开设的书店外，青年作家们还经常去老坎普顿街上的法国咖啡店去喝廉价的咖啡。据昆廷·克里斯普（Quentin Crisp，1908—1999）介绍，那里"温暖舒适，待客热情，一些生活条件差的穷作家"常在那里抱着空杯坐在桌边（每小时买一份咖啡就算是租金了）。

> 1959 年，约翰·奥斯本对于《愤怒的回顾》带给他的名声感到厌倦了（不过他对挣到手的钱并未感到厌倦，用它在切尔西购买了一幢大房子）。于是他创作了一部描写闲话专栏作家的音乐剧，名叫《保罗·斯利基的世界》（*The World of Paul Slickey*）。这部音乐剧受到恶评。在上演的第一天晚上，奥斯本就被一伙愤怒的戏迷在查令十字路追赶。

新一代作家们还聚集在莫丽尔·贝尔彻（Muriel Belcher，1908—1979）拥有的一家私人俱乐部"殖民地房间"里。她喜欢把众多客人称为"傻瓜"（带有辱骂之意）、

"傻样儿"（带有亲切之意）。在愤怒的青年作家最后一部名著（也是为数不多的以伦敦为故事背景的作品）中，莫丽尔扮演着明星角色。这部名著就是科林·麦克尔尼斯（Colin MacInnes）1958 年发表的长篇小说《初生牛犊》（*Absolute Beginners*）。

"我爱这座城市"，小说中的主人公乘坐出租车经过泰晤士河河堤时这样说道。这部小说带我们穿过风景优美的索霍区、伦敦中部与西部区域，描写了新兴的青春文化及其对爵士乐、服饰和咖啡店的偏爱，展现了青春文化同穷困潦倒者、放浪随意的性关系和惊世骇俗之言的种种关联。这部小说对于当时方兴未艾的摩登青少年文化产生了巨大影响，成为 20 世纪 60 年代"摇摆伦敦"（Swinging London）再度兴起的青年叛逆潮流的指示路标。

重要地址

野鸡舍俱乐部旧址　SW3　国王路 152-154（地铁站：斯隆广场）

皇宫剧院　SW1W　斯隆广场（地铁站：斯隆广场）

切普斯托别墅区 24 号　W11 （地铁站：拉德布罗克丛林路）

殖民地俱乐部（现已关闭）　W1D　迪恩街 41 号（地铁站：托特纳姆宫路）

推荐阅读书目

肯尼斯·艾尔索普《愤怒的十年》

金斯利·艾米斯《幸运儿吉姆》

约翰·布莱恩《顶层的房间》

科林·麦克尔尼斯《初生牛犊》

巴里·迈尔斯《伦敦的呼叫》

约翰·奥斯本《愤怒的回顾》

柯林·威尔逊《局外人》

第十六章

文坛上的女性

从小就接受这样的教育：美丽是女人的权杖，心从身形；围绕着它的镀金笼子转来转去，结果只是为了装点它的囚牢。

玛丽·沃尔斯通克拉夫特

在漫长的数百年间，伦敦有文采的女性一直遭到埋没，甚至不允许写作。弗吉尼亚·伍尔芙在《一间自己的房间》中说过，"有头脑、有个性"的女性在早期的现代英国没有公开表达自己思想情感的机会。"她从不描写自己的生活，几乎不写日记；只有少量书信留传下来。她没有写出可让我们判断其个性为人的剧作和诗歌。"

伍尔芙说的并不完全正确。也有从事写作的女性，而且也有一些文学作品留传后世，甚至从 17 世纪和更早年代就开始了。然而女性作家鲜为人知的这一事实即说明作品数量明显稀少。另外在莎士比亚时代禁止女性登台表演；甚至到了 19 世纪，许多才华出众的女性艺术家仍认为无法采用自己的真实姓名发表作品。玛丽·安·伊万斯（Mary Ann Evans）自称乔治·艾略特，勃朗特三姐妹决定先以贝尔三兄弟的身份出现在文坛上。这样做绝非是为了消遣，实属无奈之举。

尽管如此，从玛格丽·坎普开始（在她之前还有塔西佗提到的布狄卡），许多具有叛逆性格的女性仍然在伦敦文学史上发出了自己的声音，青史留名。

即使在禁止女性登台表演，女性只是男性作家所写作品

244

的灵感来源的时代，仍然有表示异议的声音破空而来。莎士比亚在《无事生非》（*Much Ado About Nothing*）中刻画了比阿特丽丝这样的人物。她扬言要给男主角穿上她的"女装，让他成为我的侍女"。在《仲夏夜之梦》（*A Midsummer Night's Dream*）中，泰坦尼亚拒不屈服于奥伯龙，推动剧情进一步向前发展。麦克白夫人和克里奥帕特拉也均非等闲之辈，不可怠慢。

在舞台下面，现实生活中的伦敦本地人玛丽·弗里斯（Mary Frith，1584—1659）混迹在舰队街的犯罪阶层里，渐渐有了些名声。她身穿长裤，爱抽烟斗，想说什么就敢说什么，至少为两部剧作提供了创作素材。一部是约翰·戴（John Day，约 1574—约 1638）所写的《兴风作浪的梅里·莫尔》（*The Mad Pranckes of Mery Moll of the Bankside*），另一部是托马斯·米德尔顿（Thomas Middleton，1580—1627）与托马斯·戴克（Thomas Dekker，约 1572—1632）合写的《咆哮女郎》（*The Roaring Girl*）。她还喜欢亲自登场，表演一番。1611 年，她在财富剧院为观众表演节目，唱歌弹琴，激烈发问。她虽然因为身穿男装、口无遮拦的做派受过无数次惩罚，包括戴过手枷，仍然毫不悔过，继续穿着长裤，直到 1659 年去世。

那时阿弗拉·本（Aphra Behn，约 1640—1689）正要前往伦敦，不久便成为斯皮塔尔菲尔兹附近多塞特街多赛特花园剧院的管理人员，当上了查理二世的密探，并写出了《流浪者》（*The Rover*）和《贵族兄妹情书》（*Love Letters*

Between a Nobleman and His Sister）等剧作。在《一间自己的房间》中，弗吉尼亚•伍尔芙建议"所有的女人"都应该在阿弗拉•本的坟墓上撒些鲜花，因为她"为她们争取到了坦率直言的权利"。（如果您愿意这样做，她的墓地就在威斯敏斯特教堂的东廊。）

在阿弗拉•本出生 26 年后，玛丽•阿斯特尔（Mary Astell，1666—1731）也来到世上。她住在切尔西区，周围簇拥着一些坦率直言、喜爱文学的女性朋友。她还写过一些作品，比如，《谨女士书》（*A Serious Proposal to the Ladies*）。"如果男人生来自由，"她问道，"凭什么所有女人就是天生的奴隶？"（无人知道她在切尔西区的具体居住地点，但是以她命名的阿斯特尔街体现出她所具有的不朽名望。）

1689 年阿弗拉•本去世，玛丽•蒙塔古夫人（Lady Mary Montagu）出生。蒙塔古夫人是位女作家兼政治期刊主编，经常对当时看待妇女的各种态度提出挑战。她曾在伦敦法院有过精彩表现，并以其连珠妙语使亚历山大•蒲柏那样的人物开心大笑，写过一系列文采飞扬的土耳其游记书信（她丈夫是英国驻土耳其大使）。回国后，她把预防天花接种疫苗技术传到了英国。（为证明其有效性，首先在纽盖特监狱给 7 名囚犯接种了疫苗。）

蒲柏同蒙塔古夫人后来闹翻了。从长诗《愚人志》开始，蒲柏发表的大部分作品中都包含着对蒙塔古夫人的责备指控之词。但是她的好名声却越来越旺，尤其在 1762 年她的生前遗作《驻土耳其大使馆来鸿》出版后。

蒙塔古这个名字继续以伊丽莎白·蒙塔古（Elizabeth Montagu，1718—1800）这个形式流传下来。伊丽莎白实际上同玛丽·蒙塔古并没有亲戚关系。她原名叫伊丽莎白·司格特（Elizabeth Scott），同爱德华·蒙塔古结婚后才启用了蒙塔古这个姓氏。她的丈夫同玛丽夫人的丈夫有亲戚关系。虽然这两位女士身上并未流淌着相同的血液，但是她们却有着相似的炽烈激情。伊丽莎白是18世纪"蓝袜才女"运动领军人物之一，被约翰逊博士称为"蓝袜女王"。也有人形容她"具有钻石般的绚丽光彩，判断能力严谨可靠，话语中带有锋芒"。

"蓝袜社"是一个非正式组织。当年一群有特权的朋友经常在伊丽莎白·蒙塔古的伦敦住宅（位于波特曼广场），以及包括伊丽莎白·维西（Elizabeth Vesey，1715—1791）、弗朗西斯·博斯科文（Frances Boscawen，1719—1805）在内的社交界女主人家里聚会，"蓝袜社"便应运而生。有一种根深蒂固的社会观念认为，妇女在闲暇时间里应织衣缝纫，把思考的事情留给男人去做。"蓝袜社"反对这种传统观念，邀请客人们就思想文化问题发表自己的观点，彼此展开充满机智妙趣的谈话交流。詹姆斯·博斯韦尔（James Boswell）解释说："几位女士晚上聚在一起，同一些爱好文学，精神抖擞要取悦于女士们的聪明男士谈天说地，这在当时是一种时尚。这些聚会被统称为蓝袜才女俱乐部。"

至于"蓝袜"这个称呼，颇有来历。有一次植物学家本杰明·斯蒂灵弗里特（Benjamin Stillingfleet，1702—1771）马马虎虎穿着蓝色羊毛长袜出现在她们举行的社交晚会上。这种蓝色长袜是工人穿的紧身裤袜，而参加沙龙活动应该穿白色丝绸服装。但是这个着装错误却把女主人逗乐了，她们随后便采用了"蓝袜"这个称呼，借以表示超脱世俗虚荣，注重内在精神之意。

虽然名义上的蓝袜着装有些寒酸，这些蓝袜女士当时却非常迷人富有。她们的聚会活动体面风光，仅限于圈内好友参加。

在其他地方，一些颇有成绩的女性革命者从很不起眼的角落发出了自己的呐喊。玛丽·沃尔斯通克拉夫特就是这样一位女性——局外人中的局外人。

1759 年，在当今利物浦附近的樱草街（此街早已拆除），玛丽出生在一个相对富裕舒适的家庭。她的祖父原是一名丝织工，积累了一小笔财富后居住在福尼尔街一幢乔治王朝风格的大宅里。虽然他有些钱财，却居住在工人、持不同政见者和激进牧师聚集的地方。利物浦街和斯皮塔尔菲尔兹周围到处都是制革厂，一个个大缸盛着用来给兽皮除毛的尿液，臊气冲天。任何财富都属于那些白手起家的人。当地人对于"上层"人士持有强烈的怀疑态度。那一带的人爱国自尊心强烈到狂暴的程度。要是有谁愚蠢地穿着法国丝绸服装在街上行走（而不是穿着用正宗英国布料制作的服装），那身衣服肯定会被人强行扒下来。那里的环境氛围非常适合未来的激进分子。

同伦敦其他几位著名作家一样，玛丽的童年也因父亲欠债受到了影响，迫使她5岁时离开了伦敦。15岁时她又回到伦敦，来到了霍克斯顿贫民区。那里当时还有伦敦市内3个名声最差的精神病院。她后来回忆说，在大街上看到精神病人比看到饿死的人更令人伤心，因为他们"遭到的是最可怕的毁灭——灵魂的毁灭"。（后来她把最后一部长篇小说《玛丽亚》（*Maria*）的故事背景就设置在一所精神病院里。）此外，还有一个蓬勃发展的激进社区，霍克斯顿学院（Hoxton Academy，隶属于伦敦新学院）就在那里成立。霍克斯顿学院促进了革命发展，传播一种颠覆性的思想，即人性本善，应该获得自由（同当时英国教会的主张背道而驰）。

在霍克斯顿，一位有学问的邻居向玛丽介绍了有远见的哲学家约翰·洛克（John Locke，1632—1704）的著作。她在霍克斯顿第一次接触到洛克的思想：丈夫"不应该有权"支配妻子，就像"妻子无权支配他的生活一样"。在当时那个年代殴打妻子合法；如果她想离开你，把她关起来也合法；孩子是丈夫的合法财产。对于这样一个时代来说，洛克的上述思想无疑具有振聋发聩的效力。

但是玛丽同斯托克纽因顿（Stoke Newington）最有缘分。她在那里与朋友范尼·布拉德（Fanny Blood，约1759—1786）一起开办了一所思想自由的女子学校，而且也是在那里开始了她的激进写作生涯，出版了一本小册子《对于女儿教育问题的思考》（*Thoughts on the Education of*

Daughters）。她还参加了格林的激进论教派教会活动，在当地咖啡馆里结识了本杰明·富兰克林（Benjamin Franklin，1706—1790）、托马斯·潘恩和约瑟夫·普雷斯特利（Joseph Priestley，1733—1804）等几位颇具政治影响力的人物。

在早期的成人生活中，她曾在圣保罗教堂墓地同她的出版商和支持者约瑟夫·约翰逊居住过一段时间。1787年她搬到了泰晤士对岸南沃克一带乔治街上的一座住宅里。在那里她开始创作一部长篇小说，承揽翻译工作，并向约翰逊新创办的激进杂志《分析评论》投稿。1791年她再次搬迁，这一回搬到了北边的斯托雷街，距托特纳姆宫路不远。在那里居住期间，有一次她同托马斯·潘恩在约翰逊家里做客共进晚餐时遇到了威廉·戈德温（不过他们之间好多年都没有建立浪漫的情侣关系）。

　　从小就接受这样的教育：美丽是女人的权杖，心从身形；围绕着它的镀金笼子转来转去，结果只是为了装点它的囚牢。

　　　　　　　　　　　　　　　　　　玛丽·沃尔斯通克拉夫特

1792年，玛丽在斯托雷街发表了《为女权辩护》（*A Vindication of the Rights of Woman*），提倡男女平等，抨击男人对女人抱有非分之想。这是对托马斯·潘恩的名著《为人权辩护》（*A Vindication of the Rights of Man*）所做的一种无礼模仿和挑衅（作者当时是一位经济上独立的单身母亲），毁誉参半。然而，玛丽并不满足于谈论变革。没过多久，她便前往发生革命的法国，在那里遇到了吉尔伯特·伊姆利（Gilbert Imlay），并成为他的恋人，为他生了孩子。她后来又被他抛弃，致使她想在帕特尼桥上投河自尽。

从痛苦中恢复过来以后，她搬到了本顿维尔一带的卡明街，在威廉·戈德温那里找到了慰藉。她同戈德温一直相伴到她于 1797 年因产褥热去世为止。她在去世前 10 天生下了后来成为著名作家的女儿玛丽·雪莱。

位于卡明街上的那处住宅，同玛丽·沃尔斯通克拉夫特居住过的大多数住宅一样早已荡然无存。如果想要对她表示敬意，需要去圣潘克拉斯教堂瞻仰她的墓地。这样做，就是在走玛丽·雪莱当年走过的路。她最初学会识读的文字就是刻在母亲墓碑上的墓志铭："玛丽·沃尔斯通克拉夫特——《为女权辩护》的作者。"小玛丽（当时只有 17 岁）同已有家室的诗人珀西·雪莱初次在此秘密安排幽会，表白了对他的爱意。（玛丽·沃尔斯通克拉夫特的遗骨同她女儿的遗骨已经迁移到位于伯恩茅斯的一处教堂墓地，但是在圣潘克拉斯教堂墓地仍然保留着纪念碑。）

玛丽·雪莱不愧是她母亲的女儿，极力反对社会上的一切限制性传统习俗。私奔后，她同珀西·雪莱以及自己的异父妹妹克莱尔·克莱蒙特（Claire Clairmont，1798—1879）三个人共同居住在马奇蒙特（Marchmont）街。这显然同传统习俗格格不入。

克莱尔·克莱蒙特被认为是雪莱诗作《致歌唱的康斯坦西亚》中的描写对象。她还同当时经常登门的客人拜伦发生过恋情并生下一个孩子。后来拜伦毫不客气地领走了孩子，抛弃了克莱尔。据传说，她同雪莱也生过一个孩子。

在马奇蒙特街住宅里，玛丽·雪莱、珀西·雪莱、拜伦和克莱尔实践着自己生活、自由恋爱的生活理念。然而从不久前发现的克莱尔·克莱蒙特回忆录（发现于 2009 年）中来看，他们的群居生活并非完全美好、充满光明。她在后来写道，拜伦和雪莱"都是恶人，爱撒谎，无情刻薄，背信弃义"。"他们崇尚自由恋爱，却相互折磨"。这也许是一位老妇人的怨愤之言，但从另一方面充分表明，女人甚至也会遭到主张男女平等的左翼激进人士的虐待。

玛丽·雪莱也吃尽了苦头。她的丈夫于 1822 年在欧洲去世后，她在欧洲大陆又逗留了一年，决心依靠写作谋生。1823 年她被迫回到了伦敦，先是同父亲和继母一起居住在斯特兰德大街；后来在不同地方居住过，依靠极为富裕的公公蒂莫西·雪莱（Timothy Shelley）施舍的微薄补贴度日。这笔钱只能勉强养活她自己和儿子，生活仍然贫困。再说这笔钱的发放有一个条件，那就是玛丽不写任何有关她丈夫的回忆录。玛丽在发表经典恐怖小说《弗兰肯斯坦》后，又陆续创作了一系列优秀长篇小说。其中有几部作品（足以让她的母亲感到自豪）呼吁建立更好的政治体制，呼吁人类更为公平地相互对待。显然，她的公公几乎没有注意到这一点。1846年，吝啬的蒂莫西爵士去世后，玛丽的儿子继承了他的遗产，从此她在骑士桥（Knightsbridge）切斯特广场（Chester）24号过上了比较舒适的生活，直到1851年在那里去世（疑似患有脑瘤）。

那时《简·爱》已经出版。在萨克雷所写的《名利场》中，贝吉·夏普（Becky Sharp）声称，"我有头脑"（还说"世上其余的人差不多都是傻瓜"）。后来又涌现出一些乔治·艾略特那样的天才。还有一些像安妮·贝赞特（Annie Besant，1847—1933）那样很有影响的人物。她是一位作家和社会活动家，据说是煽动失业者骚乱集会，导致1887年特拉法尔加周日流血事件的幕后推手。她还参与组织了1888年伦敦火柴厂女工罢工活动。

到19世纪50年代，妇女开始组织起来。1858年，伦敦朗廷大厦19号成为《英国妇女杂志》（*English Woman's Journal*）的办公场所，拥有一个阅览室、咖啡店和会议室。它对外高调宣传自己要同在伦敦市里流行的绅士俱乐部比肩而立。在对就业和男女平等问题所展开的公开讨论和支持过程中，它不仅推动了新一轮女权主义浪潮的兴起，最终还推动了妇女争取选举权运动的发展。

1865年妇女选举权的思想已经传播开来，当时约翰·斯图尔特·穆勒竞选议员时提出了这一思想。妇女选举权的思

253

想后来得到进一步发展，到 19 世纪末成立了许多妇女选举权协会。其中就有 1889 年由艾米琳·潘克赫斯特（Emmeline Pankhurst，1858—1928）在罗素广场自家住宅里成立的妇女选举权联盟，成为这个运动的一个早期活动中心〔后来她在《我的自传》（*My Own Story*）中讲述了有关情况〕。

1909 年 10 月 8 日，星期五。我和克里丝塔尔·潘克赫斯特走在前往纽卡斯尔的路上。我已暗下决心要扔一块石头。我们朝着劳埃德·乔治勋爵乘坐的汽车有可能路过的干草市场走去（位于伦敦中心区域）。汽车一出现，我就走到公路上，站在汽车前面大声喊道："你口口声声说支持妇女事业，可你为什么继续留在政府里，难道你不知道他们拒绝给予妇女选举权，还迫害要求有选举权的妇女吗？"说罢，我就朝汽车扔了一块石头。我瞄得比较低，以免伤着司机和其他乘客。

康斯坦斯·利顿《监狱与囚犯》

到 20 世纪初，为妇女争取选举权的团体成员的热情高涨，纷纷忙着到白金汉宫请愿，放火焚烧梅费尔高级住宅区的邮箱，捣烂威斯敏斯特教堂的窗户，划坏国家美术馆里的绘画作品，有时还引爆炸弹。她们还使伦敦监狱里人满为患，在第一次世界大战爆发前有 1000 多人被关押起来。同为妇女争取选举权的团体成员快乐形象（《欢乐满人间》那样的影片给人以这样的印象）正好相反，这些女士实际上受到极其恶劣的对待。许多人被强迫进食，留下了多年后遗症。康斯坦斯·利顿（1869—1923）是一位出身上层社会，为妇女争取选举权的女士，回忆录《监狱与囚犯》（*Prisons and Prisoners*）一书的作者。当年她在伦敦霍洛威监狱里就遭受过上述残酷虐待，致使她的健康从未恢复过来。

为妇女争取选举权的运动除了为大量回忆录提供了相关写作素材以外，还促进了旨在推动这场运动蓬勃发展的"选举权小说"的问世。比如由格特鲁德·科尔莫（Gertrude Colmore，1855—1926）于1911年在伦敦发表的长篇小说《为妇女争取选举权的萨莉》（*Suffragette Sally*）。

康斯坦斯·莫德（Constance Maud，1857—1929）在同一年发表《绝不投降》（*No Surrender*），最后一句话是："黎明时刻即将来临……妇女的正当要求再也不会被置之不理了。"不过，她必须再等待17年才能看到妇女完全获得选举权的那一天。1918年，费边社常客玛丽·斯托普斯（Marie Stopes，1880—1958）发表《婚姻中的爱情》（*Married Love*），提倡婚姻上的男女平等，强调女人性欲的重要性。10年后，弗吉尼亚·伍尔芙发表呼吁重视女性的经典作品《一间自己的房间》；又过了10年，在1938年发表《三个几尼金币》（*Three Guineas*）。

那时，另一位才华横溢，为争取妇女选举权而奋斗的知名作家丽贝卡·韦斯特（Rebecca West，1892—1983）正处于事业的活跃时期。韦斯特出生于布里克斯顿，在斯特里汉姆街 21 号长大。后来她在《泉水溢溢流》（*The Fountain Overflows*）中将斯特里汉姆街 21 号改为罗夫格罗夫街 21 号（遗憾的是，那处住宅早已被拆除，如今原址上是一家快餐店）。

韦斯特 15 岁时在《苏格兰人》（*Scotsman*）上面成功发表了一封书信，获得了做新闻记者的机会。这封书信题为"妇女选举权"，抨击自由党拒不承认"因压制妇女在全国所产生的重大影响"。不久，她又开始为《号角》（*Clarion*）和《自由妇女》（*Freewoman*）等激进杂志撰稿。

丽贝卡·韦斯特的原名是西瑟莉·弗尔菲尔德(Cicely Fairfield)。她在开始为伦敦的《自由妇女》杂志撰稿后，于 1911 年更改了自己的名字（在一定程度上是为了不让母亲因自己直言不讳的观点而担心）。她从挪威戏剧家亨里克·易卜生（Henrik Ibsen）的剧作《罗斯莫庄》（*Rosmersholm*）中取了丽贝卡·韦斯特这样一个名字。在剧中，丽贝卡·韦斯特是一位有妇之夫的情人，劝说自己的恋人和她一起溺水自杀，制造轰动事件。

1912 年在《自由妇女》杂志上发表的一篇重磅文章中，韦斯特把 H.G. 威尔斯说成是"小说中的老处女式人物"。威尔斯读完这篇文章后请她吃饭，肯定把她争取过来了。后来他们成为情侣（当时威尔斯 46 岁，韦斯特 20 岁），如胶似漆地坠入情网。一年后韦斯特发现自己怀孕了，结果被打发走，在坦布里奇韦尔斯区（Tunbridge Wells）过了一段"可恨的深居简出"的生活。幸运的是，这只是暂时的。韦斯特笔耕不辍，写出了几部长篇小说和一些评论文章，拒绝向公众批评指责屈服。1916 年她发表了一部作品，其中有几处猛烈抨击了去世不久的亨利•詹姆斯及其对待妇女的态度，还有他在小说中所写的极尽夸张虚饰的语句。第二年，她创作的长篇小说《士兵归来》出版，获得广泛好评，其中包括韦斯特自己的评论："我认为自己不应该说好，但它的确是好。"

我以前从未遇到像她那样的人物；我怀疑以前是否有过像她那样的人物。

H.G. 威尔斯论丽贝卡•韦斯特

韦斯特在 1930 年（当时她居住在波特曼广场附近的果园院路 15 号）发表的一部很有分量的评论专著中，也对 D.H. 劳伦斯展开了批评。后来她继续勤奋写作，一直写到 20 世纪后半期，坚定不移地报道着南斯拉夫纳粹主义的兴起，纽伦堡审判，以及 20 世纪 50 年代的共产主义问题和麦卡锡主义等热点新闻。

20 世纪 50 年代，同样关心共产主义的人士还有诺贝尔文学奖得主多丽丝•莱辛（1919—2013）。1949 年莱辛从南非移居到英国后，在 1962 年以其长篇小说《金色笔记》（*The*

Golden Notebook）掀起了第二次女权主义高潮。这部长篇小说描绘了 20 世纪 30 年代至 50 年代共产党在英格兰的发展活动状况，叙述了刚刚兴起的妇女解放运动形势。"妇女就是他们表现出的胆小鬼的样子，"她写道，"因为她们长期以来几乎就是奴隶。"

莱辛抵达伦敦后不久便去拜访了考文特花园国王街 16 号。这里在 20 世纪大部分时期内都是英国共产党总部所在地。不过到 20 世纪 50 年代，英国共产党已处于衰落之势。当多丽丝·莱辛在 1952 年来到这里时，有人问她为什么在其他知识分子纷纷离去的时候要加入共产党。那位官员说，希望以后能够读到莱辛所写的斥责共产主义的文章。继匈牙利起义遭到残酷镇压后，莱辛于 1956 年在一家杂志上发表了一篇措辞激烈的文章，算是及时做了回应。就像那位官员预料的那样，莱辛也辞职了。不过军情五处认为她是俄国间谍，他们积累了一份内容最多的监视材料，甚至还在航班上跟踪她，闯进过她居住的公寓。他们说她是一个"有魅力，性格坚强的危险女人"，她居住的公寓是"从事不道德活动"的场所。

20 世纪 50 年代末期，许多其他女作家开始对男权统治的社会现状展开思考与批评。例如，琳内·雷德·邦克斯（Lynne Reid Banks，1929— ）在《L 形房间》（*The L-Shaped Room*，1960）里描绘了提供膳宿的失修的住宅和单身母亲的状况。玛格丽特·德拉布尔（Margaret Drabble，1939— ）所写的《磨砺》也触及（在不那么时髦的伦敦）单身母亲这一社会问题。20世纪60年代末期，当杰曼·格雷尔（Germaine Greer，1939— ）不再担任伦敦地下杂志《OZ》的性功能治疗专家，也不负责国王路（她的住宅所在地段）的照明事宜时，她就忙于创作那部文学杰作《女阉人》（*The Female Eunuch*，*1970*）。格雷尔认为，在男女平等方面，传统的小家庭是其中的一个主要问题；妇女应该不再接受在家庭里那些恭顺的角色（她还以煽动性的口吻建议读者尝一尝她们自身月经的味道）。在《女阉人》出版后不久，女权主义活动人士就扰乱了在皇家艾伯特音乐厅举办的1970年世界小姐大赛。随着一声哨响，她们开始投掷臭蛋和面粉弹，发射水枪，齐声高呼"我们不美，也不丑，就是怒气涌心头"。整个事件向3000万人做了广播报道。战斗就这样开始了。

这一时期伦敦涌现出一大批文学出版社和杂志。《排骨》杂志出现在书报摊上。维拉戈出版社推出的斯托姆·詹姆森（Storm Jameson，1891—1986）和丽贝卡·韦斯特的作品摆在了各家书店里。在古奇街一个小办公室里，妇女出版社开始了经营活动，把艾丽丝·沃克（Alice Walker，1944— ）等人的作品介绍到了英国。另外还有一些重要的书店：查令十字路（64-68号）的银月亮书店，伊斯灵顿（阿帕街190号）姐妹写作书店，1975年开业至今仍在运营的女权主义书店（目前位于威斯敏斯特桥路5号）。

1975年，安吉拉·卡特（Angela Carter，1940—1992）在东京生活两年后又回到了伦敦。此前她把获得的萨默塞特·毛姆文学奖奖金用于躲避自己的丈夫，去了日本。在伦敦期间她曾说过，自己"明白了做女人是什么感觉，而且变得激进起来"。她搬到了伦敦南区的图廷贝克（Tooting Bec），在后来的20年里潜心塑造了一些伦敦女强人，比如《马戏团之夜》（*Nights at the Circus*）中的费弗斯（Fevvers，从一枚蛋中孵出的伦敦东区"处女"，在尼尔森老妈的伦敦东区妓院里长大）；《聪明儿童》（*Wise Children*）中的朵拉和诺拉·钱斯（Nora Chance），她们位于布里克斯顿区的戏剧演员之家不断地扩大；梅兰妮和她的伯父在水晶宫开了一家奇异的玩具店……可悲可叹的是，1992年卡特51岁时就去世了。

至少在1992年，康斯坦斯·莫德期待已久的黎明终于来临了。斗争还在继续，但是谁也无法再次否认女性在伦敦文学生活中所占有的重要地位。

重要地址

东廊　SW1P　教长院　威斯敏斯特教堂（地铁站：威斯敏斯特）

蒙塔古旧居　W1H　波特曼广场22号（地铁站：大理石拱廊）

霍克斯顿学院　N1　（地铁站：老街）

圣潘克拉斯教堂墓地　NW1　（地铁站：莫宁顿新月街）

切斯特广场　24号　SW1W　缪斯（地铁站：维多利亚站）

朗廷大厦　19号　W1B　（地铁站：牛津圆场）

罗素广场9号（现为罗素酒店一部分）　WCIN　（地铁站：罗素广场）

推荐阅读书目

杰曼·格雷尔《女阉人》

多丽丝·莱辛《金色笔记》

艾米琳·潘克赫斯特《我的自传》

玛丽·沃尔斯通克拉夫特《为女权辩护》

弗吉尼亚·伍尔芙《一间自己的房间》《三个几尼金币》

第十七章

"垮掉的一代"与嬉皮士

当时伦敦是世界上最有活力、最时髦的城市。

《时尚》杂志，1965 年

1958 年，肯尼斯·艾尔索普（Kenneth Allsop，1920—1973）写过一份前 10 年调查报告，题为《愤怒的十年》。在报告末尾，他宣称已经到了该冷静的时候了。火箭正在飞往月球，而愤怒的作用却是有限的。他认为，"爱"的时代已经到来。美国戏剧导演查尔斯·马洛维茨（Charles Marowitz，1934—2014）认为，这也是个聚会的年代。每个人都想在伦敦亲自体验一番。

> 当时伦敦是世界上最有活力、最时髦的城市。
>
> 《时尚》杂志，1965 年

20 世纪 60 年代末，女士们纷纷忙着在国王路玛丽·匡特所开的百货商店里购买超短裙，体毛繁盛的男士则在卡纳比街上挑选长袖长袍。此时英国人口中不到 25 岁的国民超过 40%。在伦敦每周的收入大大超过平均生活费用。那是年轻人的美好年代。年轻人不仅在文学方面，就是在音乐、服装和艺术方面也起着树标立范、引领时尚的作用。他们甚至还改变了语言面貌。在安东尼·伯吉斯所写的《发条橙》中所提到的多语种俚语，在一定程度上是对伦敦当时出现的街头语言的极端反映，从中也能看到斯拉夫民族、俄罗斯和美国的影响。

当时也不是反主流文化一统天下。哈特查兹书店理直气壮地销售着哈珀·李（Harper Lee）的《杀死一只知更鸟》（*To Kill a Mockingbird*），兰佩杜萨（Lampedusa）的《豹》（*The Leopard*），以及阿加莎·克里斯蒂的多种侦探推理小说。社会主流文化中也有许多可圈可点的事情。然而那 10 年毕竟是以嬉皮士和"垮掉的一代"而闻名。他们效仿着 20 世纪 50 年代"愤怒的青年"前辈们，纷纷走进了更加丰富多彩的首都咖啡店、书店和俱乐部。

引领第一轮潮流的人物是威廉·巴勒斯（他一贯是领军人物）。20 世纪 60 年代初期他来过几次伦敦，逗留时间不长。最后他定居在公爵街达尔梅尼大楼 22 号。如往常一样，他在寻找一种海洛因疗法，不过当时也是他颇有收获的时期。他在达尔梅尼大楼住处的餐桌上研究出了很有影响的剪辑合成技术。他还喜欢晚上从窗口向附近伦敦图书馆的外墙上放映有伤风化的电影，自得其乐。

当巴勒斯不再忙于推进先锋派文学的发展事务时，他也喜欢在居住的高档社区散步。他是明显逊色的新一代青年领军人物之一，不过他也有自己的各种爱好。在他的情侣与合作者安东尼·鲍尔奇（Antony Balch，1937—1980）的建议下，巴勒斯在距圣詹姆斯街拐角不远处的约翰洛布男鞋精品店里定做了一双皮鞋（那里的顾客包括艾灵顿公爵和爱丁堡公爵等名人）。他还喜欢詹姆斯洛克商店（也位于圣詹姆斯街）出售的宽边巴拿马帽。他在福特纳姆－梅森商店购买食品（"今晚我们要吃一只野鸭"，他在寄给家里的一封书信中这样兴致勃勃地写道）。

在伦敦还有其他一些乐趣。巴勒斯特别爱去摄政宫酒店，那里也是年轻男妓喜欢的揽客之地。在当地，摄政宫酒店被称为"肉架"，自19世纪以来一直如此。当年奥斯卡·王尔德也曾光顾过那里。

> 巴勒斯不喜欢索霍区弗里斯街上的莫卡咖啡店。那里是伦敦最先出售卡布奇诺的地方之一。巴勒斯不喜欢他们出售的明显带有甜味的咖啡。他还指责那家咖啡店"态度蛮横，无缘无故表现粗鲁，出售有毒的干酪饼"。随后他便开始对这家咖啡店照相取证，在店内录音，然后拿到外面播放。这样做，他认为会造成"新的局面"，使他们"内心极度恼怒"。1972年莫卡咖啡关门停业，巴勒斯终于如愿以偿。

1964年11月，也是在伦敦，极为独立的出版商约翰·考尔德（John Calder）出版了巴勒斯的《裸体午餐》（*The Naked Lunch*），一个传奇从此诞生了。在那之前，巴勒斯参与的所有事情并非全都获得了圆满成功。1960年12月，在一次闯荡伦敦期间，巴勒斯曾在伦敦当代艺术学院表演行为绘画和诗歌展演节目；还有诗人布赖恩·吉辛（Brion Gysin，1916—1986）表演狂躁舞蹈，播放了巴勒斯剪辑合成的录音带，由电子技术奇才伊恩·萨默维尔（Ian Sommerville，1940—1976）奉上的阿拉伯鼓乐和光影乐表演。但是观众走了一半。

"垮掉的一代"另一位领军人物，美国诗人艾伦·金斯堡（Allen Ginsberg）在朋友巴勒斯书信的吸引下，于1965年5月抵达英国首都，想要充分了解一下伦敦究竟有多么"时髦放纵"。精品书店共同创始人之一迈尔斯回忆说，金斯堡一到伦敦就忙碌起来。他赶到住处，放下手提箱后，沿查令十字路直奔迈尔斯的书店。在书店里，他同迈尔斯一起安排组织了一次即兴自由朗诵活动，准备当天晚上就开始亮相。尽管来不及对外广而告之，这次即兴朗诵活动还是吸引了大批爱好者。安迪·沃霍尔（Andy Warhol，1928—1987）和艾迪·塞奇威克（Edie Sedgwick，1943—1971）坐在前排。多诺万（Donovan，1946—　）和他的朋友"吉卜赛"坐在门外的台阶上，朗诵了《可卡因布鲁斯》。集诗人、伦敦城内赶时髦人士以及反主流文化偶像人物于一身的杰夫·纳特尔当晚也在场。他将整个活动形容为"像一股清风吹过干渴的心田，治愈着人们的创伤"。确实不同凡响。活动结束时金斯堡头上顶着一条女用短衬裤，下身挂着一个牌子，上书"请勿打扰"。

虽然当晚的活动非常令人兴奋，但是同金斯堡的下一次活动相比却显得微不足道。由于意识到劳伦斯·弗林盖蒂（Lawrence Ferlinghetti，1919— ）和格雷格里·科索（Gregory Corso，1930—2001）很快也要来到伦敦，再加上在精品书店成功举办即兴朗诵活动后感到非常亢奋，金斯堡连同书店店员和伦敦其他一些重要的新潮知识界人士决定租用艾伯特音乐厅。他们要举行一次像样的"即兴艺术表演"，地点就设在伦敦面积最大、最体面的大厅里。

即兴艺术表演活动于 6 月 11 日举行。事前曾担心在宽敞的大厅里最终到场的观众也许至多不过 500 人，然而实际却有 7000 多人到场助兴，整个艾伯特音乐厅似乎变了面貌。地上抛满了鲜花，一箱又一箱的葡萄酒和烤肉块在观众中传递着。精神病医生 R.D. 莱恩（R.D.Laing，1927—1989）和他的许多患有精神分裂症的病人在过道上狂喜乱舞，为"观众参与"这个概念做出了新颖的诠释。

R.D. 莱恩是伦敦塔维斯托克研究所的一名心理疗法专家。1967 年，他在伦敦东区金斯利大厦开设了自己的诊所。20 世纪 60 年代，他是首都一位很有影响力的人物，写出了多部畅销书，比如《分裂的自我》（*The Divided Self*，这部专著认为精神病具有改造作用，认为病人的感情也许有根据地体现出了以往的生活经历，而不是妄想）。他的热心崇拜者中包括西尔维亚·普拉斯和特德·休斯

　　劳伦斯·弗林盖蒂在台上表演了很有感染力的节目"性交就是再次相爱"。艾伦·金斯堡唱得大醉，没人能明白他的意思。整场演出几乎超越了物质层面，在20世纪60年代的文化史上具有划时代的意义。当时许多观众表示，他们感兴趣的不仅仅是现场诗歌朗诵或者表演者们的夸张作势；最使人兴奋的是四下环顾之后，他们意识到自己并不是城里唯一拥有怪癖想法的人。这样的人总共有数千之多。他们原本潜伏在地下，这回终于可以抛头露面了。

1.一种致幻药物，学名麦角酸酰二乙胺。

编辑部。俱乐部室内呈现出赶时髦的超现代风格，是激进艺术团体 Centre 42 聚会场所。由于迫切要营造一种巴黎左岸派氛围，这家俱乐部向大多数常客免费提供饮品。不出所料，它于 1962 年倒闭。不过在此以前，多丽丝·莱辛已经在这家俱乐部室内的一张桌上写出了女权主义经典作品《金色笔记》中的许多较长片段。

圆屋文化中心

圆屋原来是伦敦北区乔克农场一个废弃的铁路仓库。1964 年被剧作家阿诺德·威斯克及其剧团 Centre 42 征用，要把它打造成一个永久的文化中心，配备剧场、艺术作品陈列室、电影院和讲习场所。在接下来的 10 年里，它变成了一处地下活动中心，什么活动都承办。

既有平克·弗洛伊德摇滚乐队的即兴表演，也有上演肯尼斯·泰南（Kenneth Tynan，1927—1980）创作的实验戏剧《阿，加尔各答！》（*Oh Calcutta!*），剧中出现了全裸演员阵容。（该剧首演时，伦敦警察厅派出两名警察对其进行审看……其中一名警察回来两次，最后决定指控该剧有色情表演内容。）

艺术实验室

1967 年由新潮文化权威代表吉姆·海恩斯（Jim

Haynes，1933— ）创建，只运作了两年，位于德鲁里巷182号。艺术实验室是当时有着巨大影响的跨领域艺术中心，致力于推动吸引人的"艺术活动"发展，包括约翰与小野洋子艺术展，戴维·博伊演唱会，诗歌朗诵与即兴戏剧表演。"我上周去那里时，"《卫报》一位记者在1968年写道，"那个地方挤满了不带有社会阶层特征的青年人，他们在书摊上购买先锋派杂志，在自助餐厅品尝低价可口的实验食品，观看两位新画家的作品展览。"当时还正在上演着一部戏剧，"演员们蹲在剧场中央，自由交谈……其中一位演员毫无意义地把一根黄瓜拍烂"。

重要地址

巴勒斯伦敦故居　SW1　公爵街　达尔梅尼大楼22号（地铁站：格林公园）

金斯利大厦　E3　伦敦鲍威斯路（地铁站：堡贝门利站）

皇家艾伯特音乐厅　SW7　肯辛顿戈尔（地铁站：南肯辛顿）

圆形剧场　NW1　乔克农场路（地铁站：乔克农场）

OZ杂志社原址　W11　王子谷路52号（地铁站：荷兰公园）

推荐阅读书目

安东尼·伯吉斯《发条橙》

昆廷·克里斯普《裸体公务员》

R.D. 莱恩《分裂的自我》

杰夫·纳特尔《炸弹文化》

第十八章

间谍与冷战斗士

在伦敦，无论发生什么事情，一定要保证钱包别出事。

戴顿

隐秘性、保密性是特工部门的特点。长期以来,间谍活动、文学与伦敦这三者一直纠缠在一起。不过它们的种种纠缠方式往往难见于史料中,只在暗地里展开。间谍活动充满了含沙射影、窃窃私语传播谣言以及各种欺骗活动。正因为如此,它才充满魅力,非常适合写成优秀作品,塑造各种人物。若论说谎的才能,毕竟谁也比不上小说作家。

文学与间谍活动彼此纠缠的现象,最早出现在伊丽莎白女王统治时期的伦敦。在泰晤士河畔幽暗的酒馆和剧场里,人们窃窃私语,猜疑着天主教徒暴动、西班牙人入侵和苏格兰人的阴谋发展动向。甚至有人说,莎士比亚当年掌管着一个政府间谍组织——只有天知道那会使他忙成什么样。还有几位名人间谍嫌疑更大。莎士比亚同时代的剧作家安东尼·芒迪(Anthony Munday,约1560—1633)便是其中的一位。莎士比亚还在从事创作时,安东尼·芒迪已经被封为"城市诗人"。而他的同时代人威廉·韦伯(William Webbe,1568—1591)则称他是"我们最优秀的谋划者"。由于芒迪所写的戏剧水平差,所以许多人认为"谋划"实际上指的是他所干过的其他事情,比如在罗马用假名进入英语学院,监视流亡的天主教徒活动。

比芒迪更有名的是克里斯托弗·马洛，即写出《马耳他的犹太人》（*The Jew of Malta*）和《浮士德博士》（*Dr Faustus*）的那位英俊帅气、总好闹事的作者。马洛之所以引起人们的怀疑，是因为他经常销声匿迹，前往欧洲。有一次他在荷兰被秘密地逮捕，据说原因是他卷入了同天主教徒煽动性活动有关的伪造硬币案。后来他又被秘密地释放，没有受到指控。就连他的死也引起人们很大猜疑。1593年5月30日，马洛在德特福德遇害时，同时代作家弗朗西斯·米尔斯（Francis Meres，约1565—1647）声称，马洛在一次酒馆斗殴中"被他那放浪情爱的情敌，一位下流的男服务员刺死"。而实际上马洛并没有死在酒馆里，而是在一处住宅里。住宅的女主人艾丽诺·布尔（Eleanor Bull，约1550—1596）同政府高层有联系。也有人说她的家是安全的住宅，同马洛在一起的那几个人都是坐探。即使马洛替伊丽莎白王朝从事间谍活动，也几乎没有得到感谢，因为他的遗体被草草埋葬在德特福德圣尼古拉斯教堂墓地里的一个没有任何标记的坟墓里。

关于伊丽莎白王朝时代的人暂且就谈这么多。伦敦文学史上的间谍在20世纪表现得更加活跃。

约瑟夫·康拉德一如既往，在这方面又赶在了别人的前头。如果想买一本间谍题材的长篇小说，一定要买康拉德1907年发表的《间谍》。这部具有前瞻性的文学杰作讲述的是俄国资助的无政府主义者企图炸毁格林尼治天文台的故事。读完康拉德笔下描绘的阴谋间谍活动和无情而愚蠢的行为之后，再次在格林尼治公园漫步时感觉绝不会同从前一样。

一年后，G.K. 切斯特顿在《一个名叫星期四的人》（*The Man Who Was Thursday*）中继续展现出间谍题材小说独有的魅力。同样讲述一伙无政府主义者的故事，这部作品重点描写的是"加布里埃尔·赛姆"。此人声称，伦敦地铁时间表是人类最具诗意的创造。

随着第一次世界大战的阴影变得越来越暗，德国间谍便取代了那些无法无天的破坏分子。以第一次世界大战为背景的经典长篇小说是约翰·巴肯（John Buchan，1875—1940）创作的《三十九级台阶》（*The Thirty Nine Steps*）。小说一开始，男主角理查德·汉内（Richard Hannay）在西区皇家咖啡馆里就餐。随着小说情节的推进，一个名叫斯卡德的男人被杀死在汉内附近的公寓里（"在朗廷大厦后面一幢公寓楼的二楼"，这里再走 10 分钟就是皮卡迪利大街北端。可以亲自体验一下：走过牛津马戏院，绕过拐角，距英国广播公司很近）。另外，亚瑟·柯南·道尔爵士——同样关注着海峡对面的战火——在《他最后一次鞠躬》（*His Last Bow*）中也让夏洛克·福尔摩斯向德国传递假情报，把间谍带到了伦敦警察厅刑事部。

1917 年俄国革命爆发后，布尔什维克革命者成为主要的威胁。《燕子与鹦鹉》的作者亚瑟·兰色姆在 1919 年从信仰共产主义的俄国一回到伦敦就引发丑闻。他刚抵达国王十字路便被政治保安处人员逮捕盘问。他们怀疑他为敌人效力。

他们问他属于哪个政党，他只是简短地回答："钓鱼"。

　　我奔跑起来速度飞快，那天晚上就像生了双翅。眨眼工夫，我就跑到倍尔美尔街，然后奔向圣詹姆斯公园。我在宫殿大门前躲开警察，趁着追赶我的那些人还没越过横道的时候向大桥方向跑去。一到公园的开阔地带，我就加快速度猛跑起来。谢天谢地，周围行人稀少，没人阻挡我。成败与否，就看我能不能最终抵达安妮女王门短街。

　　　　　　　　　　　约翰·巴肯《三十九级台阶》

　　20 世纪 30 年代及第二次世界大战期间，德国潜入者又成了重点描写对象。伊丽莎白·鲍恩（Elizabeth Bowen，1899—1973）把描写爱情、欺诈和双重间谍的长篇小说《炎炎日正午》（*The Heat of the Day*）的故事背景设置在遭受德国空袭的伦敦。她笔下的女主角在威茅斯街居住时陷入了间谍与反间谍密战当中（这条街位于哈利街附近，距理查德·汉内居住的公寓不远）。小说对空袭的生动描绘令人难忘。鲍恩本人在摄政公园附近的公寓亲身经历过惨烈空袭。1944 年公寓被炸毁，所幸她本人没有受伤。

　　在格雷厄姆·格林所写的长篇小说《恐怖部》（*The Ministry of Fear*）中，空袭背景发挥着重要作用。亚瑟·洛在无意中获得了许多人想得到的微型胶卷后，离开了位于布鲁姆斯伯里的那个卧室兼起居室的破烂住处，到处躲藏。这一段故事情节就发生在首都伦敦遭受战争破坏的街道上。亚瑟·洛必须经常煞费脑筋对付那些已经禁止通行、坑坑洼洼的道路，关闭的地铁，冒烟的废墟，必须心急火燎地打电话询问伦敦哪些地方一夜之间又消失了。格林也自然会想到布鲁姆斯伯里以及索霍区和菲茨罗维亚那一带区域。战争期间格林在那里工作过，具体而言是就职于情报部（当年设在伦敦大学学院的理事会大楼里）。

吃出间谍样儿来

梅费尔苏格兰人餐厅

（W1K 伦敦蒙特街 20 号）

在《永恒的钻石》（*Diamonds Are Forever*, 1956）中，邦德前往梅费尔苏格兰人餐厅，品尝"填蟹盖和黑天鹅绒"（一种发泡混合饮品，用葡萄酒和健力士啤酒配制）。有一次弗莱明和《旧金山纪事报》一位专栏作家离开这家餐厅时问道："看见那个窗户了吗？詹姆斯·邦德在伦敦时总是坐在窗户角落的那张餐桌旁吃午餐，这样他可以看到下面走过的漂亮姑娘。"

威尔顿餐厅

（SW1Y 伦敦杰明街 55 号）

位于杰明街上的这家老牌餐厅始建于 1742 年。在《伊普克雷斯档案》（*The Ipcress File*）中，特工部门负责人达尔蒂来这里请手下一位新来的特工人员吃了一顿美味午餐。身为美食家的故事讲述者开心地吃了一个"冰镇以色列西瓜，就像那位金发碧眼的女招待一样甜美，娇嫩又冰冷"。

皇家咖啡馆

（W1B 伦敦 摄政街 68 号）

约翰·巴肯没有提到具体菜单，不过这里就是在《三十九级台阶》中理查德·汉内就餐的地方。然后他便回到波兰街附近的公寓，在那里发现了一具死尸，由此被推进了一个充满阴谋和欺骗的世界。如今你仍然可以在那里就餐。奥斯卡酒吧（以前是烧烤屋）尽管前不久翻修过，仍然严格保留着 1865 年初次装修时的风格。

格林曾经是一名间谍。1941 年他被吉姆·菲尔比（Kim Philby，1912—1988）招到军情六处。吉姆·菲尔比是臭名昭著的双重间谍，"剑桥五人帮"成员。这些人的背叛行为后来成为戴维·康沃尔 [David Cornwell，又名约翰·勒卡雷（John le Carré，1931— ）] 的文学创作素材。格林之所以被选中，是因为他同高层人士有来往，方便去充满异域风情的地方，爱喝香槟，对有左翼倾向的知识分子抱有好感。上级要求他检举有可能亲敌的任何人。不过他并没有察觉菲尔比的通敌行为。1963 年有人揭发菲尔比时，格雷厄姆·格林还同少数人一起为他辩护。他认为，菲尔比信仰共产主义具有宗教性质，宗教信仰可以超越对祖国的热爱。他们二人一直是笔友关系，直到菲尔比于 1988 年去世。菲尔比从莫斯科的公寓里给格林写信，格林则从当时居住的法国南部别墅里给菲尔比写信。虽然存在着这种微妙的关系，格林传记的作者诺曼·谢利认为格林一直为英国政府效力，直到 1991 年去世。

伊恩·弗莱明（Ian Fleming，1908—1964）在第二次世界大战期间也当过间谍。20 世纪 50 年代，他在核毁灭临近阴影的笼罩下开始从事创作，重点描写的是俄国人。他创作的冷战间谍小说堪称一绝。小说人物詹姆斯·邦德喜好时髦服装和奢华生活等特点取材于弗莱明本人的生活方式。20 世纪 30 年代，弗莱明大部分时间都居住在艾布里街一个单身公寓里，享受着上层社会豪华生活。他在那里还创建了一个只限男会员的私人俱乐部，其宗旨是努力发现、挖掘完美的菜肴酒食。

弗莱明在创作邦德小说时，已经在威斯敏斯特居住区维多利亚广场 16 号定居下来。他的卧室里贴着摄政王朝时期的绿色条纹墙壁纸，摆放着一个纳尔逊半身雕像。他热爱老式的奢华生活方式，但是战后周围的建筑工程却使他营造完美氛围的心愿化为泡影。他特别厌恶高大的塔状建筑物冷酷无情地侵蚀着当地的天际线。后来弗莱明进行了报复：他把建筑师埃内·戈德芬格（Ern Goldfinger）的姓氏用在了小说中的头号恶棍，热心追逐权力的怪人奥立克·戈德芬格（Auric

Goldfinger）头上。

　　另一位著名的间谍小说作家约翰·勒卡雷，与其前辈巴肯和弗莱明一样，在作品中提到了伦敦中部和西区的许多地方。他笔下的人物居住在切尔西区的偏僻小街上，聚集于绅士俱乐部里。区别在于，在勒卡雷描绘的世界中他们几乎全都精神不振，必须要费心对付几乎停不下来的阴雨天气。他笔下的伦敦笼罩着阴影，神秘莫测。我们首先看到的是《锅匠，裁缝，士兵，间谍》（*Tinker Tailor Soldier Spy*，1974）中的男主角乔治·斯迈利（George Smiley），地点是维多利亚广场弗莱明旧居附近毫无吸引力的区域。在小说中，他在火车站"被熏黑的拱廊"附近的人行道上仓促奔跑，雨水在他厚厚的眼镜片上蒙上了一层雾气。他居住在切尔西区贝斯沃特街上。这一带（尽管没有像伦敦其他一些区域那样犯罪活动猖獗）在小说中被描述为房屋窗户紧闭，路边都停满了汽车，显然不是一个称心如意的地方（假如斯迈利今天出现在这里，当前的房价定会让他感到十分惊讶……）。

　　即便斯迈利前往梅费尔住宅区，也是去距格罗夫纳广场不远的一家气氛伤感的夜总会。那里的窗帘永远拉着，"巨大的金色画框里"镶着"毫无意义"的水果画。其他时候，斯迈利则穿行在死气沉沉、破败不堪的伦敦街头。映入眼帘的是查令十字路上的一家破烂的药店，几乎被炸成废墟的卡姆登区露台，萨塞克斯花园街的伊斯里酒店，那里"像烧烤一样的地方，墙上贴着各种色彩不协调的壁纸，桌上摆放着各色铜质台灯罩"——斯迈利和他的同事在伊斯里酒店设置了总部,直到后来他们捉住了《锅匠,裁缝,士兵,间谍》中的内奸。即便是英国情报部门的总部也设置在位于沙夫茨伯里大街与查令十字路交通拥堵的拐角处一个破烂店铺的楼上。

勒卡雷对《每日邮报》记者说,这一重要地点取材于剑桥圆场地段摩斯兄弟男装精品店对面的那个建筑物。他说那里"有许多神秘的弧形窗户"。如果想要进一步了解详情,不妨听一听勒卡雷的狂热崇拜者,记者出身的侦探戈登·科莱拉的建议。他说勒卡雷描述的大门很像查令十字路 90 号的大门,位于剑桥"圆场"那一带的北边,值得参观游览。如果想看一看加里·奥德曼(Gary Oldman)最近拍摄的影片中再现的"圆场"场景, 应该去米尔希尔郊区废弃的英格里斯兵营,以及位于肯辛顿奥林匹亚酒店附近布莱斯路上的布莱斯大楼。大部分镜头都是在那里非常单调乏味的室内拍摄的。

真实的间谍部门所在地

百老汇 54 号

(地铁站:圣詹姆斯公园)

前门的一个牌子上写着,这里曾经是一家灭火器公司办事处。实际上直到 1994 年,这处建筑物一直是军情六处总部。安妮女王门街 21 号的后面有一个神秘入口,当年包括年轻的约翰·勒卡雷在内的特工人员经常从此处悄悄出入。

艾伯特路堤85号　军情六处

（地铁站：沃克斯豪尔站）

如今军情六处设在艾伯特路堤85号。据说这幢建筑修有5层地下室，具备防轰炸功能，而且有秘道直通伦敦白厅。

伯罗大街296-302号

（地铁站：伦敦桥）

直到20世纪90年代，新招募的人员均送到这幢并不引人注目的建筑里学习一些"特殊技能"。没错，这是一所间谍学校。

波特兰寓所35号

（地铁站：摄政公园，大波特兰街）

这幢乔治王朝时期平淡无奇的房屋曾经却是一个秘密实验室的所在地，技术专家受雇在这里制造过一些非常奇特的东西，比如会爆炸的老鼠。

位于骑士桥的圣三一小礼拜堂

（地铁站：骑士桥）

从右门进入圣三一教堂后，便会看到右边立着一座圣母玛利亚悲痛地抱着耶稣遗体的小型雕像。在它左侧，两个立柱后面，有个不大的空间，克格勃特工在整个冷战期间将其用作秘密信件的约定存取点，也在这里藏匿盒式磁带和微型交卷。

位于肯辛顿的达奎兹餐馆

（地铁站：南肯辛顿）

位于肯辛顿的这处地标性建筑自 1947 年以来一直提供同一种波兰美食。这里一直是现实中的许多间谍，包括"剑桥五人帮"成员吉姆·菲尔比和唐纳德·麦克莱恩在内的许多真实间谍喜欢光顾的地方。普罗富莫丑闻（Profumo affair）中的明星人物与受害者克丽斯汀·基勒（Christine Keeler）也对这家餐馆情有独钟，经常同她的情人叶夫根尼·伊凡诺夫（Yevgeni Ivanov，苏联情报机构克格勃的间谍）在这家餐馆就餐。

圣詹姆斯街 28 号　布德尔俱乐部

（地铁站：格林公园）

这是伦敦历史最悠久的俱乐部，自 1782 年起一直位于圣詹姆斯街。布德尔俱乐部长期以来也一直是军情六处官员（包括詹姆斯·邦德系列小说的作者伊恩·弗莱明）招募人员的首选场所。在詹姆斯·邦德系列小说中，这家俱乐部被称为"刀锋"，是军情六处特工爱去的社交场所。

如果您在肯辛顿，不妨去哈灵顿路 50 号，参观游览一下伦敦间谍文学史上一个重要的场所。现在那里是一个很普通的便利商店，但是在战前却是俄罗斯茶室，由驻伦敦的俄罗斯帝国大使馆最后一任海军武官尼古拉·沃尔柯夫（Nikolai Wolkoff）海军上将建立。沃尔柯夫的女儿安娜是右翼俱乐部的秘书（她还是支持纳粹的华莱士·辛普森，即有名的温莎夫人的女装裁缝）。右翼俱乐部是一个亲纳粹的组织，开会地点就在餐馆楼上。1939年，安娜同美国大使馆一位年轻的译电员泰勒·肯特（Tyler Kent）交上了朋友，后者开始为她传递秘密电文。后来军情五处一位名叫约翰·米勒（Joan Miller）的特工打入右翼俱乐部，取得沃尔柯夫的信任，最终根据《国家保密法》在俄罗斯茶室将其逮捕。沃尔柯夫的间谍生涯就此结束。

整个逮捕过程被一位11岁的男孩看到了，他的妈妈就在茶室工作。男孩名叫伦纳德·西里尔·戴顿（Leonard Cyril Deighton，1929— ），长大后写出了多部成功的间谍题材长篇小说，包括《伊普克雷斯档案》，以及文笔优美、意境凄楚的三部曲《游戏》《设局》与《较量》（*Game*, *Set and Match*）。

同勒卡雷的作品相比，戴顿笔下遭受战争创伤的破败城市，呈现出更加肮脏不堪的景象。在戴顿笔下的伦敦，夏洛特街秘密电影院里放映着电影，索霍区肮脏的俱乐部里举行着聚会（小小的黄色电灯泡在广告牌四周"淫荡地"闪烁着；广告上写着"无间歇脱衣舞表演场所"）。在《伊普克雷斯档案》

中，莱斯特广场与其说是世界中心，倒不如说是购买下流杂志的地方。

在伦敦，无论发生什么事情，一定要保证钱包别出事。

戴顿

　　如果你不想跟随戴顿走进这个下层社会，那也不用担心。戴顿也有比较使人惬意开心的一面。他推荐的美食都是超级美食。比如，现在仍然可以从希金斯先生的孙子那里购买到优质咖啡。在《伦敦争霸战》（*London Match*）中，希金斯先生把咖啡豆卖给讲究吃喝的迪基•克鲁耶（Dicky Cruyer）。他的咖啡店开在公爵街，距格罗夫纳广场很近。你也可以光顾杰明街上的威尔顿餐厅。《伊普克雷斯档案》中提到过这家餐厅。自 1742 年开业以来，威尔顿餐厅的生意一直不错。遗憾的是，如今无法前往《伊普克雷斯档案》中的故事叙述者经常去豪饮格拉帕酒的特拉莎（Terrazza）餐厅。位于索霍区罗米利街上的这幢建筑物现在已被一家连锁餐厅占用。但是那里曾经以提供地道的意大利美食而闻名遐迩（在 20 世纪 60 年代的伦敦并不多见）。戴顿当年在那里写完了第一部长篇小说的大部分内容。"吃几碗新鲜的意大利面，感觉挺舒坦"，他这样写道。他还在那里同迈克尔•凯恩见面，商讨如何在银幕上塑造哈里•帕尔默这个人物形象。"现在很难相信，在影片发行放映之前迈克尔仍然是一个艰难谋生的演员，而我已经是有名的作家，"戴顿对《独立报》记者说道，"后来他很快就赶上了我，不过有一段时间我比迈克尔名气更大。"

名气总会发生变化，但至少戴顿所写的作品会流传下来。即便他不是间谍（据我们所知他不是），很少有作家像他那样使间谍小说增添了现实主义特色，让读者读着不禁怒火中烧，而且作品也写得更有间谍小说风格。

尽管有约翰·勒卡雷这样的作家，但是真正的间谍并非总被视为最适合创作间谍题材的小说。在近年来涌现出的伦敦最知名间谍作家中，有一位名叫丝黛拉·里明顿（Stella Rimington,1935— ）的女性，曾在军情五处工作过 30 年。她一开始从秘书做起，后来一路晋升成军情五处处长，一干就是 4 年（1992—1996）。她在特工领域取得了很大成绩，力主提高情报工作的公开透明度。1993 年，她在任期内出版了军情五处工作手册《特工工作》（*The Secret Service*），首次公开披露了军情五处特工活动和职责的细节。退休后她开始从事写作，然而并不一帆风顺。2001 年，她发表回忆录《公开的秘密》（*Open Secret*）。遗憾的是，这部回忆录被新闻界普遍斥责为"单调乏味"。不过她创作的间谍题材长篇小说反响更好一些。她的第一部间谍题材长篇小说《风口浪尖》（*At Risk*），主要讲述一位英国特工千方百计挫败一起针对伦敦的恐怖袭击的故事。《卫报》承认，"她非常善于运用神奇的写作手法，深谙用不起眼的平常之物制作炸弹的门道"。

重要地址

格林尼治天文台　SE10　（地铁站：北格林尼治；火车站：格林尼治）

维多利亚街16号　SW1　（地铁站：圣詹姆斯公园）

拜沃特街　SW3　（地铁站：斯隆广场）

萨塞克斯公园　W2　（地铁站：帕丁顿）

查令十字路90号　W1D　（地铁站：托特纳姆宫路）

哈灵顿街50号　SW7　（地铁站：南肯辛顿）

推荐阅读书目

伊丽莎白·鲍恩《炎炎日正午》

约翰·巴肯《三十九级台阶》

G.K. 切斯特顿《一个名叫星期四的人》

约瑟夫·康拉德《间谍》

伦纳德·戴顿《伦敦争霸战》

伊恩·弗莱明《皇家夜总会》《金手指》

格雷厄姆·格林《恐怖部》

约翰·勒卡雷《锅匠，裁缝，士兵，间谍》《冷战谍魂》

第十九章

妖怪与启示文学作品

星期日夜晚，伦敦昏沉怠倦地沉睡过去；在星期
一凌晨又再次醒来，强烈地感觉到危难即在眼前。

H.G. 威尔斯《星际战争》

"这里也是地球上一个黑暗的地方"，约瑟夫·康拉德所写的《黑暗的心》里那位故事叙述者马洛说道。他望着泰晤士河河水向大海滚滚流去，心里想起了"1900年前罗马人首次来到这里时的古老年代"。他还念叨着文明无法永久存在的性质。"我们生活在飘忽易逝的状态中。但愿它也能天长地久！"他说道，"可是昨天这里还是一片黑暗……"

　　作家们开始意识到，黑暗也可能明天降临到这里。就像马洛想到文明时代之前的伦敦那样，H.G.威尔斯在想象着它的结局。他在《星际战争》（*The War of the Worlds*）中描绘了被火星人毁灭的首都成为废墟后一片烟熏火燎的凄惨景象。

　　威尔斯1897年发表的这部杰作推动了科幻小说的发展，同时也继承了作家们不断在作品中兴高采烈地把首都伦敦闹个天翻地覆的创作传统。

　　说来也怪，大闹伦敦的写作传统居然肇始于瑞士的日内瓦湖畔。1816年，玛丽·雪莱和丈夫珀西·雪莱，还有朋友约翰·波利多里在拜伦勋爵的豪华住宅迪奥达蒂别墅里做客。遥远的印度尼西亚坦博拉火山（Mount Tambora）爆发后喷出大量烟灰，致使那年夏季又冷又湿。因此，这几个朋友只能待在室内。他们使出浑身解数，要使室内环境变得有趣一些。于是，他们一边大口喝着鸦片酒，一边比试着看谁能讲出最吓人的鬼怪故事。轮到拜伦时，他讲述了一些以前在巴尔干半岛听过的有关城市吸血鬼的传说和故事。波利多里从中获得创作灵感，写出了后来发表于1819年的作品《吸血鬼》（*The Vampyre*）。这部作品讲的是来历不明的鲁斯温勋爵（Lord Ruthven）专门引诱伦敦社会精英人物，然后将他们的血液吸干的故事。后人在创作作品时也从中受到启发，又涌现出几十个面色苍白、嗜血成性的恶魔。

　　玛丽·雪莱所写的《弗兰肯斯坦》〔又名《现代普罗米修斯》（*The Modern Prometheus*）〕就是这样一部作品。当年几位朋友一起讲完故事后，她就开始创作这部长篇小说。《弗兰肯斯坦》的故事背景主要设置在日内瓦湖畔。她后来创作的作品《最后的人》（*The Last Man*，1826）讲述的是一个名叫莱昂内尔（Lionel）的人在20世纪末闯荡伦敦的故事，也描绘了世界结局。莱昂内尔去过几处伦敦的地标性场所，其中就有特鲁里巷剧院。他在那里观看了情节非常动人、充满着不祥预兆的戏剧《麦克白》。后来就突然暴发了瘟疫。紧接着在威斯敏斯特教堂看到一个唱诗班歌手倒地身亡。那个可怜的孩子"按着事先的指令祈祷了几声"，匆匆打开了教堂下的墓穴(此前已有数千人去了那里——这回墓穴大开，要把行完葬礼的所有人都收纳进去)。故事情节扣人心弦，场面污秽丑陋。玛丽·雪莱描绘了一个"街道寂静"的闹鬼城市，展现了一个"悲痛难忍"的"可怕时期"的恐怖情景。后世许多作家纷纷效仿这种创作模式，乐此不疲。

那时伦敦居民不超过1000人，而且这一数目还在不断减少；大多数居民都是乡下人，来到伦敦改换一下生活环境；伦敦本地人则向往生活在乡下。原本熙熙攘攘的伦敦东部变得寂静了，最多你只能看到有些人一半出于贪婪，一半出于好奇，把各处仓库翻了个底朝天（说不上是劫掠）：成捆的各色印度货物，成包的珠宝和香料都被打开了，散落一地。

玛丽·雪莱《最后的人》

1827年，也就是《最后的人》出版后的那一年，简·露顿（Jane C. Loudon）发表了一部长篇小说。它有一个"自鸣得意"的书名《木乃伊！》（用上了感叹号）。这部作品"讲述的是20世纪的故事"，其创作灵感部分来自于1821年在皮卡迪利大街附近一个剧场里当众打开埃及木乃伊的场景。简·露顿看到的是一个女孩木乃伊。另外这部作品的创作还受到《弗兰肯斯坦》中一行语句的启发："就是再次被赋予生命活力的木乃伊也不可能比这个家伙更丑陋，更吓人。"

露顿显然认为木乃伊同样丑陋可怕。在《木乃伊！》这部作品中，她让一个名叫基奥普斯的木乃伊复活了。这个"恶魔"大部分时间都在地球上度过，提出一些有关政治与个人权利方面的建议（使这部长篇小说成为早期女权主义的开拓性作品，也是早期引人入胜的一部科幻小说）。

　　19 世纪 40 年代，各种怪物纷纷再次亮相，抬起了丑陋的头颅。此时伦敦人开始如饥似渴地阅读越来越多的"廉价恐怖小说"。这类作品并不新鲜。自 16 世纪起，各种内容与手法耸人听闻的传单、文章纷纷出笼，大受欢迎，满足了公共对阅读鬼怪、巫师与恐怖谋杀故事的爱好。19 世纪中期，随着印刷成本下降，出版商花同样多的钱可以印出更多作品，于是这类作品再度流行起来。每当有优秀的恐怖故事连载发表时（每周分期连载），每逢出版日，各家书店里挤满了顾客。他们乱哄哄地排起了长队，显得非常兴奋。"一个充满了潜伏贵族，企图杀人的从男爵，以及醉心于研究毒物学，拥有头衔的贵妇人的世界，"一位名叫乔治•萨拉（George A. Sala，1828—1895）的作家在谈及上述恐怖小说的内容时这样写道，"还有吉卜赛人，戴着面具的强盗头目，手持匕首的妇女，被偷走的孩子，干瘪的母夜叉，残忍的赌徒。"

　　由詹姆斯•马尔科姆•赖默（James Malcolm Rymer）和托马斯•佩凯特•普雷斯特（Thomas Peckett Prest）联手创作的《吸血鬼瓦内》（*Varney the Vampire*）成为当时大受欢迎的连载作品。到连载结束时，这个故事总篇幅已达 876 页。从故事标题上可以想到，故事情节涉及在伦敦横行一时的另一个吸血鬼。（作者赖默和普雷斯特赋予了吸血鬼瓦内许多非凡能力，后来成为吸血鬼传奇故事不可缺少的表现特点。比如，长着毒牙，双眼有催眠功能，具有超人的力量。）

1885 年，又一个流行的比喻问世了。理查德·杰弗里斯（Richard Jeffries）在他所写的《伦敦后》（*After London*）中把这座城市沉入了水下。文明崩溃了（原因没有交代），伦敦陷入了毒气弥漫的沼泽底下。书中有一章对此情景展开了生动描绘。小说男主角划着独木舟来到伦敦城址上面：

> ……他终于意识到自己目前所在的位置。找到了那一堆发黑的钞票，又拨动了记忆的心弦。这些骷髅都是那些当年壮着胆子寻找古代财宝者留下的可怜遗骸。他们不幸来到了当时最强盛的城市遗址上方的夺命沼泽地里。早已彻底毁灭的伦敦空城遗址就在他们的脚下。

呜呼哀哉！

更吓人的情景还在后头。第二年，又一个魔头怪物开始在伦敦游荡，用他那拐杖狂殴无辜之人，露出了各种狰狞面目。他就是罗伯特·路易斯·史蒂文森（Robert Louis Stevenson）所写的《化身博士》（*The Strange Case of Dr Jekyll and Mr Hyde*）中那位人格分裂的主人公的另一半丑陋化身。

据说故事中的海德先生居住在索霍区"一个凄凉的地方……那里道路泥泞，过往行人形貌邋遢……好似噩梦中的某个城区"。伦敦的其余城区也呈现出类似的光景。即使是伦敦的绿色空间，也由于避难的缘故没什么值得可看的景致。"冬季里摄政公园到处可以听到窃窃私语的声音，飘荡着甜丝丝的泉水气味。我沐浴着阳光坐在一条长凳上；心潮难平，又想起了如烟往事。”

在令人不安的海德先生出现的两年中，开膛手杰克已经在伦敦东区大开杀戮。这位夺命魔头实有其人。与小说中的描写不同，实际上根本不是皆大欢喜的结局。杰克的原型虽作恶多端，却始终逍遥法外。后人根据他的犯罪经历提出了许多阴谋理论，拍摄出多部电影，创作出多部长篇小说。阿兰·穆尔（Alan Moore，1953— ）从中获得灵感，写出了喜剧《从地狱中来》（*From Hell*）。

开膛手杰克专杀年轻女子，残忍解肢。布莱姆·斯托克（Bram Stoker）从中也获得创作灵感，写出了有史以来最著名的恐怖小说《吸血鬼德拉库拉》（*Dracula*）。斯托克在创作这部小说（发表于1897年）时，还是亨利·欧文（Henry Irving）手下的莱森剧院（Lyceum Theatre）的剧院经理 [这家剧院就在斯特兰德大街附近，专门放映迪士尼公司出品的《狮子王》（*The Lion King*）]。19世纪70年代末期，斯托克来到了伦敦，居住在切尔西区艾伯特桥附近的切恩街27号。后来因为见义勇为，他又搬到别处去了。当时他从泰晤士河里救出了一位溺水的男子（潜入河水中把他拉出水面），接着又安排把这位男子带回自己家里。遗憾的是，当获救男子抵达切恩街时不幸身亡。他的遗体被放在了餐厅的桌子上。正巧此刻斯托克的妻子走了进来。看到在她吃饭的地方摆放着一具尸体，她非常生气（这可以理解），不想在住宅里继续待上哪怕一分钟。斯托克夫妇只好另寻住处。

除了上述麻烦之外，伦敦使这位年轻的爱尔兰作家以及他塑造的著名人物生气勃勃，充满了活力。"我很想在你们强大的伦敦城里穿过一条条拥挤的街道，"德拉库拉在小说中对乔纳森·哈克（Jonathan Harker）这样说道，"置身在行色匆匆、热闹纷繁的人群中，体验他们的生活、变化和死亡，了解他们的一切特点。"

他的确体验了人们的生活，而且还是以多种方式。哈克首先安排德拉库拉住在伦敦东边珀弗里特（Purfleet）那一带的一幢住宅里（附近的一个救济院有个名叫伦菲尔德的人喜欢吃苍蝇）。但最终德拉库拉在伦敦市中心安顿下来。有一次哈克在皮卡迪利大街上走时被吓得魂不附体。他看一个"瘦高男人"凝视着一位姑娘。"他的脸可不是一张好脸，"书中写道，"那张脸冷酷无情，又很性感……"

德拉库拉在皮卡迪利大街同上流社会人士交往，此外还在东区游荡，去过白教堂那一带，还去过当年开膛手杰克一显身手的猎场（绝非偶然）。他让一头狼从伦敦动物园里跑了出来。他的"徒弟"露茜·韦斯滕拉（Lucy Westenra）在晚上把儿童引诱到汉普斯特德荒野，吸他们的血。德拉库拉派人把成箱的泥土送到伯蒙齐（Bermondsey）区的牙买加巷。故事中的人物纷纷去哈罗兹百货商店购物。德拉库拉租居的住宅对着格林公园和小宪法俱乐部[有可能以道街（Dow Street）拐角的小雅典娜神庙俱乐部为原型]。他从一处名胜游逛到另一处名胜。众人熟悉的地方闯入了吸血鬼，仅此一点就为小说增添了极大魅力。德拉库拉四处游逛的伦敦让读者一眼就能辨认出来。看到他出现在那些有名街道上的朦胧身影，既使他显得更加真实，又使他显得越发奇特。

在上面提到的《星际战争》中（与《吸血鬼德拉库拉》同一年出版），H.G. 威尔斯也运用了既人人眼熟又触目惊心的情景描写手法。威尔斯把外星人开始入侵的地点设置在萨里郡沃金（当时他居住在那里）附近的一块公有地上。紧接着他就把故事场景推到了泰晤士河上，经过汉普顿宫，穿过特威克纳姆和里士满（故事的叙述者看到那里的桥上覆盖着红色的火星野草），又展现在罗汉普顿和希恩。故事的叙述人在一幢房屋下躲藏了好几天，现身后在体面安全的帕特尼老城区一带看到了"龙卷风造成的巨大破坏"。然后他又越过泰晤士河，进入切尔西区，最终抵达了肯辛顿。威尔斯在一封书信中幸灾乐祸地对朋友说，他特别选中这片区域是"因为在这里可以看到特别残酷的暴行"，另外他还让当地人在喝着一瓶又一瓶香槟的过程中就死去了。也是在这里，在自然历史博物馆的阴影下，故事叙述人首次听到了垂死的火星人发出的悲声"阿勒，阿勒，阿勒"。他看到火星人三脚架形的装备高高地矗立在遭到严重毁坏的街道上方，空荡荡的不见人影。他开始明白了：外星人终于被打败了。他很快又来到樱草山，最后看一眼满目疮痍的城市。在"绿波起伏"的摄政公园前面，他看到威斯敏斯特已经沦为废墟，圣保罗教堂的圆顶在朝霞的映衬下显得幽暗阴郁，西侧"露出一个巨大豁口"。

> 星期日夜晚，伦敦昏沉怠倦地沉睡过去；在星期一凌晨又再次醒来，强烈地感觉到危难即在眼前。
>
> H.G. 威尔斯《星际战争》

继这一幕惊魂场景描写之后，在伦敦创作出的小说中平均每5分钟就会出现一些反乌托邦和大灾变情节。从那时起推出了数百部小说，纷纷描写伦敦的毁灭和巨变过程，其中许多已成经典作品。

《一九八四》是很有影响的一部反乌托邦作品。它把伦敦描绘为一号空降场的首都，由老大哥监视，饱受战争和残酷的极权主义之苦。再现于其中的一些伦敦特点不难辨认。特拉法尔加广场变成了维多利亚广场。位于马利特街的宏伟理事会大楼（隶属于伦敦大学）在书中变成了真理部（这一变化同奥威尔夫人在那里的数年工作经历有关；第二次世界大战期间那里是情报部所在地）。101室取材于波特兰街英国广播公司大楼里的一个房间。据说奥威尔当年就曾经坐在那里出席没完没了的政治审查会议。

《一九八四》出版于1949年。就在奥威尔描绘出令人惊恐的未来画卷两年后，伦敦又经历了一次约翰·温德姆（John Wyndham，1903—1969）在《三尖树时代》（*The Day of the*

Triffids）中所描绘的颇为温和的灾难。一颗彗星从地球旁边飞过，发出的绿光晃瞎了大多数居民的双眼，在伦敦引起了一片混乱。更糟糕的是，一种能够移动，被称为"三尖树"的巨大食肉植物开始到处游荡。理事会大楼在小说中再次发挥重要作用——这一回是比较好的作用。从楼顶发出一道亮光，向那些没被彗星绿光晃瞎双眼的伦敦市民表明这里是安全的集合地点，让他们最终逃离伦敦，开始新的生活（在这些幸运的伦敦市民中有男主角比尔·梅森和他在摄政街半路上遇到的爱慕对象约瑟拉）。

1956 年，《百草不生》（*The Death of Grass*）颠覆了有毒植物的概念。由约翰·克里斯托弗（John Christopher，1922—2012）创作的这部长篇小说的书名表明，这一次遇到的问题是植物的消亡。一种危害极大的病毒使所有草类和小麦纷纷枯死，威胁到全世界的粮食供应。英国政府断定，唯一可以保留、养活一少部分人口的途径就是杀掉大多数人。于是，可怜的伦敦便被列为氢弹轰击地区。郊区街道上竖立起了路障。在伦敦市区的 A1 那一带爆发了激烈枪战。小说中的主要人物纷纷向北逃窜。

放弃城市成为核时代一个流行的比喻说法。经历过大灾难后的伦敦并不仅仅被视为难民们要千方百计逃离的地方。在 J. G. 巴拉德（J. G. Ballard）的笔下，许多著名人物都积极面对眼前的一片混乱局面。

这位科幻小说领域中的泰斗级人物在谢珀顿老查顿路上

的一幢半独立式住宅里伏案写作。他在1962年发表的长篇小说《被淹没的世界》（*The Drowned World*）中也同理查德·杰弗里斯一样把伦敦沉在了水下。只有这一次，经历大灾难后的一些幸存者在废弃的丽兹大酒店里尽情欢乐一番，又乘船从被淹没的伦敦中部地标建筑上方驶过。当有人要把市内的大水抽干、清理地面时，男主角凯兰斯博士（Dr Kerans）甚至还勃然大怒。

在《坠毁》（*Crash*）这部作品中，巴拉德还让人们在威斯特威附近和希思罗机场周围的混凝土废墟里自发地拥抱。在被打回原始野蛮原形的伦敦东边尚存留着一幢高层建筑，这仅仅被视为举行更多次聚会的一个借口。

在长篇小说《德拉库拉纪元》（*Anno Dracula*）中，德拉库拉伯爵和夫人维多利亚女王身边的那些怪物、政客和堕落贵族更是骄奢淫逸，贪图享乐。由吉姆·纽曼（Kim Newman，1959— ）创作于1992年的这部作品是一部描写首都伦敦的架空历史小说。在小说中，白金汉宫变成了血淋淋的狂欢场所，开膛手杰克专门喜欢杀害吸血鬼妓女。具有双重人格的化身博士也在小说中现身；还有来自维多利亚时代的伦敦名人奥斯卡·王尔德、比阿特丽克斯·波特，以及其他数十位非正统派重要人物、作家和恐怖人物。

《V字仇杀队》（*V for Vendetta*）中的男主角却无法在一个被闹得天翻地覆的世界中尽情地享受自由，为所欲为。阿兰·穆尔笔下的神秘名人"V"最初出现在1982年发表的一部喜剧中，戴着一个白色的微笑面具。然而这个微笑是虚假骗人的。V 感到愤怒。非常愤怒。在他的世界里经历过一场核战争后，法西斯分子接管了政府，暴力反抗是唯一的抵制手段。V 密谋灭掉议会两院，炸毁像邮局大楼那样的地标建筑。他穿行在笼罩着浓重阴影的危险区域，生活在阴影之中。他的藏身之处就在维多利亚火车站地下，名曰"阴影画廊"，可谓恰如其分。

20 世纪 90 年代中期，尼尔·盖曼（1960— ）创作的经典作品《乌有乡》（*Neverwhere*）也描绘了地下伦敦诸般景象。书中人物顺着"地下裂缝"掉了下去，最终来到了伦敦地面下方的另一个城市。这部作品的创作灵感来自盖曼乘坐地铁时经常自问的一些问题：伯爵宫车站真的有伯爵吗？伊斯灵顿有天使吗？唐街（Down Street）究竟有多深？（唐街是梅费尔区一个废弃的车站，曾经用作温斯顿·丘吉尔的战时掩体。）

在路易斯·韦尔什（Louise Welsh，1965— ）2014 年发表的作品《如此燃烧真美妙》（*A Lovely Way to Burn*）中，伦敦暴发了一种新的瘟疫，生灵涂炭。在玛吉·吉（Maggie Gee，1948— ）的作品《洪水》（*The Flood*，2004）和威尔·塞尔夫所写的《戴夫书》（*The Book of Dave*，2006）中，伦敦再次被泡在水里。在《戴夫书》中，伦敦这座失落城市唯一流传下来的只有一种宗教，其主要内容是一位名叫戴夫的出租车司机怒气冲冲的抱怨之词以及他了解到的失落都城的一些情况。其余一切尽泡在水下。

就这样，文学作品又把伦敦带回到当初那个荒蛮时代；伦敦又沦落为一片泽国废墟，成为世界上最黑暗的地方。所有那些人，所有的记忆，所有那些言语和书籍，全部化为乌有……

致 谢

谨借此机会向休·贝克、加布里埃拉·内梅特，向迈克尔·奥马拉图书有限公司的每一位员工以及我们读 MBA 时的所有朋友表示感谢。我们还要感谢史蒂夫·芬博，他向我们提供了有关"垮掉的一代"以及 20 世纪后半期伦敦时尚生活的珍贵资料。如果离开几代前辈的研究成果和辛勤工作，也不可能写成一本这样的专著。我们不仅查阅了有关长篇小说、戏剧、诗歌和日记原作，还参考了大量精彩纷呈的伦敦旅游指南。以下仅列出一小部分，我们从中受益匪浅，读来十分开心。在此谨向它们表示敬意和感谢。

补充阅读书目

彼得·艾克罗伊德《伦敦传》

哈罗德·布鲁姆《布鲁姆说伦敦》

伊恩·坎宁安《伦敦文学史作家指南》

艾德·格利内特《伦敦文学史指南》《伦敦概览》

《西区记事》

鲁迪格·科纳《伦敦散记》

丹尼尔·汉,尼古拉斯·罗宾斯《牛津英国文学指南》

斯蒂芬·哈利迪《从贝克街221B到老古玩店》

安娜·昆德伦《想象中的伦敦》

D.J. 泰勒《文字工厂》

弗吉尼亚·伍尔芙《伦敦景观》

同特定时期、特定流派和特定作家有关的必读书目:

彼得·阿克罗埃德《布莱克传》

亚历山大·拉曼《明亮的星》《罗切斯特伯爵约翰·威尔莫特生平时代》

赫敏·李《弗吉尼亚·伍尔芙传》

安德鲁·莱西特《鲁德亚德·吉卜林传》

弗吉尼亚·尼克尔森《在放荡不羁者中间：1900—1939年间的生活实验》

诺曼·谢利 《格雷厄姆·格林传》

D.J. 泰勒《乔治·奥威尔传》

克莱尔·托马林 《查尔斯·狄更斯传》《玛丽·沃尔斯通克拉夫特生与死》

优秀的互联网资源包括：

伦敦游客：www.londonist.com

戴维·珀杜：www.charlesdickenspage.com

探索二十世纪伦敦：http://www.20thcenturylondon.org.uk

清凉老太伦敦指南：www.shadyoldlady.com

戴顿·多西耶的：www.deightondossier.blogspot.co.uk